はばたけ
魔術世界の師弟たち！
平成オワリ ill. Nagu

「ご主人様、
真っ昼間からだらだらされると
邪魔なんですけど」
アルト
ジルベルトの屋敷に住む
メイド姿の美女。
ジルベルトとは過去に
複雑な関係が……？

「お前なんて目で見てんだよ……」
ジルベルト
大魔導師イシュタルの
弟子のひとり。魔術の才能は
あるものの、今は熱意を失い
ぐーたらしている。

「師匠、約束は覚えてますよね？」
ラピスラズリ・ベアトリクス
ジルベルトを大魔導師にするために
弟子入りを志願する。
元気で明るく、思い込んだら
一直線の猪突猛進娘。

「一発でも俺に
攻撃することができたら
弟子として認める、だな。
忘れてねえよ」

「考えて、考えて、
そのうえで気合と根性があれば
何でもできる！
はああああ！」

はばたけ 魔術世界の師弟たち！

平成オワリ　ill.Nagu

プロローグ ★ 師弟の出会い

人と魔が相容《あいい》れることのない大陸ユグドラシル。

人類が生活する大陸東部を人界《ミドガルズ》、魔物が跋扈《ばっこ》する西部を魔界《ニヴルヘル》と呼び、二つの種族はそれぞれの大地で生活をしながら、千年以上の時を争い続けていた。

東西に領域を分けているのは山脈から山脈を繋《つな》いで延びる巨大な城壁と、そのすぐ近くに建造された『魔導都市ヴィノス』。

この二つこそが、人類が誇る最高の防衛拠点である。

この日、魔界《ニヴルヘル》から魔物の群れがやって来た。人魔の境界線上に存在するヴィノスには、度々こうして魔物が襲来することがある。

しかし、今日までこの壁を越えて人界《ミドガルズ》に侵攻を許したことはただ一度もない。

なぜならこの都市には、魔物の大群を迎え撃つ最強の魔術師たちがいたからだ。

「すっげぇ……」

炎が燃え、大地を揺らし、巨大な竜巻が数十の魔物を吹き飛ばす。人知を超えたそれらの現象は、一人の少年――ジルベルトを魅了した。

人魔の境界線上にそびえ立つ壁の上からその光景を見つめる彼はまだ幼く純粋で、人々を守るために戦う魔術師たちを興奮しながら見続ける。

特に少年の視線を奪って離さないのが、たった数人で千の軍勢を相手取っている者たち。一騎当千などという言葉すら生ぬるい、人類最強の魔術師集団。

「あれが大魔導師《グランドマスター》イシュタルの直弟子か……格好良すぎるぜ！」

彼らはヴィノスの子どもたちにとって憧れそのものだ。

天才の中でも、さらに飛び抜けた異才のみが大魔導師《グランドマスター》の弟子になれるといわれる。ヴィノスに住む子どもなら、誰もがイシュタルの弟子になりたいと強く思っていた。

「俺も大きくなったらあんなふうに強くなってやる！」

「へぇ……なら弟子になってみるか？」

「え？」

不意に声をかけられて振り向くと、金髪の美女が立っていた。

「グ、大魔導師《グランドマスター》イシュタル⁉　本物⁉」

「本物だよ。それで、私の弟子になりたいなら条件が――」

「なる！　なるなるなる！　どんな条件でもいい！　なんでもやる！　俺も弟子にしてくれ！今はただの孤児だけど、絶対凄《すご》い魔術師になってやるから！　だから――」

興奮したジルベルトが早口で言葉を紡《つむ》いでいると、不意に頭に手を置かれた。

そして首をイシュタルから壁の西側、魔物と魔術師たちの戦いに向けられる。

「それじゃあ今からお前は私の弟子だ。名前は？」

「ジ、ジルベルト……」

「それじゃあジル。そのままよく見ておけよ」

遥《はる》か遠《とお》く、こちらに向かってくる超巨大な大魔獣。魔物という枠すら超越したそれは、ヴィノスの魔術師たちですら多くの犠牲を覚悟しないと倒せない存在だが――。

「大魔導師《グランドマスター》の力をな！」

大魔獣の上空を紫色の巨大な魔法陣が覆う。大気中すべての魔力がそこに収束しているような光は、神の如《ごと》き凄《すさ》まじい力を感じさせた。

魔法陣が強い光を放つと空が割れ、周囲の音をかき消す。激しい紫電が大地に落ち、世界を包み込んだ。遅れて大地を揺らすほどの轟音《ごうおん》と、魔物たちの断末魔。だがジルベルトの瞳は光で覆われていたせいで、なにが起きているのかわからない。

「……」

光が消え、ゆっくりとジルベルトの視力が回復する。

大魔獣は完全に消滅し、周囲の魔物たちも全滅していた。

「綺麗《きれい》だ……」

凄《すご》いとか、恐ろしいとか、そんな言葉ではなく、思わず出た言葉がそれだった。そう表現する以外にないほど、美しい力だと思った。

「ふっ……あれを見て綺麗《きれい》、か」

「あっ⁉　いや、今のは……」

自分の言葉が気に入らなくて弟子入りがなくなったらヤバいと思い、言い訳をしようとする。

だが彼の予想に反してイシュタルの瞳はどこか柔らかかった。

「お前、なかなか見所あるな」

「え？」

思っていた言葉とは違って呆気《あっけ》に取られているとイシュタルは西側から背を向ける。

「残りは街のやつらに任せて行くぞ。さっそく修業だ」

「……」

こんなにあっさりと、自分の人生が変わるのかと驚いてしまう。

だがあり得ないような出来事だったとしても、こんなチャンスを逃せるはずもない。

「先に言っておくが、甘やかす気は一切ないからな」

「も、もちろんだ！　たとえどんなに厳しい修業でも耐えて、強くなってやるよ！　アンタよりもな！」

「私よりも強く、か。く、くく……」

イシュタルは小さく呟《つぶや》いたあと、愉快そうに笑う。

「いいなそれ！　楽しみだ！」

夢と希望に溢《あふ》れた若さはいつの時代も輝かしいものだと、そう思ったのだ。

「あ、師匠待ってくれよ！」

ジルベルトは小走りでその隣に行き、そして見上げながら疑問を口にする。

「そういえば、条件ってなんなんだ」

「ああ、一つ約束をしてくれたらいい。いつかお前が強くなったら――」

第一章 ★ 大魔導師の後継者

子どもの頃は夢と希望に満《み》ち溢《あふ》れていたジルベルトだが、今は見事なまでにダメ人間へと成長していた。具体的にどれくらいダメ人間かというと、太陽が頂点に達した時間にもかかわらずソファでぐーたら横になり、時間が経《た》つのをただ待ち続ける程度にはダメ人間だ。

「ご主人様、真っ昼間からだらだらされると邪魔なんですけど」

目を開ける。絶世の、と頭につくほど美しい容姿をした銀髪のメイドが掃除機を構えて立っていた。

「アルト、お前なんて目で見てんだよ……」

紅《あか》い瞳がゴミを見るように見下ろしていている。人によってはご褒美《ほうび》だろうが、残念ながらジルベルトの性癖とは合っていないので怖いだけだ。

彼女は無言で掃除機のヘッドを取ると、細い円形の部分を股間に押し当ててきた。ぴったりと股の間にセットする仕草は、あまりにも手慣れている。

「おい、なにする気だ。掃除機は止《や》めろ」

「それはつまり口で吸ってもらいたいと？　ご主人様は変態ですね。まあそれが望みなら全力でやらせていただきますが？」

獲物を狩る捕食者のような目で見られ、これ以上抵抗すると本当にズボンを下ろされ股間を吸われかねない。そう思ったジルベルトは諦めて立とうとする。しかしある一ヶ所を押さえられているせいで、身動きが取りづらい状況だった。

「退くからさっさとこの掃除機をうぉぉぉっ⁉」

アルトが自然な動作でスイッチを入れたせいで、股間が凄《すさ》まじい力で吸い取られそうになる。

慌てて立ち上がると掃除機の吸引口も付いてくるが、勢いでなんとか外れてくれた。

「お、おま……いきなり強《きょう》でやるやつあるか⁉」

「全力でやると言ったはずです。それに、さっさと立たないご主人様が悪い」

淡々と告げられると、本当に自分が悪いんじゃないかと思ってしまう。しかし世の中、男の股間をいきなり掃除機で吸うより酷《ひど》い悪行があるだろうか？　とも思ってしまうのだ。

「どうやらまだ反省が足りないようですね……それなら本当に口で――」

「お前、どこ見てる」

小声でなにかを言いながら瑞々《みずみず》しい唇に指を当て、アルトは妖艶《ようえん》に笑う。そんな彼女の視線が明らかにヘソより下に向いているので追及すると、視線を上げて何事もなかったかのような澄まし顔に戻った。

「ご主人様はお気になさらずに。はい、お掃除お掃除っと」

誤魔化すようにソファの下に掃除機を入れて掃除を再開したアルトを見て、ふと思う。

――そこ、俺が横になってても掃除できたんじゃね？

邪魔だったのは否定できないのでなにも言えないのだが、釈然としない気持ちになった。

「ん？」

アルトの背後から彼女を見ると、一房に結われた髪が尻尾のように揺れている。これは彼女の機嫌が良《い》いときに見られるものだ。

「はい、終わりましたよ……ご主人様？」

掃除機を止めたアルトは、不思議そうにジルベルトを見る。

普段はもっと冷徹な雰囲気があるのだが、やはりどこか柔らかさがある気がした。

「お前、なんか良《い》いことでもあった？」

「え、どうしてわかったんですか？」

「まあ、八年も一緒にいたらな」

癖を見ていたと言うのは少し恥ずかしく適当に誤魔化すと、アルトは頬に手を当てて嬉《うれ》しそうな顔をする。

「ご主人様に性奴隷として連れ去られてから、そんなに時が経《た》ちましたか。初めて出会ったあの日、嫌！　もう止《や》めて！　と泣き叫ぶ私を無理やり抱きしめて激しく――」

「お前、冗談でも外で言ったら二度と屋敷《やしき》に入れねぇぞ」

「横暴です」

「正当だよ！」

「嘘《うそ》は吐《つ》いてないのに……」

そもそもメイド服は彼女が勝手に着ているだけで、性奴隷として買ったどころか従者として雇ったわけではない。

事情を知らない人間からしたら主従関係に見えるだろうが、本質的には同居人というのが正しく、親を亡《な》くしたアルトをジルベルトが家族として迎え入れただけの話である。

「ちなみに私はもう十八歳で、ご主人様は二十四歳なので結婚もできます。なぜならこのヴィノスでは十五歳から結婚できるからです」

「……なんで今それ言った?」

「いえいえ、他意はありません。ありませんよーっと」

掃除機を片付けるためアルトが離れたので、ソファに腰を落ち着ける。弄《いじ》ってくるのは毎度のことだが、鼻歌まで歌っていて本当に機嫌が良さそうだ。

「これはこれで疲れるが、まあいいか」

機嫌を損ねると干した布団《ふとん》が妙に湿っていたり、読もうと思っていた本の並びを全部逆にしたり、ジルベルトの嫌いな食べ物だけで料理を作ったり……。

家事全般をやってくれている中、絶妙に怒りづらい嫌がらせをしてくるので今日みたいに機嫌良く弄《いじ》ってくる方がマシだった。

「立つことのできたご主人様には、ご褒美《ほうび》としてお茶を入れてあげましょう」

さすがにそれは甘やかされすぎじゃね？　と思いながらアルトを見ると、お盆に昼食と紅茶、それに新聞を載せた状態でやって来る。

「朝刊が見当たらないと思ったらお前が持ってたのかよ。朝の占い見損ねたじゃねぇか」

「起きて最初に見るのが新聞の占いなあたり、ご主人様って乙女みたいな趣味してますよね」

「誰が乙女だ」

元々眼光の鋭いジルベルトが睨《にら》むと、裏社会の住民のような雰囲気になる。もし彼を知らない子どもが見れば大泣きして逃げ出すだろう。

もっとも、長年傍《そば》にいるアルトは怒られようとどこ吹く風だ。

「オトメンとかいうジャンルが流行《はや》ったのは結構前で、今更ご主人様が目指してももう遅いですしモテないと思いますけど……あ、でも私はオトメンチックなご主人様も格好いいと思いますよ？　ええ、多分この世界でそう思うのは私だけなので、料理とか育児をする場合は私の前だけにしてくださいね。あとご主人様のエプロン姿はぜひ見たいので今度見せてください」

「お前は本当にぶれねぇなぁ……」

一息で自分の欲望を言い切ったメイドに感心しながら紅茶を飲み、新聞を手に取る。占いコーナーだけ切り取られていた。アルトを見ると口元がヒクヒク動いて笑うのを堪えている。

――なんて嫌なメイドなんだ。

「……はぁ」

ジルベルトは溜《た》め息《いき》を吐《つ》きながら仕方なく見出しを見て、思わず目を丸くする。

『大魔導師《グランドマスター》イシュタル・クロニカの直弟子、次々と襲撃される！　犯人の目的はいったい⁉』

そんな大きな見出しと、屋敷《やしき》を半壊にされて途方に暮れるボロボロにされた兄弟子の写真が載っていた。

「……お前が機嫌良かったの、これか」

「はい！　こいつら嫌いなのでざまぁみろ！　です」

「そうか。それよりも……」

ジルベルトは新聞を読み進め、顔を青ざめさせる。

大魔導師《グランドマスター》イシュタル・クロニカはユグドラシル大陸史上最強の魔術師と謳《うた》われ、古代龍や魔王すら殺してみせた超越者。そしてこの魔導都市ヴィノスに存在する魔術協会の長である。

ヴィノスはどの国にも属さない独立都市であるが、それはこのイシュタルが存在するから許されていると言っても過言ではない。

そんな女性の直弟子も当然人類最強クラスの傑物たちだ。それが襲われたとなると、新聞の一面にデカデカと載るのも納得できる
問題なのは、イシュタルの直弟子は自分を含めて十人。

そして——新聞には昨日の時点で九人が襲われたと書かれており——

「アルト！　急いで結界の強化を！　あとできる限り殺傷力の高い罠《わな》を仕掛けろ！」

「当然もうやってます。これ以上ないってくらい万全の態勢で。なにせご主人様の優秀なメイドさんですからね」

どや顔したアルトをジルベルトが本当に褒めようとした瞬間、バリンと結界が破れる音がした。続いて屋敷《やしき》の庭では激しい爆発音が鳴り響き、それが徐々に近づいているのがわかる。

「「……」」

万全の態勢があっさり壊されていく状況に気付いた二人は、お互いに目を見合わせた。

「なあ優秀なメイドさん。俺は逃げるから、足止め頼んだ」

「無理です嫌です、というかどうせあのババアの用事はご主人様に――」

「はーはっはっは！　なかなかの結界だったが、この私を止めるにはまだまだだなぁ！」

二人が押し付け合いをしていると、窓をぶち破りながら美しい女性が入ってくる。

太陽を反射する黄金の髪、自信ありげな碧眼《へきがん》に、美の女神を体現するような抜群のプロポーション。年齢は二十代半ばに見えるが、実年齢はその数倍以上であることをジルベルトたちは知っていた。

古代龍の生き血を全身に浴びたことで永遠の若さを手に入れ、大陸西部に存在する魔界《ニヴルヘル》の魔王すら殺してみせた人類最強の大魔導師《グランドマスター》――。

「ようジル！　お前が愛して止《や》まない大好きなお師匠様が遊びに来たぞ！」

「異議あり！　ご主人様が愛して止《や》まないのはこの私です！」

「馬鹿アルト！　話をややこしくする前に逃げるぞ！」

「でももう私たちが張った結界が乗っ取られてしまったので、あんな感じで……」

アルトが指さす方を見ると、この屋敷《やしき》と外の世界を区切るようにオーロラのような空間の揺らぎが発生している。本来は外敵から屋敷《やしき》を守る超高度な結界で、触れれば激しい魔力の迎撃が襲うはずの結界魔術。それが今、ジルベルトたちを逃がさないように敵意を内側に向けていた。

「そういうこと！　というわけ、喧嘩《けんか》するぞ！」

「っ——⁉」

イシュタルと距離があったはずなのに、一瞬で詰め寄られて腕を摑《つか》まれた。そう思ったときにはすでに破られた窓から屋敷《やしき》の庭に放り出される。

「このっ！」

地面を削りながらイシュタルを睨《にら》むと、彼女の腕から激しい紫電が迸《ほとばし》っているのが見えた。

——やべぇ⁉

「召雷《ライトニング》！　雷の矢！」

咄嗟《とっさ》に横に飛び、同時に飛んできた雷の矢を避《よ》ける。

躱《かわ》した、と思ったときには強烈な衝撃が頭を打ち付け、身体《からだ》が一瞬で何回転もしながら飛んでいた。

「遅い。私の後継者候補のくせに、怠けすぎなんじゃねぇか?」

ぞっとするほど冷たい声。

蹴られた、と理解したのは回転した先で美しい足を上げた状態のイシュタルが見えたから。

死んだ、と思ったのはそのイシュタルの腕に魔力が込められているのが見えたから。

呼吸が止まり、死の気配に襲われる。

「ま、この程度も捌《さば》けないんじゃ死んでも仕方ないな。召雷《ライトニング》……爆雷球」

ほれ、とイシュタルは軽く物を投げる仕草で爆雷球を放つ。

あっさりした動作からは想像もできない速度で迫るそれは、もう避《よ》けることは不可能。

脳が揺れる中、無防備に受ければ本当に死んでしまう威力で——。

「ふざ、けんなぁぁぁ!」

いきなり来て、屋敷《やしき》を滅茶苦茶《めちゃくちゃ》にして、ボコボコにしてきて、ジルベルトの怒りは限界に達する。咆哮《ほうこう》を上げると同時に体内へ魔力を通し叫んだ。

「付与《エンチャント》!」

全身に行き渡る魔力によって身体《からだ》が熱くなり、揺れていた脳によりぶれていた視界も明瞭に。

魔術は大きく分けて、攻撃、防御、支援、回復の四つに分類される。

ジルベルトが得意とするのは、支援魔術の中でも最も高難易度に属する魔術『付与《エンチャント》』。

対象の魔術の威力を増幅、あるいは属性を付与・変化させることができる魔術だ。

使いこなせば強力だが、対象となる一つ一つの魔術に対して深い理解が必要なうえ、未《いま》だに解明されていない感覚部分ですら制御しなければならず、使える場面も少ない。

苦労に対して結果が伴わず、付与《エンチャント》を習得するなら他の魔術を鍛えた方が効率がいい、というのが魔術師たちの共通認識だ。

そして、そんな担《にな》い手《て》のほとんどいないこの付与魔術を、ジルベルトは世界中の誰よりも使いこなしていた。

――死の危険があるのは強力な雷だからだ。ならその属性を変化させてやればいい！

「雷を水に！」

爆雷球に二本の指を差す。燃えるような衝撃が指先に走る中、ジルベルトはその魔術を水の属性へ変換。熱湯となった球体が手を濡《ぬ》らす。

本来命を刈り取るはずだった爆雷球の一撃を、二本の指の火傷《やけど》という最小限のダメージに抑えることができた。

「一瞬で属性を変化させるとはな！　相変わらずそっちの腕は悪くない！」

「付与《エンチャント》！　治癒を最大に！」

イシュタルが嬉《うれ》しそうに叫ぶが、それを無視して再び付与魔術を使う。

本来ジルベルトには回復魔術の才能があまりなく、かすり傷を治せる程度。しかし付与《エンチャント》によってその効果は最大限まで引き上げられ、火傷《やけど》した指が元に戻る。

回復魔術のエキスパートほどでないが、この程度の傷であれば治すことも可能だった。

「これで――」

状況は振り出しに戻った。油断さえなければ、あんな不意打ちのような蹴りも喰《く》らわない。

そう思ってイシュタルを睨《にら》むと、彼女の背後には雷の矢が千を超えて展開されていた。

「まじでさ……ふざけんなよ？」

「これ全部を属性変化させられるか見物だなぁ」

イシュタルはニヤニヤと人を小馬鹿にしたような笑みを浮かべる。

それを見た瞬間、かつての修業内容が走馬灯のように流れ、怒りが頂点に達する。

ジルベルトの脳内で、プツンとなにかが切れる音がした。

「やってやろうじゃねぇかクソババアァァァ！」

その叫びとともに、万の軍勢同士が争い合うような爆音が屋敷《やしき》の周辺に響き渡った。

先ほどまでソファでだらけていた男とは思えないほど機敏な動きで、ジルベルトは次々と雷の矢を捌《さば》いていく。

一手ミスればあの世行きになりそうなそれを、極限の集中力で属性を変えていき――。

「あ、ご主人様。私が丹精込めて作った菜園壊したらぶっ殺しますからね」

「アルトお前も状況見て言ってくんねぇかなぁぁぁ！」

「だいぶ鈍《なま》ってると思ったが、意外とやるじゃないか。というわけで、おかわりだ！」

「ちょっ、嘘《うそ》だろ⁉　クソがぁぁぁぁ！」

無情にもさらに追加される雷の矢に押し切られたジルベルトは、そのまま魔術の海に飲み込まれるのであった。


「ああ、痛《いて》ぇ……死ぬかと思った……」

最終的にアルトの菜園だけは守り切ったジルベルトだが、ボロボロの身体《からだ》を引《ひ》き摺《ず》って屋敷《やしき》のソファに座る。

先ほどまで黒焦げで地面に倒れていたことに比べるとだいぶ回復しているが、それでもダメージは大きい。もっとも、普通の人間だったらとっくに死んでいる攻撃だったが。

「クソが」

悪態を吐《つ》く権利くらいはあるだろう、と目の前に座るイシュタルを睨《にら》む。

しかし下手人《げしゅにん》である彼女は、むしろ呆《あき》れた様子で溜《た》め息《いき》を吐《つ》いてくる始末。

「はぁ……こんな死に損ないのババア相手に誰も勝てないとか、私は悲しいぜ。これじゃあ落ち着いて引退もできやしない」

「だったら死ぬまで現役してろよ」

すでに齢《よわい》八十を超えているはずだが、未《いま》だに史上最強の名を欲しいままにしている。

その弟子であり、子どもの頃から彼女を見てきたジルベルトは時々、自分の師匠が本当に同じ人間なのか疑わしく思う。

——新聞にも書いてあったが、全員と戦った後なのに元気すぎるだろこのババア。

直弟子たちはそれぞれが大陸最強を名乗ってもいい実力者だが、見たところイシュタルに怪《け》我《が》らしい怪《け》我《が》はない。本当に化け物だと改めて認識する。

新聞には犯人が誰かわかっていないように書かれていたが、彼らを倒せるのはこの女傑以外にはいないのだから、あの新聞社もグルだろう。

そもそもこの都市を運営している魔術協会のトップが目の前の師匠なのだ。なにかあってもすべてもみ消せる権力者であり、一新聞社程度が抵抗できるはずもなかった。

「で、結局なにしに来たんですかこのババア」

「おいジル、お前のせいでアルトの口が悪いぞ」

「こいつの口が悪いのは元からだよ」

改めて紅茶を用意したアルトがジルベルトの前に置く。

「どうぞご主人様。最近香りが良《い》いと評判の紅茶らしいので、買ってみました」

「おう」

カップからはたしかに良《い》い香りがした。奮発したのだろう。

「どうぞババア。出涸《でが》らしのお茶を用意してみました。お口に合えば幸いです」

「……さすがにここまで嫌われてると傷付くんだが」

明らかな対応の違いに、豪胆なイシュタルも少し引《ひ》き攣《つ》った顔をした。

アルトの過去を考えたらこの対応は当然だろうと思うが、あえて口には出さない。

「さて、気を取り直して……私が来た目的だったな」

その言葉とともに、屋敷《やしき》のチャイムが鳴った。

屋敷《やしき》の周りには普段から人避《ひとよ》けの結界を張ってあるので、知っている人間以外は辿《たど》り着《つ》けないようになっている。だというのにこのタイミングで来訪者など、イシュタル絡《がら》みであるのは間違いなく――。

「なあ、嫌な予感しかしないんだが」

「奇遇ですね。私もです」

「ほら客人だ。さっさと連れてこい」

いったい誰がこの屋敷《やしき》の主なのか、そう言いたくなるようなイシュタルの態度。

どうせろくなことはないのだから無視を決め込みたいところだが、ここでその行動を取っても目の前の女傑はいなくならない。

「……アルト、行ってこい」

「はぁ……仕方ありませんね」

嫌そうに出ていくアルトを見送り、しばらくすると一人の少女を連れて戻ってくる。

見覚えのない少女だった。

クセのある金髪を肩より長く伸ばし、蒼色《あおいろ》の瞳はクリッと丸く愛嬌《あいきょう》がある。高級そうな白のドレスで小柄な身を包み、首にはシンプルながらも美しいペンダント。立ち居振る舞い、それに格好から彼女がどこか高貴な出であるのだろうということは一目でわかった。

少女はジルベルトと目が合うと、なぜか嬉《うれ》しそうな顔をして、すぐに自分の頬を引っ張って表情を硬くしようとする。

——なんだ今の？

いきなり挙動不審な動きをする少女に疑問を覚えつつ、貴族の娘がここにやって来た理由を考え、答えが出ないことだとすぐ理解する。諸悪の根源であるイシュタルを見ると、ニヤニヤと笑いながら今の状況を楽しんでいて、まともな理由じゃないことは明白だからだ。

「私ももう良《い》い年だ。そろそろ正式に後継者を決めようと思ってな」

「弟子の俺らの寿命が尽きても暴れ回ってそうなクセに」

——とはいえ、このババアの名前はマジで大きいからな……。

この魔導都市ヴィノスの魔導技術は、大陸に存在する各国の百年先を進んでいると言われている。魔術の進歩による軍事力は他国を大きく引き離し、ただの一都市であるにもかかわらず、大陸の全国家と戦争をしても勝つのはヴィノス、というのは周知の事実だ。

そんな都市の運営を王侯貴族ではなく魔術協会が担《にな》い、その協会長という地位に立つのがこのイシュタル。彼女の弟子というだけで周囲の目は変わる中、後継者になど任命されたら――。

――地獄だな。

人知れずのんびり過ごしたいと思っているジルベルトにとって、名声というのは邪魔でしかない。想像しただけでぞっとする話だった。

「しかし、今のままじゃ誰も私を超えられそうになくてなぁ……」

そんなジルベルトの想《おも》いなどは一切伝わらず、イシュタルは言葉を続けている。

「だから私の弟子の中で一、番、優、秀、な、弟子を育てたやつを後継者にすることにした！」

「……は？」

明らかにおかしな選定方法に、ジルベルトは思わず聞き返してしまう。

イシュタルが連れてきた貴族の少女を見れば、その言葉に対して目を輝かせて、鼻息荒くうんうんと頷《うなず》いていた。

「弟子を育てることで己の未熟さを見直し、ともに成長する。我ながら天才的なアイデアだな」

「まさか……」

嫌な予感がした。ヒタヒタと足音を鳴らしながら、面倒なことが近づいてくる気配を感じた。

ジルベルトは口元を引《ひ》き攣《つ》らせながら、視線を貴族の少女に向ける。

「というわけで、こいつの名はラピスラズリ・ベアトリクス。お前の弟子になるやつだ！」

「いやなに勝手に話を進めてんだよ。もう少しちゃんと事情を説明しろって」

ベアトリクス家といえば、魔導都市ヴィノスと隣接する国――アーデルハイド王国の侯爵家。剣術の名門として名を馳《は》せ、特に長女の剣才は歴代トップクラスとして有名だ。

――だが今の時代を考えると……。

この魔導都市ヴィノスが大陸西部から来る魔物たちを抑えていることにより、各国は魔物の襲撃もなく平和が訪れている。それにより魔術は戦いの技術から生活の質を向上させるものにシフトしていき、どの国も研究開発に力を入れ始めていた。

今では貴族と平民が一緒になって魔術の研究するのが当たり前で――。

「ベアトリクス家は剣術の名門だが、魔術方面はからっきしでな。今後、貴族社会で生き延びるためにどうすればいいか、って前侯爵に相談されたんだよ」

この大きな時代の変化に、魔術研究の知見が劣る貴族たちは大いに焦《あせ》った。たとえ名門であろうと、今後来る生活魔術の時代についていけなければ、待っているのは凋落《ちょうらく》だからだ。

当然、ベアトリクス侯爵家もそう考える。人界《ミドガルズ》でも魔物が現れないわけではないが、西のそれに比べると弱く、人同士が戦争をするような時代でもない。剣術というのは徐々に廃れていくのは目に見えていた。

「それで魔術の才能があるラピスを養子にしたんだが、前侯爵としてはまだ物足りないらしい」

「他の貴族よりも上に立つ方法が欲しいってのはわかるが……」

イシュタルの弟子は全部で十人いるが、それぞれが華々しい活躍をしている。

そんな中、ジルベルトは他の弟子たちと違って唯一、表舞台に出ていない。今では彼がイシュタルの弟子だと知らない者の方が多く、弟子の数は九人だと思っている者もいるくらいだ。

そんな自分の弟子になったところで、ベアトリクス侯爵家のメリットは少ないのでは？と思うのだが――。

「なぁに、要はわかりやすい装飾品が欲しいんだよ。ってことで私の弟子であるお前とラピスを婚約させたいって話になったんだが……」

「おい」

「コイツが婚約者よりも弟子になりたいって言うから、じゃあそれでって連れてきた」

ベアトリクス侯爵家としては、婚約でも師弟関係でも大魔導師《グランドマスター》イシュタルとの繋《つな》がりが深くなれば良いと考えたため、ラピスの提案を受け入れたらしい。

「ふざけんな、誰が弟子なんて面倒なもん取るか！」

「はっ！なんと言おうと負けたお前が悪い！　悔しかったら私に勝てば良かったのさ！」

「こ、の、ババア！」

このままでは本当に弟子を押しつけられてしまうと思ったジルベルトは、なにか言い返せることがないかと考え、自分の兄弟子たちを思い出す。

「つーかそもそも！　優秀な弟子を育てたやつが後継者っていうが、あいつらが弟子なんて育てられるわけねぇだろ！　数日でぶっ壊すに決まってるぞ！」

「弟子を大切にしないやつは私がぶっ殺すから大丈夫だ」

「よく自分のこと棚に上げてそんなこと言えるなテメェ⁉」

大切にするどころか壊れる方が悪い、と言わんばかりの育て方をされてきたジルベルトは、どうしても釈然としない。

滅茶苦茶《めちゃくちゃ》なことを言うイシュタルに声を震わせながら、如何《いか》に兄弟弟子たちがまともな人間性を持っておらず、弟子を育てられるはずがないと力説する。

しかしイシュタルは欠片《かけら》も気にした様子を見せず、最後には無視し始めた。

「さあラピス、自己紹介だ」

「は、はい！　アーデルハイド王国ベアトリクス侯爵家、ラピスラズリ・ベアトリクス！　十六歳です！　好きなことは鍛錬！　嫌いなことは妥協！　好きな言葉は努力と根性があればなんでもできる！　どんな厳しい修業にも耐えてみせますので、どうかよろしくお願いします！」

ラピスの気合いの入った自己紹介に、アルトとジルベルトは思わず引いてしまう。

「どうしましょうご主人様。なんだかとても暑苦しくて、苦手なタイプです」

「どうするって言ってもよぉ……」

ひそひそと耳打ちしてくるアルトの言葉に、ジルベルトは改めてラピスを見る。

ふんす！　と鼻息荒くしているが、手は震えていた。蒼色《あおいろ》の瞳も不安そうで、緊張しているのがよくわかる。

十六歳といえばこの都市では成人扱いだが、それでもジルベルトから見れば子どもみたいなもの。あまり無下に扱うのも気が引けた。

——マジでどうする気だよ……。

イシュタルを睨《にら》むと、彼女は立ち上がり笑顔を見せる。

「じゃ、あとは若いやつらで」

「あ、おい！」

一方的にそれだけ言って、イシュタルはその場から消えた。

最初からその場にいなかったかのように、まったく魔術の気配すら見せずに。

「……ご主人様、塩撒《ま》いておきますか？」

「塩撒《ま》いた程度で退散させられるババアじゃねえだろ」

「本当に怪物みたいなババアですからね。とりあえず罠《わな》を強化しておきます。ところで……」

残されたラピスを放っておくわけにもいかず、どうしたものかと扱いに困る。

身に付けている品物は高級な物ばかり。きっと侯爵家の威信を懸けて盛大に準備をしたのだろう。もしここで弟子入りに失敗した場合、養子である彼女はどんなふうに扱われるか、想像するとあまり良《い》いようには思えない。

ふと、ジルベルトはなぜラピスが婚約ではなく弟子入りをしたいと思ったのか気になった。

「なあ、ラピスラズリって言ったよな？」

「っ——⁉　は、はい！　長いのでラピスと呼んでください！」

「じゃあラピス。お前はなんで俺の弟子になりに来たんだ？」

「ぁ……えと、その……」

ジルベルトの疑問に、ラピスが少し顔を赤くして困った顔をする。

「はぁ、まったくご主人様は鈍感ですね」

なぜそんな表情をしているのかわからないでいると、アルトが溜《た》め息《いき》を吐《つ》いた。

「んだよ。お前はわかるって言うのか？」

「そんなのご主人様と結婚したくないからに決まってるじゃないですか」

「え？　ちが……！」

「ああ、なるほどな」

言われた言葉は腹立つが、納得のいく話だ。

イシュタルは冗談のような雰囲気で話していたが、ラピスの状況はかなり切迫している。せっかく才能を見出《みいだ》されて貴族の仲間入りをしたというのに、気付けばどこの誰とも知らない男と婚約させられそうになったのだ。

「それなら弟子になる方がマシってことか」

「ええ、鬼畜調教師とまで呼ばれたご主人様の魔の手から逃れるには、これしかなかったのでしょう」

「その呼び名についてはあとでじっくり確認するとして——」

「夜にベッドの中でじっくりねっとり……」

「話が進まないから無視するぞ」

ラピスの想《おも》いを無視して、ジルベルトとアルトは彼女がそういうことだと認識していく。

違うのだと否定しようとしたところで、ポロリと一枚の紙が落ちた。

「あん？」

ジルベルトとラピスの名前が記載された婚姻届。

ジルベルトは孤児だったため、保証人はイシュタルになっている。

婚姻届にはクロニカ家とベアトリクス侯爵家の両家の名もしっかり入っており、あとは役所に提出すれば大陸中に認められることになる状態だった。

「ガチじゃねえか……」

「駄目！」

ジルベルトがそれを拾おうとすると、ラピスが慌てて婚姻届を守るように抱える。

弟子入りか、婚約か。どちらにせよ貴族とイシュタルに振り回された少女だから警戒するのもわかるが、婚姻届を奪うつもりのないジルベルトからすれば心外で――。

「これがなくなったら、師匠を脅せなくなっちゃうじゃないですか！」

「ん？」

「せっかくお祖父《じい》さまに頼んでここまでこぎ着けたのに！」

「んんん？」

なにか思っていたのと様子が違う気がした。

「なあラピスラズリ、俺との婚約が嫌だから弟子になりに来たんだよな？」

「違いますよ！　師匠の弟子になりたいから来たんです！　あとラピスって呼んでください！」

「そうか……なら放り出しても問題ないな？　別に弟子を取りたいと思ってないし」

「大ありです！」

ラピスは手をビシッと前に出し、婚姻届を突きつけてきた。

「イシュタル様は言ってました！　普通にやっても師匠は弟子にしてくれないだろう、と。だから二人で考えたんです！」

「お前も犯人側かよ」

婚約するくらいなら弟子にした方がマシかと思ったが、これなら追い出しても良さそうだ。

そしてやはり余計なことを唆《そそのか》したのは自らの師匠だという。

「さあ師匠！　私をお嫁さんにするか、弟子にするかの二択ですよ！　ここで私を追い出したら、その足でこの婚姻届を役所に提出してきますからね！」

その瞳は真っ直《まっす》ぐで、後ろめたさなど微塵《みじん》も感じている様子はなく、とても人を脅している人間の姿には見えなかった。

つまり、純粋にヤバいやつである。

「嘘《うそ》だろお前……そんな弟子入りの仕方あるか普通……」

「とんでもないのが来ましたね。私、ちょっと面白くなってきました」

「俺は全然面白くねぇよ……まあいい。紙を奪っちまえばいいだけの話だろ」

「いやっ！」

同情の気持ちもなくなったジルベルトは、婚姻届に手を伸ばす。

それを警戒したラピスは慌てて胸の中に隠してしまった。咄嗟《とっさ》の行動だったせいか、ジルベルトも伸ばした手を止められず、そのまま胸に触れてしまう。

「あん……」

「……」

一瞬固まる二人。

ラピスの顔付きは少女らしさが残っているが、胸はしっかり摑《つか》めるほどには大きい。

さすがのジルベルトも気まずくなって慌てて手を離す。

「す、すまん」

顔を真っ赤にして震えているラピスに謝罪すると、彼女は顔を上げた。

「せ、責任！」

その表情は、羞恥心に染まり涙目になっている。

「あん？」

「私のおっぱい揉《も》んだ責任取ってください！」

「そうですね。おっぱい揉《も》んだ責任は取らないと駄目ですね」

「おいアルト、テメェ楽しんでるだろ」

「正直、ご主人様が困る姿は見ていてとても愉快です」

「テメェーー！」

「弟子！　それか婚約！」

急に騒がしくなった室内。

元より婚約などするつもりはないが、弟子を取るのも面倒だ。かといってイシュタルが連れてきた以上、弟子入りを断ったらまたやって来てボロボロにされるかもしれない。

さっきは紙を奪って終わりだと思ったが、そう簡単な話ではなさそうだ。

自分の胸を隠すラピスを見ながら悩んでいると、アルトが提案を出してきた。

「弟子入りの件ですが、試験をしてみてはいかがでしょうか？」

「今回の件、ご主人様の意思を完全に無視して行われた密約です。なので無視してもいいと思いますが、あのババアの場合拒否したらなにをしてくるかわかったものじゃありません」

ジルベルトの懸念点《けねんてん》をきっちり押さえて、アルトは淡々と言葉を紡《つむ》いでいく。

「なのでラピスさんが試験をクリアできたら弟子入り。諦めたら婚姻届をこちらに渡して侯爵家に帰ってもらう、というものでいかがでしょう？」

「試験？」

「……諦めたら、ということは無期限か？」

「はい。ラピスラズリさんが諦めた、という事実が大切ですので」

「条件は？」

「どんな手段でも構わないので、ご主人様に一撃でも当てられたら合格が良いかと」

「……」

仮にも弟子になろうと思っている以上、自分との実力差はラピスも理解しているだろう。

だが勝てというならともかく、どんな手段でも一撃を加えたらという条件は端から見たら悪くないように思えた。

問題は、この提案がラピス側にメリットがないというところだが——。

「あの！　私、それでいいです！」

「なに？」

「その代わり……もし試験をクリアしたら、ちゃんと私を見てください！」

　このままなし崩しに弟子になっても、形だけで適当にあしらわれる可能性があった。

　もちろんラピスはジルベルトがそんなことをしないと信じているが、納得していない相手に無理やり弟子入りするのだ。そのような態度を取られても仕方がないというのも理解している。

　だからこそ、ラピスは必死に声を上げる。これはチャンスなのだと、そう判断して。

「本気で向き合ってほしいんです！　だから、それが条件だとしたら……私のことを見てくれるなら、その試験受け入れます！」

「……」

　その感性、そして迷いなくチャンスを得るために動ける行動力はジルベルトから見ても悪くなかった。問題はそれを摑《つか》み取《と》れるだけの実力があるとは限らない、ということくらいか。

「本当にいいのか？」

「はい！」

　ラピスが力強く返事をすると、アルトは淡々とした表情のまま告げる。

「それではラピスさん、貴方《あなた》が諦めるまではこの屋敷《やしき》に滞在することを許します。応援はしませんが、客人として寝床と食事くらいは提供しましょう」

　不可能だろう、というニュアンスが込められた言葉だ。今回の試験はアルトが提案したものだが、今のラピスにはあまりにも難易度が高い。

そのことにラピスは気付けなかった。

ジルベルトは気付いたが、なにも言わない。

「先ほども言いましたが、どんな手段でも構いません。ご主人様に一撃でも当てられたら合格です。それでは、頑張ってみてください」

「はい！　では行きます！　風剣《エア》！」

その返事とともに風の剣を生み出したラピスは、力強く床を踏み込んで迫る。

それを躱《かわ》したジルベルトは、軽くその顎に手を添え、撫《な》でるように彼女の脳を揺らした。

「あ……」

気絶して地面に倒れたラピスを、ジルベルトは淡々とした表情で見下ろす。

イシュタルとの戦いでは一方的に叩《たた》きのめされたとはいえ、彼もかつては世界最強クラスの魔術師だったのだ。ブランクがあろうと、ラピス程度の攻撃、目を閉じていても当たらない。

「思い切りは悪くねぇ」

「ですがこれでは、いくらやってもご主人様に一撃を当てるなんて無理でしょうね」

「まあだが、約束だから付き合うさ。コイツが諦めるまではな」

屋敷《やしき》に住むのは明日からということで、ラピスは一度荷物をまとめるために宿へ戻る。

その夜、イシュタルによって破壊された屋敷《やしき》の修復を終えたジルベルトは、リビングのソフアで一息《ひといき》吐いた。

「あのクソババア、滅茶苦茶《めちゃくちゃ》しやがって……げっ」

適当に魔導テレビをつけると、丁度イシュタルが映っていた。

魔導テレビはヴィノスの中心に立てられている魔塔《バベル》が放つ魔力波を拾い、街の出来事を映し出すことができる代物だ。

遠くの国の出来事などは放送できないが、魔導都市内のことは大体把握できる。

画面の中心にはイシュタルがいつも通り堂々とした姿で座り、彼女の下に映るテロップには『緊急会見！　大魔導師《グランドマスター》イシュタル引退宣言⁉』と書かれている。

『長く大魔導師《グランドマスター》なんてもんをやってきたが、私ももう年だ。そろそろ後継者を決めないとってずっと思ってたんだが……残念なことに後継者どもの中に私に勝てるやつがいなかったんでな。選定方法を考えることにした！』

『そ、その方法とは⁉』

魔導カメラのフラッシュが会見場に何度も光る中、記者の一人が質問をする。

イシュタルはその質問を待ってましたと言わんばかりにニヤリと笑うと、椅子から立ち上がり宣言した。

『私の直弟子には全員、弟子を取って育てるように言ってきた！　次世代の大魔導師《グランドマスター》は、一番優秀な弟子を育てたやつだ！』

画面下のテロップが『後継者は最も優秀な弟子を育てた直弟子！』と切り替わる。

再びフラッシュで光り輝く画面の中、集まってきた記者がどんどんと質問を繰り返す。

優秀の基準は⁉　期限はいつまで⁉　直弟子以外に可能性はないのですか⁉

そのすべてに対して、イシュタルは自分の気分で決めると言い切った。

記者の一部が答えになっていない、と少し苛立《いらだ》たしげに言うと——。

『おいおいおい、お前たち忘れてないか？　この都市じゃ私がルールだ！　文句があるやつは相手してやるからかかってこいよ！』

その言葉に会見場が沈黙に包まれるが、ジルベルトは当然だろうと思った。

この魔導都市ヴィノスを作り上げたのはイシュタルだ。大陸の歴史を紐解《ひもと》いても、彼女以上に時代を動かした人物はいない。この程度の我《わ》が儘《まま》、通って当たり前だった。

「これから大変なことになりそうですね」

「あのババア、厄介なことをしてくれるぜ……」

そっと隣に座ったアルトが用意した紅茶を飲みながら、ジルベルトは内心で溜《た》め息《いき》を吐《つ》く。

今回の件、魔導テレビを通して都市中に宣伝されたことで、これから大騒ぎになるだろう。

すでに自分の名前まで出ているジルベルトは最悪な気分だった。

「とりあえず、記者とかが屋敷《やしき》に入ってこれないように罠《わな》の強化だな」

「結界の方じゃなくていいんですか？」

「嫌がらせした方が来たくなくなるだろ？」

ジルベルトがニヤリと笑うと、アルトは笑顔を見せた。

「さすがですご主人様。なかなか最低で良《い》いと思いますよ」

全然褒められていないが、アルトも同意見なのは長く一緒にいるのでわかっていた。

――というか、コイツの方が俺よりエグいこと考えるしな。

どんな罠《わな》にしようか楽しそうに考える姿を見たら、手加減するよう言っておいた方がいい気がしたが……。

「まあいいか」

アルトの機嫌が良《い》い方が自分は安全だから、見知らぬ誰かには犠牲になってもらおう。

「あ、そうだご主人様。せっかくだから賭けしましょうよ」

「賭け？」

「はい。ご主人様はラピスさんを弟子にする気なんてないですよね？」

「当然だな」

大魔導師《グランドマスター》の地位や名誉に興味がないジルベルトからしたら、今回の件は平穏だった自分の生活が乱されるだけ。師であるイシュタルが背後にいて強制的に追い出すことができないので、諦めて帰ってもらうのが一番助かるのだ。

「私は案外、あのラピスさんはやり遂げるんじゃないかって思ってるんですよね」

「なに？」

その言葉はジルベルトにとって意外なものだった。

アルトに魔術を教えたのはジルベルトであり、彼女はその実力を誰よりも知っている。だらけた日常を過ごしているが、実力差は明白。ラピスのクリアは不可能だと思ったからこそ試験を提案したと思っていたので、こんな言葉が出てくるとは思わなかったのだ。

「ラピスさんが弟子になったら私の勝ち、諦めたらご主人様の勝ち。負けた方が言うことを一つ聞く、というのはどうですか？」

「……いいだろう」

まあ所詮、一時の遊びみたいなものだろう、と大魔導師《グランドマスター》になる気もなくラピス程度に一撃を貰《もら》わない自信のあったジルベルトはその賭けに乗ることにした。

「やた！　なんでもですよ！　なんでも言うこと聞くって、約束ですからね！」

「あ、ああ……」

なんだか妙にテンション高く、なんでもを何度も念押ししてくるアルトが少し怖いが、一度言った手前取り消すわけにはいかない。

——まあ、大丈夫だろ。これでなにかあったとき、アルトを大人しくさせられるし。

——なんて思っているのでしょうけど、ご主人様は女の執念をだいぶ甘く見てますねぇ。

ジルベルトの思惑を甘いと断じるアルトだが、それは伝えない。

ただ彼女は勝ちを確信していた。なぜなら――。
――あのラピスという少女のご主人様を見る目は……。
自分と同じくらい、深い情に満ちていたのだから。

第二章 ★ 弟子入り試験

「師匠！　覚悟ぉぉぉぉ！」

ジルベルトが昼食を食べていると、朝から姿を見せなかったラピスがリビングの扉を勢いよく開けて突撃してきた。食事中を狙った奇襲だ。このタイミングなら油断しているだろうと確信しながら風の剣を振り下ろした結果——。

「——ふぎゃ!?」

椅子を引いて躱《かわ》したジルベルトに天井まで蹴り上げられ、力なく地面に落ちた。

そしてお腹《なか》を押さえ、「お、ぉぅっふ……」と悶《もだ》える。

そんな少女を蹴り上げた張本人は、昼食を食べながらその姿を見下ろす。

「お前なぁ……実力差がある相手に真正面から来てどうすんだよ」

「た、タイミングはちゃんと選びました……」

「叫んだら意味ねぇだろ」

「そ、んな……卑怯《ひきょう》なことは……」

最後まで言葉にできず、ラピスはバタリ、と力尽きて気絶する。

ジルベルトからしたら身動きが取りづらい食事時を狙うのと、気配を消して奇襲することの差がわからないが、彼女なりの矜持《きょうじ》があるらしい。

そんな弟子候補に呆《あき》れながら、首根っこを掴《つか》んでソファに放り投げる。

「ラピスさんも懲りないですねぇ。十回くらい同じ目に遭ってるのにまだ正面突破とは」

「馬鹿なんだろ。根性だけは認めてやってもいいが」

ジルベルトに一撃を加えることができたら弟子にすると言って始まったこの試験。

ラピスがこの屋敷《やしき》に来てからすでに五日が経《た》ち、ご丁寧に毎日二回、昼と夜に襲撃を仕掛けてくるのだが――。

「こいつ、どんな手段でもいいって意味、全然理解しねぇんだけど」

「ベアトリクス侯爵家といえば騎士道精神を重んじる家系ですから、そういう教育を受けてきたのかもしれませんね」

「ま、なんにせよこれじゃあ一生かかっても攻撃を喰《く》らうことはねぇな」

「……」

安心し切った様子のジルベルトを、アルトはじっと見つめていた。


それから三日。

「嘘《うそ》だろ……？」

風呂《ふろ》を終え、脱衣所で服を着ようとしたジルベルトは戦慄した。

用意していた下着に死んだスライムが詰め込まれていたからだ。触れた瞬間のねちょっとした音と感触はあまりにも気持ち悪く、夢にまで出てきそうで——。

「今です！」

「今じゃねぇよ！」

最初から潜んでいたのか、天井から攻撃してきたラピスの顔面を摑《つか》んで地面に投げる。

魔術師であれば魔力で身体強化をするのは当然なので、この程度では大したダメージにはならないだろうが、とりあえず奇襲を迎撃できた。

案の定地面に叩《たた》きつけられたラピスはすぐに飛《と》び退《の》いて立ち上がると、戦意のある鋭い視線を向け、それが徐々に下に——。

「ぁ……男の人のってそんなにおっきぃんだ……」

「どこ見てんだよ！」

ジルベルトはスライムまみれの下着を摑《つか》むと、ラピスの顔面に投げつける。

ねちょっとした音が脱衣所に響き、なぜかラピスは少し嬉《うれ》しそうだった。

「最近、ラピスさんも良《い》い感じになってきましたね」

「嫌がらせ感が増してきただけだがな！」

着替えてリビングに戻ると、アルトが楽しそうにそんなことを言ってくる。

最初は真正面から挑んでくるだけだったが、ようやく真っ向勝負では歯が立たないとわかったのか、最近はどんどんと手段が過激になってきた。

トイレ中に襲撃してきたり、下着姿で布団《ふとん》の中に隠れていたり――それは結局緊張で動けないままだったので、問答無用で窓から放り出した――先ほどのように下着に小細工したり……。

工夫というより、もはやただの嫌がらせの数々。しかもなぜか下ネタに特化していて――。

「つかお前も余計なことばっか教えてんじゃねぇよ」

「え？　なんのことですか？」

「これだけラピスの行動が変わってて、よくしらばくれられると思えるよなぁ！」

当然だが、ラピス一人でこのような行動を取れるはずがない。アルトが面白がって絡《から》んでいることは明白だが、全然悪びれた様子も見せずに誤魔化してくる。

「だってこのままだと、ご主人様との賭けに負けちゃうんですもん」

「だったらもっと真面目にやれよ！」

「はいはい、ご主人様は仕方ありませんねぇ」

なぜか自分が我《わ》が儘《まま》を言っているような雰囲気で話を切られ、アルトは台所に消えていく。

それを見送りながら釈然としない様子のジルベルトだが、ふと思った。

「……なんで俺、真面目にやらせようとしてんだ？」

諦めてもらった方が楽なのだから、変な手助けは止《や》めろとだけ言えば良かったのだ。

「まあ、今更か……」

とりあえず、今度下着にスライムを入れてきたら絶対に後悔させてやる、と心の中で誓うのであった。

早朝、いつもより少し早く起きたジルベルトが二階の自室からリビングに下りると、アルトが朝食の準備をしているところだった。

こんがり焼けたトーストに瑞々《みずみず》しいサラダ、それに香ばしい匂いを漂わせてくる具だくさんのスープなど、相変わらず朝から食欲をそそられるメニューだ。特に湯気の立つ金色のスープは、街で食べるそれより何倍も美味《おい》しくジルベルトの好物でもある。

「美味そうだな」

「ふふふ。隠し味に愛が入っていますからね」

愛というより手間がかかっているからだろう、とは言わない。アルトが自分のために毎朝早くから起きて用意してくれているのを知っているが、本人的には愛が込められている方を推しているからだ。

ふとテーブルを見ると、いつもと違い朝食は三人分置いてあった。

「ラピスはまだ寝てんのか？」

「いえ、日課のランニングに出かけましたよ。いつも通りならそろそろ戻ってくる頃……」

「ただいま戻りました！　ってあれ？　師匠がもう起きてる⁉」

どうやら自分が知らなかっただけで、毎日同じ時間にランニングをしていたらしい。

さすがに朝から仕掛けてくるつもりはないのか、朝食が用意された席に座り笑顔を見せた。

「朝から師匠とご飯を食べられるなんて、今日は良《い》い日かも⁉」

「なんかすげぇテンション高いんだけど、俺って低血圧だからついてけねぇぞ」

「ラピスさんって懐《なつ》っこい大型犬みたいですよね。多分、普通に昼間でもついていけないと思いますよ」

わんわん、と懐《なつ》いてくる犬を連想。

「ちょっとわんって言ってみろ」

「わん！」

まったく躊躇《ため》う様子もなく、ラピスは嬉《うれ》しそうに声を上げる。

——たしかに犬っぽい愛嬌《あいきよう》があって、意外と可愛《かわい》いかもしれん。

もちろんペットとして見るならば、と心の中で言い訳をしていると、アルトがゴミを見るような眼差《まなざ》しで見ていることに気が付いた。

「ご主人様、今のはだいぶ変態っぽいです」

「……すまん」

たしかに弟子を餌に変態プレイをしていると言われたら、否定できないシチュエーションだ。

「わぅん？」

理解をしていないのか、ラピスはただ首を傾《かし》げるだけ。

「そういやお前、その格好だが……」

「え、なにか変ですか？」

この屋敷《やしき》に来たときは貴族らしい白いドレスを着ていたが、今ラピスが着ているのはノースリーブの白いシャツに、健康的な足が伸びる黒色のスパッツ。

立ち上がり、くるりと回ると身体のラインやお尻の丸みが強調された。

「変というか……その格好でランニングしてたら、その……街にいる変なおやじたちの視線が、な？」

「ご主人様、なんか思春期の娘を心配してる父親みたいですね」

「……」

アルトの一言で、余計言いづらくなった。

たしかに動きやすいのだろう。だがジルベルトからしたら、この格好は女性として本当に良《い》いのか？　と思ってしまうのだ。

「これ、ベアトリクス侯爵家でも正式に採用されてる運動着なんですよね。騎士たちも普段はこの格好で鍛錬してますし……」

ジルベルトの中で、ベアトリクス侯爵はドスケベな男だと認識された。

――いや待て。その前に全員となると、男もか？

さすがにそれは……と思った瞬間、アルトが口を挟む。

「ラピスさん、ご主人様はそのお尻のラインに欲情しているようです」

「え⁉　本当ですか⁉」

なぜか嬉《うれ》しそうに声を上げるラピスに、違うと言いかけ——。

「ご主人様は変態ですからね……耳を貸してください」

ジルベルトが反論するより早く、アルトがラピスになにかを耳打ちする。

——え、そんなエッ……でもたしかにその方が……はい、はい、はい……あわわわ。

顔を真っ赤にしてジルベルトをチラ見し、アルトの言葉に再び集中。そして——。

「師匠のエッチ！」

「理不尽すぎるだろ！」

「でもそれで喜んでもらえるなら私は、私は——！」

勢いよく朝食を口に運び、スープを飲み干したラピスは立ち上がる。

「やっぱりまだ恥ずかしいですー！」

そしてそのまま、外まで走り出していった。

「なあアルト……この時間に起きるとこんな騒がしいなら、もっと遅くまで寝てるけど」

「逆にもっと早起きしたら良《い》いじゃないですか」

「そしたらお前の朝食作る時間が早くなるだろ？」

「早起きしたくないからって、私を気遣う振りするのは止《や》めてください」

「……」

八年も一緒にいると、だいたいのことが伝わってしまうなとジルベルトは思った。

毎日狙われているせいで自由時間のないジルベルトは、気晴らしのため街に出ることにする。

外でも攻撃して構わないのだが、閉鎖空間である屋敷《やしき》の方がラピスにとっても有利なので、あえて襲撃はしてこないだろう、という目論見《もくろみ》だ。

――仮にしてきても、対処できるしな。

「あ、ご主人様。街に出るなら、帰りに牛乳買ってきてください」

「おう……」

「あと卵と、トイレットペーパー……そういえばお肉も不足してて……ちょっとメモするので待っててくださいねー」

自由を求めて出かけるつもりだったのに、なぜか普通に買い物をすることになってしまった。

まあいいかと、メモを受け取って屋敷《やしき》を出る。

「アルトのやつ、ここぞとばかりに買うもん増やしやがったな……」

ジルベルトの屋敷《やしき》は都市西部の城壁近く、街の中心まではそれなりに距離があり、買い物をするだけでも結構苦労をする場所にあった。

「そういや、一人で街に出るのも久しぶりだな」

街に用事があるときは、大抵アルトと一緒だった。そして荷物持ちをさせられるのである。

「思えばあいつ、メイドの自覚ないんじゃねえか？　いやまあ、別にメイドになれって言ったわけでもないし勝手にやってることだが」

一人で歩きながら林の中を進んでいく。しばらくして開けた通りに出ると、活気に満《み》ち溢《あふ》れた街並みが広がっていた。

「相変わらずメインストリートは人が多くて騒がしいな」

昼間から酒を飲んで騒いでいる魔術師、井戸端会議をしている女性たち、犬の散歩をしている老人。

独立都市であるヴィノスには貴族という制度がないため、街ではその権力は行使できず全員が平等だ。権力に脅《おびや》かされることがなく、通りは笑顔と活気に満《み》ち溢《あふ》れている。

唯一の権力者といえば、大魔導師《グランドマスター》イシュタルだけで——。

「あの塔も、目立ちすぎるだろ……」

街の中心にそびえ立つ魔塔《バベル》は魔力波を飛ばすだけでなく、魔術協会の本部が併設されており、この街の象徴だ。だからこそ白亜の塔は街のどこからでも見えるようになっていた。

そして最上階にはイシュタルの住居があり、噂《うわさ》ではそこからすべてを見通しているらしい。

「嘘《うそ》か本当かわからないのがババアの怖いところだな」

自らの師匠であるが、本当に底の見えない相手だ。

西を見ると、魔術都市を囲う城壁よりさらに高い壁が南北に延びているのが見えた。人界《ミドガルズ》と魔界《ニヴルヘル》を二分する、ヴィノスの壁である。その先には普通の人間では立ち入ることのできない、魔獣が溢《あふ》れる世界が広がっていた。

「あれ見るたびに、嫌なことを思い出しちまう……」

かつてジルベルトは、イシュタルに修業の旅と称して魔界《ニヴルヘル》に連れていかれたことがあった。当時の未熟だった自分を思い出し、思わず顔をしかめてしまう。

修業時代を思い出したからか、過去の自分と最近やって来たラピスが重なって——。

「いや、さすがにあんな馬鹿じゃなかった……ん？」

街をぶらついていると、魔導テレビで顔と名前が認知されたせいか、いつもより視線を感じる。しかもそのほとんどが小馬鹿にしたり、睨《にら》みつけるなど悪意を持ったものが多かった。

——俺はババア直弟子の面汚《つらよご》しだからな。

この都市の人間にとって、大魔導師《グランドマスター》イシュタルは絶対的な存在だ。そして直弟子たちもまた、歴史に名を残すような者たちばかり。

魔術師たちはプライドも高いが、それでも彼らが相手であればまだ諦めがつく。

だがジルベルトは違う。特別な活躍をしたわけでもなく、何年も屋敷《やしき》に引き籠もり、魔術師としての活動すらほとんど放棄していた。

——なんであんなやつがイシュタル様の弟子なんだ？

——恥知らずめ。やる気がないなら俺と代われよ！

誰もが憧れ、欲《ほっ》して止《や》まない地位にジルベルトはいる。

イシュタルが自分の直弟子の中で、と条件を付けた時点で彼らには後継者になる資格がない。

だからこそ余計に、ジルベルトへ悪意が集まっていた。

「まあこれは仕方ねぇ」

魔導の追究もせず、昼行燈《ひるあんどん》のように過ごす姿は、世界最強を自負するヴィノスの魔術師たちにとって認められないものなのだから。

「前はここまでじゃなかったんだがなぁ、あれだけ大々的にやったらこうなるか」

自分の選択に後悔はない。煩わしいが、すぐに落ち着くだろう。

そう思っていると、突然背後から声をかけられる。

「おっ！　もしかしてそこにいるのはジルかい⁉」

「あん？」

振り向くと長い赤髪の美男子が立っていた。全体的に細身に見えるが、それでも鍛えているのが一目でわかるほど体幹がしっかりしている。

明るい笑顔で話しかけてくるこの人物を、ジルベルトはよく知っていた。

「久しぶりだな！　元気そうじゃないか！」

「ま、ほどほどにな。コメディ、お前は……まあ聞かなくてもわかる」

「ハッハッハー！　この大陸一の道化師コメディアン・トリックスター！　笑顔と元気が取り柄の男だからね！」

コメディアンが陽気な笑顔で白い歯を光らせながらサムズアップすると、彼の背後にキラキラとした光が飛び交った。

「また無駄に輝いてんな」

「それがこの私ぃ！　コメディアン・トリックスタァァァァー！」

「うるせぇ……」

両手を広げて変なポーズでアピールしてくるこの男は、ジルベルトの兄弟子だ。

一見ふざけているように見えるが、彼が本気になれば周辺諸国の騎士たちなど物の数ではないほどの実力を持つ男でもある。

ジルベルトに向けられた悪意の視線などまるで気にせず、コメディアンは楽しげに近寄り、その肩を抱く。

「ジルが一人とは珍しいな！　あの可愛《かわい》らしくも恐ろしいメイドさんは一緒じゃないのかい⁉」

「まあ、たまにはな」

自分が陰の気を放っているとしたら、目の前の男はまるで太陽を背負っているようだ。コメディアンが暗い表情を見せたことなど、ジルベルトは一度たりとも見たことがなかった。

「お前はあまり街に出てこないから、他のみんなも心配しているよ？」

「あの変人どもが？　そりゃねえだろ」

イシュタルの直弟子たちは基本、どこかおかしい。それはジルベルトがそう思っているのではなく、全員が全員に対して思っていることだ。

それにジルベルトはイシュタルに弟子を辞めることを宣言した。当の師匠はなぜか弟子を辞めさせるつもりはないようだが、兄弟弟子たちはみんな知っている事実だ。

だからこそ、心配しているなんてあり得ない。

「ババアの弟子だと、まともなのって俺くらいだろ？」

「はっはっは！　……それはない」

「急に真顔になるのは止《や》めろよな」

それまで笑顔だったくせに、まるで事実のようではないかとジルベルトは思った。

「せっかくだしこのまま昼食でも一緒にどうだい？」

「暇だから良《い》いが……お前の奢《おご》りだよな？」

「ん？　それは構わないけど、もしかしてお金に困ってるのか？」

「アルトがあんまり小遣いくれねえんだよ」

ジルベルトもたまに魔道具を作って稼いでいるのだが、「こうした方が夫婦っぽくていいですよね？」という理由だけで財布のヒモを握られていた。

──よくよく考えればおかしな話じゃね？　無駄遣いなどするつもりもないから構わないが、こうして突発的な事態のときに困るのだ。

それを言うとコメディアンは心底おかしそうに笑いながら、嬉《うれ》しそうな態度を見せる

「なるほどなるほど。しっかり尻に敷かれているようで安心したよ！　まあせっかくの再会だ。ここは兄弟子がしっかりキッチリ奢《おご》ってやろうじゃないか！」

街のど真ん中で魔力を輝かせて高笑いを続けるコメディアンを見ながら思う。

「やっぱりババアの弟子って、俺以外まともなやついねぇなぁ」

「はっはっはぁ！　言っておくけど、お前はまとも枠には入らない。絶対にだっ！」

「……だから急に高笑い止《や》めて真剣に言うの止《や》めろって」

なんとなく腑《ふ》に落ちないまま、近くにあったカフェに入るのであった。

丁度お昼時ということもあり、カフェは女性同士やカップル客が多くざわめいている。

幸い入店のタイミングが良かったため、待ち時間もなく入ることができた。

男二人だとなかなか辛《つら》い空間だと思ったが、美形はそんな逆風も弾《はじ》き飛《と》ばすらしい。周囲の女性客から熱い視線を向けられているが、それに気付いていながら気にした素振りを見せない。

──そういえば昔、「視線を向けられることこそ我が本懐！」とか言っていたな。

常に目立つことを意識している兄弟子にとって、こうしてカフェで視線を向けられるのはい

つものことなのだろう。

「それで、最近はどうなんだい？」

女性店員の熱い視線を受けながら軽食とコーヒーを注文したコメディアンは、機嫌良さそうに尋ねてくる。

「どうって言っても、普通に生活する分には困らねえ金が入ってくるし、適当に魔道具作りながら過ごしてるな」

「ほほう、それじゃあそろそろメイドさんとジルの子どもが見られる日も近いかな？」

「……それはねえよ」

アルトの献身とも依存とも取れる態度を知っているコメディアンは、たまに会うとこうしてからかってくる。だがジルベルトからすれば、ない話をされても反応に困る。

「ふふふ、まあ今はそうかと言っておこう。だがなジルよ。このコメディアン、実は笑顔だけじゃなく推理をさせても超一流！　そんな私が断言しよう！　いずれお前にも年貢《ねんぐ》の納め時が来るだろう！　となっ！」

「お前の推理は昔から九割くらい外れてるやつだけどな。つーかカフェでデカい声出すなって。周りに迷惑すぎる」

「この私を視界に入れられるのだから、むしろ役得というものだろう！」

これを本気で言っているのだから普通じゃないのだが、たしかに女性客からの視線は好感だ。

その代わり、その女性と一緒にやって来ている恋人らしき男性たちは、コメディアンのことを視線だけで殺せそうな勢いで睨《にら》みつけている。

そしてなぜか自分も睨《にら》まれていた。理不尽である。

「お、来たか」

丁度いいタイミングで女性店員がコーヒーを持ってくる。

その店員は去り際にそっと連絡先を書いた紙をコメディアンの前に置いていくが、彼はまるで最初からなにもなかったかのようにその紙を消してしまった。

「……相変わらずスゲェな」

「ん？　なんのことかな？」

コメディアンはとぼけた様子を見せる。実際、今の行為に気付ける者はほとんどいないだろう。恐るべき早業だ。なにより、顔色一つ変えずにそれをした精神性は、ある域を超えているとジルベルトは思う。

「そういえば、ジルはどうするんだい？」

「あん？　なにがだ？」

「もちろん後継者のことさ！　師匠が次世代のことについて語ることなんて一度もなかったからね。今回は本気も本気、本当に後継者を決めることになりそうじゃないか！」

コメディアンは少しワクワクしたような面持ちだ。

彼の言う通り、イシュタルが自身の後継について語ったことは一度もなかった。

外野の人間たちは、誰が次世代の大魔導師《グランドマスター》になるのか興味津々《きょうみしんしん》だろう。だが直弟子たちにそこまで拘《こだわ》りがあるかと言われれば、実はないのが実情である。

大魔導師《グランドマスター》の座を本気で狙っている者など、ジルベルトが知る限り誰一人いなかったからだ。

「俺はいつも通り適当に過ごすくらいだな」

「興味なさそうだね」

「お前だってそうだろ？」

ジルベルトがそう言うと、コメディアンは含みのある笑みを浮かべる。

「私はね、大魔導師《グランドマスター》になれるならなりたいと思ってるよ」

その言葉を聞いて、ジルベルトは意外に思った。コメディアンが大魔導師《グランドマスター》になりたいと言ったところを、これまで一度も見たことがなかったからだ。

「どういう心境の変化だよ」

「ふふふ、私が大魔導師《グランドマスター》になったら、弟子の未来も約束されるからね！」

「へぇ……ってことは弟子を取ったのか？」

「まだだ！」

「まだなのかよ⁉」

思わぬ返答につい ツッコミを入れてしまう。

完全に弟子を取っている前提の話し方だったので、勘違いしてしまっても仕方がない。

「だがしかし！　すでに候補は見つけているのさ！」

「……候補を見つけてるんだったら、さっさと弟子にしたらいいじゃねぇか」

再三になるが、イシュタルの直弟子というのは魔導都市ヴィノスにいる魔術師なら誰もが憧れる地位だ。孫弟子とはいえ、誘って断られることはほぼないだろう。

「ふ、ジルよ。世の中タイミングというものがあるのだよ。声をかけるのは時期尚早。今はまだ見守っておく時なのさ」

コメディアンの思わせぶりな態度はなんなのだろうと思うが、これで人を見る目はある男だ。彼が選んだのであればきっと、その弟子は優秀なのだろう。

そもそも今回の件、育成期間どころか弟子を取る期間すら決められていない。ならばどれほど時間をかけようと本人の自由である。

なぜかジルベルトの場合は弟子の方が押しかけて脅迫してきたが、それは例外だろう。

「まあ、好きにしたらいいんじゃねえか？」

「ああ！　そしてジルよ、お前もキリキリ吐いてもらうぞ？」

「なにをだよ？」

「もちろん、お前の弟子のことさぁ！」

コメディアンは真っ直《ま》ぐ《す》伸びた指をこちらに向けながら、おでこを押さえるポーズを取った。

そもそも弟子を取ってないし、取ったなど一言も言っていない。だというのにコメディアンはまるで確信している態度だ。

「このコメディアン、笑顔だけではなく推理をさせても超一流！　わかっているぞ、お前がすでに弟子を取っていることはなぁ！」

「……黙秘権を行使する」

「ふ、この街に黙秘権などあるわけないだろう？」

実際、犯罪者は自白系の魔術で簡単に口を割らされる街である。黙っていても情報は簡単に外に漏れてしまうのだ。

――なんて嫌な街なんだ。

「さあ吐け、吐くのだぁ！」

「はぁ……わかったよ。つっても本当にまだ弟子にしてねぇから、面白い話なんてねぇぞ？」

そう言ってからラピスがやって来た経緯を簡単に話すと、コメディアンは全力で爆笑した。

ムカついたので殴りかかるが躱《かわ》される。

「あー笑った笑った！　うんうん、いいねぇその子。お前はこれまでさんざん足踏みしてきたんだ。そろそろ前を向いても良い頃《い》だと思うし、それだけパワフルな子ならきっと……」

「は？　別に俺は足踏みとかしてねぇし」

「ジルがそう言うならそうだろうな。しかし、ふふふ」

我慢し切れないように笑うコメディアンをジルベルトが睨《にら》む。

「話を聞いているとそのラピスって子、昔のジルそっくりじゃないか！　ならきっと、その子は強くなる！」

「何度も言うが、弟子にするつもりはないからな」

確信めいたコメディアンの言葉に、突然やって来た侵略者《ラピス》を思い返す。

あの勢い、それに執念はたしかに強くなる素質だと思った。

「まあ……俺の方はこんなもんだ。次はお前のことも教えろよ」

「ふ……」

そう言った瞬間、コメディアンは立ち上がる。これは不味《まず》いと思い手を伸ばすが――。

「さてジルよ、私はお前の楽しい話が聞けて大満足！　ゆえにここでお別れだ！　なぁに心配するな、すでに支払いは済ませている！　一流の男は会計さえもスマートに！」

「ちょ、おま――！」

「では、さらばだ！」

ジルベルトが捕まえようと手を伸ばすよりも早く、コメディアンが動く。

一瞬でその場から消え、ジルベルトは茫然《ぼうぜん》と立ち尽くすしかなかった。

一人になったジルベルトは、アルトに頼まれた買い物をしていたのだが――。

「いやあいつ、なんで逃げたのについてくるんだよ」

なぜかコメディアンがこちらをジーと見つめながらストーキングしてきた。

ちらっと後方を見ると、大きな樽《たる》の後ろに隠れる。細身だが鍛えられた身体《からだ》は隠し切れていないうえ、なんか輝いている。

――まさかバレてないとでも思ってんのか？　あんなに輝かせておいて？

ただ立っているだけで目立つ男なのに、さらに主張と眼力が強いのだ。このまま放っておくと頭が痛くなりそうだったので、隠れ切れていないコメディアンのところまで歩いていく。

「お前、なにがしたいんだよ？」

「む、気付かれたか!?」

「ふっ」

「突っ込まねぇからな。なんでコソコソ……してるかどうか微妙だが俺をつけてくるんだよ」

いつも通りの兄弟子に疲れた様子のジルベルトが尋ねると、コメディアンは立ち上がって髪を掻《か》き上《あ》げた。

普通なら気障《きざ》すぎて苛立《いらだ》つだろうその行為も、彼がやるとなぜか格好良く見える。

「ジルが弟子にしようとしてる子が見たくてね」

「おら」

「当たらないさ！　その程度ではな！」

キラン、と瞳から星を出してきてイラッとしたので蹴るが避《よ》けられる。

どうせ最後までついてくるのだろうと諦めて屋敷《やしき》まで連れていくと、門を越えた先の庭ではラピスが鍛錬を行っていた。

「あ、師匠！　お帰りなさーい！」

ジルベルトに気付いたラピスは、ご主人様が帰ってきたことを喜ぶ大型犬のように近寄ってくる。満面の笑みだ。彼女の周囲には花畑と蝶《ちょう》が飛んでいるように見え——。

「どおりゃぁぁぁぁ！」

そしてあと一歩というところで表情を豹変《ひょうへん》させ、殴りかかってきたので足を引っかけて転ばせる。顔面から地面を滑り、土を削る良い音《い》が鳴った。

「いたい……」

鼻を赤くして涙目になったラピスは悲しげな表情で見上げ、隣に人がいることに気が付いて慌てて立ち上がる。

「ら、ラピスラズリ・ベアトリクスです！　師匠の弟子です！」

「まだ弟子にしてねぇよ」

「予定です！」

バタバタと騒がしい二人のやり取りを見たコメディアンは思わず笑う。

「あーはっはっは！　こいつはいい！　この猪突猛進《ちょとつもうしん》っぷりは子どもの頃のジルそっくりだ！

ミニジルだ！」

「いや、俺はこんな脳筋じゃなかったと思うが」

「ハハハ！　……それ、他のみんなに言ったら爆笑されるよ？」

だからなぜそういうところだけ真顔で言うのか。横で聞いているラピスが勘違いするから止《や》めてもらいたい。

「さて、素敵な自己紹介をありがとうお嬢さん。私はコメディアン・トリックスター。ジルベルトの兄弟子だよ」

「師匠の兄弟子⁉」

「証拠はこれ！　子ども時代の映像さ！」

いきなり幻影魔術を展開すると、過去のジルベルトが映し出される。まだ幼い頃の彼が必死に魔術の鍛錬をしたり、イシュタルに可愛《かわい》がられたり……とにかくジルベルトにとって黒歴史である恥ずかしい映像が流れ続けた。

「うわぁ……師匠かわいい！」

「テメェいきなりなにしやがる⁉　消せ！　消しやがれ！」

「ははは！　ではジルの弟子候補も見れたし私は帰るよ！　さらば！」

幻影魔術を消そうとコメディアンに攻撃を仕掛けるが、まるで蜃気楼《しんきろう》のようにその場から消えてしまう。

「くそ！　いなくなるならこっちも消せよあいつ！」

自分の過去を見続けるラピスを引き剝がしたい気持ちになるが、あまり近づきすぎると一撃を喰《く》らう可能性もある。

一瞬、ラピスを気絶させるかと思い至るが――。

「うわぁ……うわぁ……」

無邪気な笑みを浮かべ、夢中で映像を見るラピス相手にそれは非道すぎると思いとどまった。

「はぁ……」

過去を映し出すのは高度な魔術だ。いくらコメディアンでも長くは続かないはず。そう判断したジルベルトは諦めてその場を離れる。

買い物袋を台所に持っていくと、ピンク色の煙を出している鍋をかき混ぜるアルトがいた。

あまりにも怪しい後ろ姿に、思わず一歩後退《あとずさ》ってしまう。

「お前……なに作ってんの？」

「買い物ありがとうございます。でも乙女の秘密を探ろうなんて最低ですよ」

買い物袋を渡すと、すぐに台所から追い出された。

自分の屋敷《やしき》なのにまったく落ち着くことができず、ちょっと悲しくなるのであった。

第三章 ★ ラピスの過去

中庭の木に簀巻《すま》き状態で逆《さか》さ吊《づ》りにされたラピスは、涙を流しながら揺れている。

「なあラピス。なんでこんな状態になってるか、わかるか？」

「し、師匠の着替え中に襲いかかったからです！」

「下着を全部盗んだからだよ馬鹿野郎！　まだ一枚足んねぇぞどこやった！」

事件の始まりは朝、シャワーを浴びた後。ジルベルトが着替えようとしたら、脱衣所に置いてあるはずの下着がすべて盗まれていた。最初はアルトの仕業だと思い叫んだところ、ラピスが脱衣所に乗り込んできたことで犯人が発覚し、今に至る。

「素《す》っ裸《ぱだか》な状態で攻撃される男の気持ち、お前にわかるか？」

簀巻《すま》き状態のラピスを軽く蹴ると、括《くく》り付《つ》けた木の枝がギシギシと音を立てて軋《きし》む。

逆さまの状態で揺らされるなど経験したことないだろう。鍛えることもしてこなかったせいか、ラピスの顔色はどんどんと悪くなっていった。

「う、ううぇ……し、ししょー、気持ち悪いですぅ……」

「へぇ、無理やり人の裸を見た感想が気持ち悪かったか。そうかそうか……」

「ち、ちが……ぁ、もうだめ……これ以上はで、出ちゃ——」

顔面を蒼白《そうはく》にさせたラピスが、出してはいけないものを出そうとした瞬間、ジルベルトは吊《つ》るしていたロープを切る。

「ぎゃっ⁉」

　頭から地面に落ちたラピスは、鼻を赤くしながら涙目で転がっていく。少女としての尊厳だけは守られたが、簀《す》巻《ま》きのせいで受け身も取れずに無防備に落ちたせいで痛みに震えていた。

「今日はこんなもんで許してやるが、次同じことやったら吐くまで揺らしてやるからな」

「う、うぅぅ……はぃぃ」

　反省の意味も込めて、簀《す》巻《ま》き状態で中庭に転がしておく。夕飯くらいには解放してやろうと思っていると、屋《や》敷《しき》からアルトがゆっくりと歩いてきた。

「ご主人様、私は異議を申し上げます」

「あ？　いきなり来てなんだよ」

　機嫌の悪いジルベルトが睨《にら》むが、アルトは慣れたものでどこ吹く風といった様子だ。

「ご主人様は下着がなくなったとき、真っ先に私を疑いました。これは誠に遺憾です」

「普段の言動を思い出してから言え」

「むぅ……」

　間髪容《い》れずに言い返すと、少し不《ふ》貞《て》腐《くさ》れた顔をする。

　これはまた変なことをやりかねないなと思っていると、アルトは簀《す》巻《ま》きにされたラピスを救出し始めた。

「まったく、まだまだですねラピスさん」

「うぅ……すみませんアルトさん。せっかく作戦を考えてもらったのに、それを私は活《い》かせませんでした……」

「仕方ありません。ご主人様は羞恥心など欠片《かけら》もない人ですから。たとえ全裸で街を歩けと言われても平気な顔して歩ける男です」

「やっぱテメェの差し金なんじゃねえか！」

風呂場《ふろば》に突撃してきたとき、ラピスは顔を真っ赤にして動きは精彩を欠いていた。だから彼女が自分で考えた作戦とは思っていなかったが、やはりアルトが唆《そそのか》していたらしい。

詰め寄っても彼女は気にした様子を見せず、飄々《ひょうひょう》としたものだ。

「一番油断しているであろうお風呂時《ふろどき》を狙わせただけです」

「最近お前らのせいでまったく油断できなくなったけどな」

なにせアルトの指示のせいで、風呂《ふろ》、トイレでの襲撃率が一番高いのだ。もはや油断している時を狙うというよりは、ただの嫌がらせである。

「古今東西、英雄がお風呂《ふろ》やトイレで弱者に殺されるなんて、よくある話じゃないですか」

「言いたいことはわかる。だが俺は無手で戦うんだから風呂場《ふろば》とか関係ねえだろ」

「いいえ、関係ありますね。普通の男性であれば、うら若き少女に裸を見られたら興奮して下半身の動きが鈍るはず――」

そこまで言うと、アルトは簀巻《すま》きから解放したラピスを立ち上がらせた。そして真剣な表情で両肩を掴《つか》み尋ねる。

「それでラピスさん……ご主人様のはどうでした？」

「すごく、大き――」

「ぶっ殺すぞテメェらぁ！」

さすがに堪忍袋《かんにんぶくろ》の緒が切れたジルベルトが、二人をその場で正座させる。

「タイミングとか嫌がらせじゃなくて戦い方を工夫しろ！　アルト、お前もあんまり悪ふざけばっかりしてっと一緒に追い出すぞ！」

「別に悪ふざけじゃありませんし。ラピスさんにこんなことをしても無駄ですよって先に教えておこうと思っただけですし」

「えぇ！　これ無駄だったんですか⁉」

ラピスが驚愕《きょうがく》の表情で叫ぶと、アルトはやれやれと肩を竦《すく》めた。

「それはそうですよ。お風呂《ふろ》や寝ているご主人様に襲いかかって一撃を与えられるなら、私はとっくに既成事実を作ってゴールインしています」

「おい」

「そっかぁ……無駄だったのかぁ……」

ラピスが遠い目をしているが、そんなことを気にしないアルトは淡々と言葉を続ける。

「まあ無駄は少し言いすぎましたね。ただ、ご主人様を相手に真正面から正攻法で攻略するのは無理というのはよく理解できたと思います。こう見えてこの人、化け物以上に強いので」

言っている内容は若干気になるが、ようやくまともっぽい指導を始めたみたいなので、追及《や》するのは止めておく。

「というわけで、これから作戦会議を始めます。ご主人様はどっか行っててください」

「その前にパンツ寄越せ」

「さすがにその要求はどストレートすぎてちょっと……まあでもご主人様が望むなら……」

「師匠が望むなら、私も……」

「俺のだよ！　どうせお前が持ってんだろ！」

ああ言えばこう言うメイドと、それに便乗する弟子候補に呆《あき》れつつ、なぜか彼女の服の中から出てきたパンツを回収したジルベルトは着替えに行った。

ジルベルトが去っていた後――。

二人きりになったラピスは、アルトのことを盗み見る。

――本当に綺麗《きれい》な人だなぁ……。

流麗に流れている銀髪に紅《あか》い瞳。それらはミステリアスな雰囲気を持つ彼女によく似合っている。腰や足は細いのに、胸だけはメイド服の上からでもはっきり丸みを帯びていて、一度お風呂場《ふろば》で全身をくまなく触れてみたいと思うほどだ。

聞けば年齢は十八で、ラピスと二歳しか差がないらしい。

正直、反則だと思う。小柄で童顔の自分に比べるとあまりにも大人びた魅力を持ち、同じ女のラピスですら見惚《みと》れてしまうほど、アルトの容姿は完璧だった。

――師匠もやっぱり、こういう人が好きなんだよね……。

ラピスは同年代に比べれば胸はある方だが、目の前の美女には勝てる気がせず、少し凹《へこ》んでしまう。

「さて、行きましたか」

そんなふうに考えていると、ひんやりとした声が広い中庭に響く。

まだ日中で暖かいはずなのに、彼女の一言で周囲が凍えてしまったかのようだ。

「アルトさん？」

ラピスから見たアルトは、なにを考えているかわからないけど綺麗《きれい》で優しい人、だ。

自分の弟子入りのために協力してくれたりと、言葉や雰囲気に反して面白い人だとも思う。

だが、今の彼女は少し怖かった。

「場所を変えましょう。ついてきてください」

彼女の言葉に逆らえるはずもなく、ラピスはアルトの背を追って屋敷《やしき》の中へ。そのままリビングを通ってそれぞれの寝室がある二階に上がる。

案内されたのは、アルトの部屋だった。

「紅茶を用意します。それまでそこで寛《くつろ》いでいてください」

アルトが部屋から出ていき、言われた通り彼女を待つ。なぜか見張られている気がして、緊張は解《ほぐ》れず寛《くつろ》げる気分ではなかった。

二人分の紅茶と茶菓子を用意したアルトが部屋に戻ってくる。それらをテーブルに並べると、ラピスと向かい合うように座った。

「どうぞ」

「は、はい……」

紅茶を飲む。味がしなかった。お菓子を摘《つま》む。やはり味がしない。恐らく高級菓子のはずだが、緊張しすぎて味覚がおかしくなり、パサパサと口の中を乾燥させるだけに終わる。

処刑を待つ囚人というのはこんな気分なんだろうか？　とラピスが思った頃、ようやくアルトが口を開いた。

「貴方《あなた》はなぜご主人様の弟子になりたいのですか？」

「それは――」

一瞬口ごもったあと、ラピスは困ったように曖昧に笑う。

「答えないといけないことですか？」

「はい。理由によっては貴方《あなた》を処分しないといけませんから」

アルトが本気なのは目を見ればわかる。普段のラピスなら派手にツッコミを入れるような言葉だが、今は不思議とそうしたいとは思わなかった。

「私、養子とはいえ侯爵家の娘なんですけど……」

「関係ありません。すべての責任は私が取ります」

その責任というのは、どのようにして取るつもりなのか。まさか貴族の娘を殺しておいて、自分の命だけで済むわけがない。それくらいわかっているはずだ。

間違いなく主人であるジルベルトも管理責任を問われ、処刑される。

そう伝えると、アルトはやれやれ、とラピスの想定する未来は起こり得ないと言わんばかりに呆《あき》れた様子を見せた。

「ご主人様の敵を皆殺しにすればいいだけの話ですよ」

「……あはは、怖いですね。それだとイシュタル様だって敵に回っちゃいますよ？」

「それ、関係あります？」

アルトが本気で言っていることは伝わってくる。たとえ大魔導師《グランドマスター》と呼ばれようと、世界中が敵に回ろうと関係ない。

それだけジルベルトのことを愛しているのだ。

——羨ましい。

ラピスは素直にそう思った。

それだけ愛されているジルベルトに、ではない。なんの迷いもなく、ただ純粋に深く愛せることが羨ましいと思ったのだ。

「……話します。私がなぜ師匠の下にやって来たのかを」

◆

十年前、ラピスは高魔病《こうまびょう》と呼ばれる、魔力を外に放出することができない病にかかっていた。

本来呼吸とともにわずかながら排出されるはずの魔力の循環ができなくなり、溜《た》まった古い魔力が身体《からだ》を徐々に蝕《むしば》んでいく病気だ。

発病して三年、定期的に血を抜くことで魔力を抜き出していたが、それも成長とともに増えていく魔力量によって限界に達し始めていた。

高魔病《こうまびょう》は発病例が非常に少なく、具体的な解決案が見出《みいだ》されていない。

彼女の家族は必死になんとかしようと行動するが、時間ばかりが過ぎていくだけだった。

最初は絶対に助けると言っていた医者は申し訳なさそうに目を伏せ、いつか必ず治るからと抱きしめてくれた両親の表情も暗い。

もう助からない、誰も助けてくれない。それに気付いたラピスは泣いた。世界に絶望しか感じていなかった。目の前が真っ暗になった。

――どうして私がこんな目に遭わなければならないの？

痛い注射も毎日続けたし、苦い薬に文句を言ったこともない。だというのに身体《からだ》はまるで良くならず、むしろ日に日に体力は失われ、わずかな距離を動くだけで息切れして倒れてしまいそうになる。

「えぐっ……うっ、ひぅっ……」

一人になりたかった。家族の辛《つら》そうな顔を見ていると、嫌でも自分が生き延びられないことを悟ってしまうから。健康的に動き回っている他の子どもたちを見ては羨ましく思い、同時に妬ましく感じてしまうから。

そんなことを考える自分が嫌だった。誰の目にも映らないどこかへ消えてしまいたかった。

だから深夜、寝間着のままこっそり家を飛び出し、両親から絶対に入ってはいけないと言われていた魔物の棲《す》む森へと逃げ出した。

落ち葉を踏みしめ、奥へ奥へとゆっくり進む。

平地を歩くこともままならないラピスが、森の中をまともに歩けるはずもない。

すでに瞳の焦点は合っておらず、身体《からだ》もふらふらで今にも倒れてしまいそうだ。まるで死者が黄泉《よみ》への道を進んでいるかの如《ごと》く、今のラピスには生気が感じられなかった。

「はっ、はっ、はっ！　うぅ……げほっ……」

荒い呼吸を繰り返しながら、同時に嗚咽《おえつ》を漏らす。

なぜこんなになっても歩くことを止《や》めないのか、自分でもわからない。背中から感じる死の気配。だがそれはもう何年も付き合ってきたもので、今更恐怖など感じないものだ。

ただ、今の自分の姿は誰にも見られたくなかった。森を彷徨《さまよ》っているのは死に場所を求めているのか、それともただ生を感じたいからなのかすらわからなくなってくる。

一つ言えることは、もしここで倒れていたら、彼女の人生は終わっていたということで――。

「こんなところに……ガキだと?」

ラピスは歩き続けたからこそ、出会うことができた。

自らの運命を変えることになる、一人の少年と。

「あっ……」

「っておい! ……――」

元々体力はとうに限界を超え、なぜ動けたかも不思議な状態だったラピスはそこで力尽きる。

慌てた声が聞こえたが、意識は遠く、なにを言っているのかまではわからなかった。

伝わってくるのは、強い生命力を感じさせる腕の温《ぬく》もりだけ……。

次に目覚めたとき、ラピスは自分の家へと戻ってきていた。

「おっ! 目が覚めたみたいだな!」

声のする方を見ると、見覚えのない少年がベッドの横にある椅子に腰掛けている。

「あなた……は？」

「俺か？　俺の名前はジルベルト。今はまだ無名だが、いずれ大魔導師《グランドマスター》を継ぐ男だ！」

その未来をまるで疑っていない眩《まぶ》しい笑顔が、ラピスには酷《ひど》く癪《しゃく》に障《さわ》った。

自分はこんなに苦しんでいるのに、という想《おも》いを抱かずにはいられなかったのだ。

「そう……大魔導師《グランドマスター》ってあれだよね、史上最高の魔術師」

「ガキのくせによく知ってるじゃねぇか。今はまだババアに勝てねえが、すぐにあんなやつ倒して俺の名前を大陸中に轟《とどろ》かせて――」

「無理」

「あぁ⁉」

ジルベルトはドスの利《き》いた声で威嚇しながらラピスを睨《にら》み付《つ》ける。だが死と隣り合わせに生きてきた彼女に恐怖はなく、正面から冷めた瞳で見つめ返した。

「無理って言ったの。大陸には何万って魔術師がいるのに、その中で一番になるなんて無理に決まってるじゃない」

「無理じゃねえ！」

「無理だよ。だって貴方《あなた》、そんなに優秀そうに見えないもん。むしろ凄《すご》く馬鹿そう」

「へ、へぇ……俺が馬鹿そう？　馬鹿そうって言ったのか？」

ジルベルトはこめかみをピクピクさせながら頬を引《ひ》き攣《つ》らせる。

そんな様子が面白く、もっと虐《いじ》めてやろうとラピスは思った。

「うん。馬鹿そう」

ラピスはできるだけ良《い》い笑顔で、馬鹿にするように言ってやる。それと同時に、どす黒い感情が自分の体内をまさぐるような感覚に陥った。

――将来が明るいやつなんて、皆いなくなっちゃえばいいんだ。

夢を口にすることは簡単だ。だがそんな簡単に夢が叶《かな》えられるなら、どうして私はまともに動けないの？　ただ普通の子どもと同じように遊んで、大人になって、お母さんになって、お婆《ばあ》ちゃんになるって、そんなに難しいことなの？

誰もが生まれたときから当たり前に進む平凡な道は、選ばれた一人の人間しかなれない大魔《グランド》導師《マスター》になるっていう、この人の夢よりも難しいの？

そんなの――。

「そんなのって……ないよぉ……」

感情が抑えられなかった。顔が熱い涙と鼻水でぐちゃぐちゃになる。まるで心臓が締め付けられるように痛い。

「お、おい……急にどうした？　どっか痛いのか？」

突然泣き出したラピスに、ジルベルトが焦《あせ》ったような顔をする。

そんな彼の様子に気付かず、ラピスは溢《あふ》れ出《だ》す悲しみと悔しさと怒りと苦しさと、様々な昏《くら》い感情が混ざり合い爆発する。

「なんで私は長く生きられないの⁉　なんで貴方《あなた》には未来があって私にはないの⁉　誰が悪いの⁉　私は誰を責めればいいの⁉　ねえ貴方《あなた》が馬鹿じゃないなら教えてよ！　大魔導師《グランドマスター》になるんでしょ！　大陸で一番の魔術師になるんだよね⁉　だったら教えてよ！　そんなに凄《すご》いんだったら……私の病気を治してみせてよ！」

言っていることは滅茶苦茶《めちゃくちゃ》だ。もしここで見知らぬ人がいたらこう思うだろう。運が悪かった、誰も悪くない、だから諦めろ、と。

「それができないなら――」

下手な希望など見せないで。誰か私を諦めさせて。そう願いを込めて目の前の男に叫ぶ。

「偉そうなこと、言わないでぇぇ！」

「その言葉、俺への挑戦と受け取ったぁぁぁ！」

「……えっ？」

自分の叫びをかき消すほどの怒号で突然声を上げたジルベルトに、ラピスは呆気《あっけ》に取られる。見れば、彼は一切迷いのない瞳で自分を見つめていた。

「お前の事情はお袋さんから聞いてるぜ。高魔病《こうまびょう》なんだってな？」

「そ、そうよ！　医者にも諦められたのに、貴方《あなた》がどうにかできるわけないじゃない！」

「なんでそうなるんだよ？」

「な、なんでって……それは……」

心底不思議そうに聞き返されて、ラピスは思わず返答に困る。

普通に考えれば医者が匙《さじ》を投げた病気なのだから、素人《しろうと》がどうにかできるものではない。

だというのに、なぜか彼にそれを言うことができなかった。

「高魔病《こうまびょう》。本来呼吸とともに人間の中で循環しているはずの魔力が放出できなくなる病。今までの歴史をひっくり返しても病例は限られた数しかなく、治療方法は確立されていない」

まるで本に書いている内容を暗記しているかのように、ジルベルトはすらすらと言葉にする。

「っ――！　だから貴方《あなた》みたいな……」

「だけどそれって、もしかしたらすっげぇ簡単に治せるかもしれないだろ？　高魔病《こうまびょう》になったやつが少ないから治療案が出なかっただけかもしれねぇんだからよ」

「……」

そんなわけない。もしそうなら自分はこんなところで寝てはいない！

結局この男はなにもわかっていない馬鹿なのだ！　だから難解な問題に対して、できるなんて簡単に言う！

希望を……見せようとする……。

「うし！　そうと決まれば一度街に戻るか。高魔病《こうまびょう》についてもっと調べないといけねぇしな」

一人で納得しているジルベルトを、ラピスは冷めた目で見つめる。

「勝手にすれば？　どうせ期待なんてしないけどねっ」

そう言いながら、ラピスは自分の胸が熱くなるのを感じていた。

今まで誰も彼女の病気を本気で治そうとする人物など現れなかった。今の医者にしても、ラピスだけを診るわけにはいかない。だから、高魔病《こうまびょう》など最初から無理だと諦めて延命行為しかしてこなかったのをラピスは知っている。

「あ、これでお前が治ったら、もう俺のことを馬鹿って言うんじゃねえぞ！　それから俺が大《グラ》魔導師《ンドマスター》になるのが無理ってやつも取り消しだ！」

だというのに、目の前の男はたったそれだけの理由でラピスを救おうとしている。

「約束だからな！　病気のことは俺に任せとけ！」

それだけ言って、ジルベルトは家から飛び出してしまう。

ラピスはそれを呆然《ぼうぜん》と見送った後、身体《からだ》を震わせて布団《ふとん》を頭まで被《かぶ》る。

「だから……馬鹿って言ったのよ。あんなに自信満々に言われたら……馬鹿ぁ……」

胸の奥から溢《あふ》れる涙は今までと違い、ほんの少し心を温かくさせる優しいものだった。

それからジルベルトは一週間に一回は村を訪れて、様々な治療法を試していく。

「おいラピス知ってるか？　ゴブリンの尿には体内の魔力を拡散させる効能があるんだってよ！　高魔病《こうまびょう》の症状にはぴったりだと思わねえか？」

「……っ!? まさか……私にそれを飲ませる気じゃないよね？」

「もちろん！　ちゃんと身体《からだ》に害がないように加工した飲み物だから心配すんなって！　俺も試しに飲んでみたけど、結構いけるんだぜこれ！」

「死んで！」

ジルベルトは自らの理論で作ったお手製の薬品をラピスのところに持ってきた。

ゴブリンの尿に始まり、オークの睾丸《こうがん》とリザードマンの鱗《うろこ》をすり潰した粉末、ラミアの尻尾の蒸し焼き。

自信満々で持ってくる代物はどれも一定の効果を上げてラピスを驚かせるのだが、同時にそのゲテモノっぷりにも驚かされる。

「お願いだから次はもう少しまともな材料で薬を作ってきてよ……」

「そんなに好き嫌いしてたら大きくなれねえぞ」

「好き嫌いの問題じゃないから！」

「ちっ、仕方ねえな……じゃあ次はワイルドドッグの糞《くそ》をサラマンダーの血と混ぜて――」

「お願いだから止《や》めてぇぇ！」

吐き気すら催すような薬を強制的に飲まされる日々。だがそんな日々ですら、ラピスにとってはかつてないほど充実したものだった。

村の誰もがラピスを可哀想《かわいそう》と同情の瞳で見てくる中、本気で自分を助けようとしている少年が傍《そば》にいたから。

そんな人に今まで出会ったことがなかった。

一人で泣いていた頃では考えられないほど、毎日が楽しかった。

「ねえ、どうしてジルベルトは大魔導師《グランドマスター》を継ぎたいの？」

ベッドの中で横になりながら、ラピスは隣で医療の本を読んでいるジルベルトへ問いかける。

「ん？　別に大した理由じゃねえよ。ガキの頃に見た光景が忘れられねぇだけだ」

ジルベルトの生まれた魔導都市ヴィノスでは、定期的に大魔獣の侵攻にさいなまれる。それをなぎ払う大魔導師《グランドマスター》イシュタルと、その弟子たちの圧倒的な強さ。

彼はそれに強く憧れた。

「男に生まれりゃ、最初はなにかで一番を目指すもんだ。ただ、だいたいのやつは途中で自分の才能とか環境とか、なにかのせいにして諦めちまう。別にそれが悪いなんて言わねえよ。だけど俺は諦めるのが大嫌いで、なにかに背中を見せて逃げる自分が許せなかった」

そう言いながら、ジルベルトは拳を握り込んで真剣な表情でラピスを見る。

「力が足りないなら速さで補えばいい。速さも足りないなら頭を使えばいい。それでも駄目なら魂を燃やして、心を奮わせろ。死ぬ気でやって諦めなきゃ、できないことはこの世にない。それを俺は信じてるからな！」

そうやって拳を握りしめるジルベルトが、ラピスの目には眩《まぶ》しい宝石のようにも見えた。きっと彼はどんな困難に陥っても、前に進むことを止《や》めないのだろうと、確信できた。

「つまり、とにかく一番になりたいんだ」

「そういうこった。まあ、あともう一つ理由があるとしたら……」

ジルベルトは子どものように笑って本を閉じると、寝ているラピスの頭を撫《な》でる。

「弟子は師匠を超えていくもんだろ？　じゃねえと、なんのために色々教えてもらったのかわかんなくなっちまう。俺をここまで育ててくれたババアには、最低限の恩返しくらいはしてやんねえとな」

これは誰にも内緒だぞ、とジルベルトは照れたように笑った。

それを見たラピスの胸がまた熱くなった。

「そう……頑張ってね」

すでにラピスはジルベルトのことを信頼していた。だが彼女はまだ助けてと言えない。何年も苦しんできたこの病が簡単に治せるとは、どうしても思えなかったから。

そんな穏やかな日々は、長くは続かなかった。

二人が出会って三ヶ月ほど経過した頃、ラピスの体調に異変が起き始めたのだ。

「大丈夫か？」

「大丈夫……こんなの、慣れっこだから……」

溜《た》まった古い魔力が身体《からだ》を蝕《むしば》み、立ち上がることすら困難だ。呼吸も荒く、額からは大粒の汗が流れ出して日々衰弱していくのがわかる。もうあまり時間がないことは、誰の目にも明らかだった。

「どうして、どうして私たちの子がこんな目に……！」

「ラピス……頑張れ……うぅっ」

ラピスの両親が嗚咽《おえつ》を漏らし、悲しみに涙する。

こんなに迷惑ばかりかけてきたのに泣いてくれるんだと少し嬉《うれ》しく思うと同時に、諦められてしまったんだと理解して悲しくも思った。

――だけどもう、仕方ないよね。

「ジルベルト……今までありがとね」

「なにも終わってないうちから礼なんて言ってんじゃねえよ馬鹿」

ラピスが初めてジルベルトに感謝の言葉を告げると、そんな悪態を吐《つ》いてきた。

ああ、これだ。医者も、両親も、自分でさえも諦めてしまったというのに、ジルベルトだけはまるで諦めた様子を見せない。

その姿はあまりにも眩《まぶ》しくて、温かい気持ちになり、同時に自分が彼を縛っていることに罪悪感を覚えてしまった。

「もう無理なの。私も諦めるから、ジルベルトも諦めていいよ？　大丈夫、ここで諦めてもジルベルトならきっと夢を叶《かな》えられる。大魔導師《グランドマスター》になれるから、頑張って」

そう言いながら、涙を止めることができなかった。

「おいラピス……お前、やるだけやったのかよ⁉　死ぬほど努力したのかよ⁉　なんで自分の命がかかってんのに諦めるなんて言えるんだよ！」

痛いほど勢いよく掴《つか》まれた両肩。だがそれ以上に心が痛かった。

「うっ……でも……もう無理だって医者も言ってた……私、もうすぐ死ぬしかないって……」

思えば、自分は最初からジルベルトのことを信じていなかった。たまたま森で出会った人間が不治の病を治してしまうなんて、どんなお伽噺《とぎばなし》だと疑っていたのだ。

もしかしたら、最初の最初から彼を信じていれば治療もできたのかもしれない。そう思えるほど、今のラピスはジルベルトのことを信じていた。

だが、それももう手遅れだ。

「お前は誰かに言われたから死ぬのか⁉　違《ちげ》ぇだろ！　テメェの運命くらいテメェで決めろよ！　それが人間ってもんじゃねぇのかよ！」

それなのにジルベルトはいつまでも信じている。いつか病気が治って元気に走り回る自分の姿を。あり得ない未来を。

「じゃあ……諦めなかったら元気で丈夫な身体《からだ》になれるの？　そんなの無理に決まって――」

「当たり前だろうがぁぁぁ！」

「っ——!?」

「どんな有名な医者が諦めようと、家族が諦めようと、お前が諦めなかったら俺が救ってやる！　絶対にだ！」

ジルベルトは未《いま》だに一切の迷いもなく助けると言ってくれている。本人が諦めたからもういいって言うのに、まったく聞いてはくれない。

それは駄々をこねる子どものようだ。ただ、我《わ》が儘《まま》を言っているだけなのに、なぜか彼の言葉には不思議な力があった。

ああ、もしかして自分は生きて良《い》いんじゃないかと、そう錯覚させられた。

「諦めなかったら、美味《おい》しいお菓子も食べられるかな？」

「おう！　治ったあとはアイスもケーキも食いたい放題だ！」

つい聞いてしまい、なんて甘美な夢なんだろうと思った。

小さな村では甘い物は珍しく、都会に行かなければ買うこともできない。身体《からだ》の不自由なラピスは村から出たことがなく、小さい頃に一度、行商人が持ってきたケーキを食べたことがあるだけ。

そしてそれは、この世の物とは思えないほど美味《おい》しかった。

「綺麗《きれい》なお洋服も、たくさん着たいなぁ……」

「お前は将来美人になりそうだからな。着飾ったらきっと、色んな男が放《ほ》っとかなくなるぞ！」

まともな運動もできない痩せ細った身体《からだ》、こけた頬、自分が美人になりそうなんて思ったこともなかった。なのに、成長した自分をこの人に見てもらいたいと思ってしまった。

「お嫁さんになって、たくさん赤ちゃんも欲しい！」

「ああ！　少しでも長く生きて人生楽しんでやれ！　欲しいものは全部手に入れて、好きなこと好きなだけやって、見たかこの野郎！　あそこで諦めてたらこんな幸せは全部なかったんだぞ！　って過去の自分を馬鹿にして、ガキどもに聞かせてやれ！」

ほんの一瞬、ジルベルトとともに子どもを抱きしめながら幸せそうに笑う自分が想像できた。

──ああ駄目だ。こんな夢を見たら、こんな顔を見たらもう簡単には諦められない。

自分のことは信じられなくても、この誰よりも真《ま》っ直《す》ぐに生きている人のことを信じたい。裏切りたくない。

その想《おも》いが、ジルベルトの声が、今にも死にそうなラピスの心を震わせた。

「……私、頑張る……諦めずに生きて、たくさん生きて幸せになる！　だから……だから助けてジルベルト!!」

ラピスは生まれて初めて、心から生きたいと、助けてと叫んだ。

「ようやく言ったなこの意地っ張りめ！　任せろ！　お前が助けを求めるなら、俺が絶対に助けてやる！　約束だ！」

◆

そしてジルベルトが力強く笑い、手を握ってくれた。

たくさん話したからか、喉が渇いた。

ラピスは冷たくなってしまった紅茶で喉を潤し、正面で驚いているアルトを見る。

「そうしてジルベルトは、師匠は約束通り私を助けてくれました」

「……ですが、ご主人様は貴方《あなた》のことを覚えている素振りは――」

「記憶を失った、とイシュタル様から聞いています」

ラピスは自分の心臓に手を当てる。

「私を助けるためには古代龍の血が必要だったらしくて……大怪我《おおけが》をした師匠は、その衝撃で数ヶ月分の記憶……」

「……」

「詳細は教えてもらえませんでした。でも私は大怪我《おおけが》をしながらベッドで眠る師匠を見て決めたんです。元気になって、強くなって、絶対にこの人の力になるって。そしたらイシュタル様がベアトリクス侯爵家を紹介してくれて――」

そして今に至るのだと、ラピスは己のことを語り尽くした。

「……そうでしたか」

アルトは一言そう言うと、改めてラピスを見る。

彼女の瞳には、言葉には嘘《うそ》がない。

初めて会ったときから感じていた、ジルベルトに対する愛情の深さも納得のいくものだ。自分とどこか近しい気配は、この過去から来ているのだと理解した。

そして、だからこそ彼女ならジルベルトの傍《そば》にいてもいいと、本気で思えた。

「ラピスさん。貴方《あなた》のことを認めましょう」

「アルトさん？」

「この私が、必ず貴方《あなた》をご主人様の弟子にしてみせます」

心を救われるというのは、ただ命を助けてもらったこと以上に深い愛を感じるものなのだと彼女も知っていたから。

第四章 ★ 魔導都市ヴィノスの日常

アルトたちの様子がおかしい、とジルベルトが気付いたのは下着を盗まれてから三日経《た》った頃だった。

ソファでだらけながら本を読んでいると、午前中の訓練を終えたラピスがいつも通り元気に入ってくる。異なるのは、これまで事務的にしか関わってこなかったはずのアルトの態度だ。

「アルトさん、朝の鍛錬終わりました！」

「お疲れ様です。窓から見ていましたが、基礎もサボらず丁寧にやっていましたね。午後からは魔術の鍛錬を行いますので、まずはしっかり食べて身体《からだ》を休めてください」

「はい！」

ここ数日、ラピスはジルベルトに攻撃や嫌がらせをすることもなく、自らの鍛錬に精を出している。それはアルトの指示らしく、彼女は素直に聞いていた。

明らかに距離が近くなった二人。今までのお遊びとは違い、本格的に師弟関係を築いているようにも見える。

――なにが起きてんだ？

アルトは極度の人間嫌いである。

以前イシュタルがやって来たときも、ふざけたような態度とは裏腹に殺気を隠し切れていなかった。自分がいなければ殺しにかかっていたのは間違いない。

そんな彼女が自分以外の人間を傍《そば》に置く、というのはこれまで八年間一緒に生活してきて初めてのことで、つい困惑してしまう。

「おいアルト、お前なにやってんだ？」

ラピスが体力回復のため自室に戻ったのを見計らって、アルトに声をかける。

動揺したせいで声が硬いが、それくらい信じられないことなのだ。

「なにって……ラピスさんに修業をつけているだけですよ？」

「そりゃ見ればわかるが、そもそもなんでお前が……」

ジルベルトは恐ろしかった。ラピスに入れ込んでいる理由など、一つしかないからだ。

――こいつ、ガチで賭けに勝ちに来てやがる！

賭けで勝った方が負けた方になんでも言うことを聞かせられる。

そんな賭けをしたのがつい先日のことであり、いったい彼女はどんな命令をするつもりなのか……迂闊《うかつ》な賭けに乗った自分を恨むと同時に、冷や汗が出てくる。

だが、そんなジルベルトの思惑とは異なり、アルトの表情は真剣なものだった。

「ご主人様は、ラピスさんを弟子にした方がいいと思ったのです」

「……は？」

真《ま》っ直《す》ぐこちらを見据えてくるその瞳には、覚悟の炎が灯《とも》っている。

「覚悟してください。本気でやらせていただきますので」

「……」

どういう心境の変化があれば、あのアルトがここまで変わるのかわからない。ただ、彼女の世界はずっと自分と二人だけで完結していて、閉じられていた。

それが今、ゆっくりと開けられようとしていて——。

「やれるもんなら、やってみな」

アルトの成長に思わず口元がつり上がり、手で隠す。

嬉《うれ》しくなったジルベルトは、理由はあえて聞かずにその挑戦を受け入れようと、そう思った。

翌日。

——ラピスさんにこの街を案内してあげてください。

アルトにそう言われて、今まで一度もラピスが街まで出ていないことに気が付く。

別に自ら請《こ》うて彼女を家に置いているわけではないのだから、勝手に出かければ良《い》いと思うのだが、アルトが納得してくれなかった。

本人は否定しているが、誰の目から見てもアルトの尻に敷かれている状態だ。

主従で言えば主人だが、普段の私生活のすべてを彼女に頼り切りのため、頼まれたことは基本的に断れず、今日もこうして言われた通りラピスと街に出ることになった。

「ふふー、お出かけなんて久しぶりだなぁ」

機嫌良く隣を歩くラピスを見て、改めてまだ十六歳の子どもだなと思った。

魔導都市ヴィノスのメインストリートには人種、年齢、性別を問わず多くの人が集まり、活気で満《み》ち溢《あふ》れている。街の中心地だけあって大規模な店が並び、ガラス越しに見える店内はどこもオシャレな人気スポットだ。

イシュタルにヴィノスまで連れてこられたラピスは、宿だけ取るとすぐにジルベルトの屋敷《やしき》に来たため、こうしてゆっくり見回るのは初めてらしい。

「いちおう言っておくが、案内してる間に攻撃してきても無効だからな」

「わ、わかってますよ！　……私だってせっかくのデートを台無しにしたくないもんね……」

「あん？　なんか言ったか？」

顔を紅《あか》くして恥ずかしそうになにかを言うが、都市の喧騒《けんそう》にかき消されてジルベルトの耳には入らなかった。

首をブンブンと横に振って否定するラピスを見て、いちいち大袈裟《おおげさ》だなと思いつつ、ジルベルトは街の中心部を見上げる。

「じゃ、簡単に説明するぞ。まずあれだ」

視線の先にあるのは、魔導都市ヴィノスの中心にそびえ立つ白亜の塔、魔塔《バベル》。

都市のどこからでも見えるそれは、この都市の象徴であると同時に都市運営の機能を一手に担《にな》う魔術協会の本部だ。

「ヴィノスの魔力は魔塔《バベル》を経由して都市全体に広がってる。夜を照らす灯《あか》りも、身体《からだ》を清潔にする水も、情報を伝えている魔導テレビも、日常で使われている魔道具の魔力も全部な」

もし魔塔《バベル》がなくなれば、この都市の運営は一気に立ち行かなくなるだろう、と説明するとラピスは感心したように塔を見上げた。

「師匠の屋敷《やしき》にも見たことない魔道具がたくさんあってびっくりしました。侯爵領とは全然違います」

「ヴィノスの魔導文明は他国のそれより百年以上進んでるって言われてるからな。こんなふうに生活と魔術が密接しているのは、ここだけの特徴だろうよ」

ヴィノスは自由都市を謳《うた》っており、入るのも出るのも自由だ。だからこそ知識の流出は当たり前のように起こるのだが、同じような魔導文明を築けている国は一つとしてない。

魔塔《バベル》がないからである。

——まあ、その細かい内情はまだ教えなくても良《い》いか。

魔塔《バベル》がどのような構造をしているのか。それは魔術協会の幹部クラスでないと知ることができないことになっている。

そしてイシュタルの直弟子であるジルベルトはそれを知っていた。もし仮にラピスが弟子になったら伝えなければならないことだが、それはまたいずれでいいだろう。

　しばらくぶらぶらと歩きながら、ラピスにこの都市ならではの特徴を教えていく。

「このメインストリートは良《い》い店が並ぶから魔術師が多い」

「そうなんですね……あれ？　この人たちって全員魔術師なんですか？」

　魔術師とは魔力を使って戦う者のことだ。傭兵《ようへい》も騎士も、それぞれ職種は違っても魔力で身体能力を強化するのであれば魔術師である。

　だから戦場に合った格好をしているはず、というのが彼女の常識なのだが、見渡してもほとんどが普通の私服で歩いていて魔術師には見えなかった。

「ちなみに、わかりやすく魔術師の格好してるやつはこの街に来て日が浅い連中か、西側の調査に出ていくやつだけだな」

　武器を持つ者、魔道具を身に纏《まと》っている者は少しだけで、あとはどう見てもただの一般人にしか見えない。ジルベルト曰《いわ》く、この都市に慣れた魔術師ほど普段着で過ごすとのこと。

「凄《すご》い……」

「なんだかんだ、ヴィノスの魔術師たちは大陸一だからな」

　たしかに私服で出歩いている人たちを意識して見ると、立ち居振る舞いに隙がない。自然体すぎて集中しないとそれに気付くこともできなかった。

　それだけの実力差があるのだとわかり、ラピスは圧倒されてしまう。

「ところで師匠。良《い》いお店が並ぶから魔術師が集まるってどういうことですか？」

「それは——」

——ブオォォォォォォォォン。

理由を説明しようとしたところで、魔塔《バベル》から鈍い警報音が鳴った。

「な、なにこの音——」

「おっしゃ来た来たー！」

「急げぇ！　早く行かないと良《い》い場所取れねぇぞ！」

「ああ、もう！　今日はお気に入りの服だったのにー！」

街中に響く不快な音にラピスが驚いていると、近くにいた人間たちが歓声を上げる。まるで今から祭りでも始まるかのような騒ぎ方だ。

その場にいた半数以上の人間が我先にと同じ方向へと走っていく中、なにが起きているのかわからないラピスは戸惑ってしまう。

「師匠……これっていったい？」

「丁度良《い》い、俺らも行くぞ」

百聞は一見にしかず、とジルベルトに連れられたのは、魔導都市ヴィノスの西門だ。

そのまま城壁を登るのかと思ったが、普通に外に出てしまう。

「あの、師匠？　このまま行くと……壁まで行っちゃいますけど……」

ヴィノスの西には人界《ミドガルズ》を守る巨大な壁がある。それを越えてしまうと魔物が跋扈《ばっこ》する魔界《ニヴルヘル》に出てしまい、そこには普通の魔術師では生きては帰れない死の大地が広がっていた。

悪いことをしたら魔界《ニヴルヘル》から魔物が来るぞ、と子どもの寝物語として語られるそこは、ラピスに限らず人々にとって地獄のように恐ろしい場所のはず、だった。

「ちょ、あの人たち嬉《うれ》しそうに壁の外に出て行ってますけど⁉　しかもまともな装備もなく普通の格好で！　頭おかしいんじゃないですか⁉」

魔術師たちが嬉々《きき》として壁の門を通って魔界《ニヴルヘル》に行く姿を見て、ラピスが叫ぶ。

「ヴィノスの魔術師たちが頭おかしいのは否定しねぇけど、お前も大概だぞ」

「……え？」

――あれと、同列？

どう考えても自殺志願者の人たちと同列扱いされてショックを受けたラピスを無視して、ジルベルトは壁に取り付けられた階段を上る。

壁の外側に行かないことにホッとしつつ、ラピスがついていくと――。

「う、わぁ……」

魔物、人、魔術、鮮血、殺し合い……否、一方的な虐殺と言った方がいいだろう。壁の向こう側では、先に集まっていた魔術師たちが魔物たちを狩りまくっていた。

魔物というのは人類の天敵だ。かつて多くの人が殺され、こうして壁で仕切ることでようやく人類存続を果たした歴史がある、とラピスは学んできた。

だがこの光景は、どう見ても『魔物の天敵が人間』ではないか。

「さっきの質問だがな、これが答えだ」

あまりに衝撃的すぎる光景に一瞬、ジルベルトがなにを言っているのかわからなかった。

――良《い》いお店が並ぶから魔術師が集まってどういうことですか？

その答えだと気付いたのは、魔物を倒した魔術師が素材を剝ぎ取っている姿を見たときだ。

「魔物の素材ってのは良《い》い値段で売れるんだよ」

「あ……」

「それに魔物の核である魔石も、ヴィノスにとっちゃ重要なエネルギー源だからな。必要な分だけ自分で吸収して、あとは魔術協会で売れば……まあここじゃ過剰供給されてるから大した値にはならんが、副収入にもなる」

本来、魔術師にとって魔石は魔力量を増やす重要なアイテムだ。

とはいえ魔石で増やせる限界値というのは人によって決まっており、それ以上の魔力を吸収することはできない。そして時間とともに吸収した魔石の魔力は抜けていくので、魔力量を維持するには定期的な吸収が必要だった。

もっとも、ヴィノスの魔術師たちはほとんどが限界まで魔力を高めた状態を維持している。

そんな状態で魔石が取り放題なので、余った分は魔術協会に売り払ってしまうのが普通なのだ。

「他の国じゃ大侵攻は自然災害みたいに思われてるらしいが、ここの連中からしたら金が自分から集まってきてるようにしか見えねぇだろうな」

「あ、ははは……」

その言葉に、ラピスは乾いた笑みを浮かべることしかできなかった。

壁の先は地獄だ。今のラピスを一瞬で挽《ひ》き肉《にく》にしてしまうような魔物がうようよしている。

実際、先ほどジルベルトが言っていた「ヴィノスに来て日の浅い連中」は装備をきちんと整えているにもかかわらず、なにもできずに呆然《ぼうぜん》とするか、逃げ回っていた。

逆にこの都市に慣れてしまった魔術師たちは次々と魔物を倒していく。普通にデート用の格好をしている女性が魔物を殴り殺す姿は、あまりにも酷《ひど》い光景だ。

――魔導都市ヴィノスは大陸すべての国が力を合わせても落とすことはできない、なんて言われているのは知ってたけど……。

ラピスの常識を遥《はる》か彼方《かなた》まで吹き飛ばすような魔術師たち。

それがヴィノスには溢《あふ》れているのだから、誇張でもなんでもないのだと理解させられた。

「っと、今日の担当はカインだったか」

ジルベルトの視線の先には、一人の金髪の騎士がいた。

改めて眼下を見る。どう見ても街での買い物ついでに来たような人たちばかり。

そんなふざけた格好をしている者たちとは違い、カインと呼ばれた男性は白銀の鎧《よろい》を身に纏《まと》って、遠目でも光り輝く剣を持っている。

「ちゃんと魔術師の格好してる……」

「いちおう言っておくが、下で戦ってる連中だって真面目にやるときはちゃんとした装備を着てくるんだぞ」

ただ大侵攻は突発的なうえ、彼らにとって大切な収入源。

できるだけ良《い》いポジションを取った方が金を稼げるため、着替えている暇がないだけだ。

命と金、どちらが大切なのかとラピスは聞きたくなったが、そもそもヴィノスの魔術師たちにとってこれは祭りであり、命を懸けている自覚がないだけの話だと気が付いた。

「そういえば師匠。カインって、もしかして……」

「お、ほら見ろよ。来たぜ大魔獣」

少し楽しそうに言うジルベルトの視線につられて、ラピスが遥《はる》か西の先を見つめる。

「え……？」

山が動いた。

そう見えたのは、それがあまりにも大きすぎる魔物だと認識することをラピスの脳が拒否したからだ。

「はっ？　うぇ？」

もはや全長がどれくらいなのか想像するのも馬鹿馬鹿しくなるような魔物、魔獣、いや大魔獣。かなりの距離があるはずなのに、そこから発せられる莫大《ばくだい》な魔力と濃厚な殺気は、自分の心臓を握られているようで――。

「は、は、はっ……！」

――熱い、全身が燃えるように熱い！

――あれは敵だ！　滅ぼすべき敵だ！

自分に流れる古代龍の血が、本能が叫んでいる。目が血走り、殺気を隠すことなくやってくる大魔獣を睨《にら》みつけたラピスは、譫言《うわごと》のように言葉を紡《つむ》ぐ。

「倒さなきゃ……私があいつを倒さないと――」

その瞬間、閃光《せんこう》が空と大地を覆い尽くす。

あり得ない魔力を秘めた光はそのまま大魔獣に突き刺さり、その場から消滅した。

まるで最初からそこにいなかったかのように、ぽっかりと空間が広がっていて――。

「はっ？」

「終わりだな」

大魔獣がいなくなったことでラピスは正気に戻り、そして閃光《せんこう》の出所を見る。

そこにはカインと呼ばれた青年が立ち、剣をしまっているだけ。

「えーと……？」

――早《はえ》ぇよ馬鹿野郎！　もっとギリギリまで引きつけてからでも良かっただろ！

――遊びが少ねぇんだよカインはよぉ！

——滅べイケメン早漏野郎！

壁の下では魔術師たちがカインに向かって汚い言葉でブーイングをしている。

今回の大侵攻の原因である大魔獣が死んだことで、魔物たちが一斉に撤退し始めたからだ。

それにより彼らのボーナスタイムは終了。

カインは怒りを向けられながらも爽やかな笑顔で手を振って、どこ吹く風だった。

「まあ、街の案内はこんな感じだな」

「……」

唖然《あぜん》とするラピスが少し面白いと思いながら、ジルベルトは城壁を下りる。

この街に住んでいれば当たり前な光景だが、外から来た人間から見れば明らかに異常な出来事だったことだろう。

——それも慣れるんだけどな……。

衝撃から抜け出せていないラピスを連れてヴィノスに戻ったジルベルトは、話を続ける。

「大侵攻の原因は魔界《ニテルヘル》の奥で生まれた大魔獣だ。で、それを討伐するのがあいつら大魔導師《グランドマスター》の直弟子たちの役割だな」

「……」

ラピスは先ほどの光景を思い出す。

山のような大魔獣をたった一撃で滅ぼした、あまりにも人知を超えた力。一騎当千という言葉すら生ぬるい、人類の頂点。

それがイシュタルの直弟子だと思うと、あまりにも遠いと思ってしまったのだ。

「おいジル、なに自分は違うみたいな言い方してんだよ」

「っ――⁉」

突然、気配もなく背後から肩に腕を回してくる女性。

反射的に逃げようとしたジルベルトだが、魔道具で固定されているかのように動けない。

「イシュタル様⁉」

「この、くそババア⁉　離しやがれ！」

全力で振り払うとイシュタルは軽やかな動きで二人の正面に移動した。いつものように黒いドレスを着た彼女は、二人を見てニヤニヤと笑っている。

「仲良くやってるようでなによりじゃねぇか」

「ちっ！」

ジルベルトは文句があった。たしかに戸籍上、自分の親はイシュタルとなっている。孤児だった彼を引き取ったのが彼女だからだ。

しかしだからといって、今回の件はあまりに理不尽ではないか。

「テメェが勝手に婚約とか意味わかんねぇことやるから、こんなややこしいことになったんだろうが！」

「はは、お前は私の息子《ガキ》だからな！」

イシュタルは一切ぶれず、悪びれず、我が道を行く人物だ。世界最高の魔術師なのにどの国からも勧誘が来ないのは、彼女自身が劇薬であり、制御が利かないからだと言われている。

「婚約は半分冗談として……弟子を育ててみてどうだ？」

「まだ弟子にしてねぇよ」

「……まさか婚約の方を選んだのかお前？」

「なわけあるか！」

ラピスとの約束のことを知らないイシュタルは、ないわー、とドン引きした顔をする。

その表情に苛立《いらだ》ちながらも、あの後なにがあったのかをジルベルトは説明した。

イシュタルの命令とはいえ、簡単には弟子にする気はない。一撃を与えることができたら認める。なぜかアルトが乗り気になった。

最後の件《くだり》で、アルトの人間不信を知っているイシュタルは少しだけ驚いた顔をする。

「ほぉ……あいつがなぁ。おいラピス、やるじゃねぇか」

「あ、ううう……」

イシュタルはラピスの傍《そば》に行くと、その頭をガシガシと撫《な》でた。

——なんだ？

その行為に、ジルベルトは違和感を覚える。

自分たち直弟子に対しては暴力込みの激しいスキンシップをしてきたイシュタルが、ラピスにはずいぶんと優しい、というより甘い。嫉妬とかではなく、本当にそんな光景を見たことがなかったからこその驚きだ。

孫弟子だからか？　と思っているとイシュタルは機嫌良さげに声を上げる。

「ま、それでお前が納得するなら私は構わないぜ！」

意外な台詞《せりふ》だが、恐らく一撃を与えたら、という部分が気に入ったのだろう。

「その代わり、約束は絶対に守れよ」

「当たり前だろ。こう見えて俺は、約束を破ったことはねぇんだよ。今までも、これからもな」

「へぇ……」

その言葉に、イシュタルの瞳がまるで獲物を狙う肉食獣のように変化する。

楽しみだ、と言外に含まれた瞳を、ジルベルトも真正面から怯《ひる》むことなく睨《にら》み返《かえ》した。

イシュタルが去り、そろそろ屋敷《やしき》に戻ろうとしていたとき――。

ずっと黙り込んでいたラピスが不意に口を開いた。

「師匠……私、イシュタル様に頭を撫《な》でてもらってしまいました」

「……だから？」

イシュタルと会ってからずっとなにかを考え込んでいると思ったら、突然よくわからないことを言う。まさか師匠と仰いでいる自分に対して失礼だとでも思っているのだろうか？

——そもそもまだ弟子にしてねえって言ってんのに……。

この弟子気取りは仕方ねぇな、と思っていると、ラピスは真剣な表情で見上げて一言——。

「もう……一生頭洗いません」

「……そうか。じゃあ臭くなりそうだから近寄るなよ」

「酷《ひど》い⁉」

「酷《ひど》いのはお前の頭だよ！」

そんなやり取りをしていると、壁の外から魔術師たちが戻ってくるのが見えた。

まともな装備もしていないのにほぼ全員が無傷で、しかも返り血にまみれて談笑している姿は一種のホラーだ。

手ぶらでこちらに戻ってくる彼らを見て、ふとラピスは疑問に思う

「そういえば素材とかはどうしてるんですか？」

「収納《ストレージ》の魔術が込められたマジックバッグがあるからな。魔術協会に預けた後なんだろ」

「……」

ラピスは一度思考を停止し、驚くことを止《や》めた。

マジックバッグはかなりの高級品で、一般市場にはほとんど出回らない代物だ。

それが必需品のように扱われるのがもう異常であるし、当然のように持っているのがもうおかしかった。

「あれ、でもマジックバッグって魔物の素材を入れるのに向いてなくないですか？」

「そんなことねぇと思うが、なんでそう思ったんだ？」

「だって……そんなにたくさん入らないですよね？」

マジックバッグは便利で、いくら金を払ってでも欲しいと思う者は多い。

しかし実際はそこまで万能なものではない。本体の質もだが、マジックバッグは使用者が魔力を込めて登録することで初めて使えるのである。

その魔力次第で収納量が変わり、優秀な魔術師のものでもタンス一個分くらいしか入らない。

魔物の大きさを考えたら、いくら必要素材だけを剝ぎ取ったとしてもすぐに一杯になってしまうのではないか、というのがラピスの認識だった。

「ちなみにですけど、師匠のマジックバッグはどれくらい入るんですか？」

「そこそこ大きめなドラゴンの死骸は丸ごと突っ込めたが、それ以上は試したことねぇな」

その言葉で、ここには常識はないとラピスは判断した。魔物の核である魔石を吸収すれば魔力は増えるので、彼らは限界まで増やした後なのだと理解する。

「おぉん？　これはこれは、引き籠もりのジルベルトさんじゃないですかねぇ」

「大侵攻にも出てこれない臆病者が、こんなところでなにしてるんですかー？」

チンピラが二人現れた、とラピスは思った。

いかにも弱い者虐《いじ》めをしていますよという見た目と気配を漂わせた二人組の魔術師だ。

――ちゃんと魔術師の格好してるから、最近ここに来た人たちかな？

先ほどのジルベルトの話を信じるなら、彼らは比較的弱いほうなのだろう、多分。

ラピスにそんなことを思われているとはつゆ知らず、二人はジルベルトへ絡《から》みに行く。

「大魔導師《グランドマスター》の名前だけで悠々自適に生きれるなんて、良《い》い身分だよなぁ」

「まったくだ、代わってほしいぜ！」

「大侵攻のときに大魔獣を倒すのは直弟子どもの義務だろうに、一人だけ免除されてよぉ」

「そのくせ後継者レースには参加するんだろ？　この卑怯者《ひきょうもの》が！」

まるで事前に打ち合わせをしていたかのように連携を取って執拗《しつよう》に責めてくる二人組。

どう良《い》い方に解釈してもジルベルトを馬鹿にした態度で、思わずラピスは睨《にら》んでしまう。

ジルベルトがなぜ黙って聞いているのかと思っていると、ラピスの方を見て二人を指さした。

「おいラピス。こいつらの言う通りだ。だから俺の弟子になるなんて止《や》めとけ、な？」

「は、はい？」

普段結構怒りっぽいジルベルトが、まるで気にした様子を見せない。それどころか便乗してくる姿には違和感しかなかった。

「へいへいへーい！　ジルベルト君びびってるー？」

「やっぱり雑魚《ざこ》なんじゃねぇーのぉ？」

「むっ！」

さらに煽《あお》ってくる二人組にラピスが苛立《いらだ》ち、ジルベルトの前に立って睨《にら》み上《あ》げると、魔術師たちは怪訝《けげん》な顔をする。

「なんだこのガキ？」

「師匠は雑魚《ざこ》なんかじゃない！」

「……へぇ」

「師匠ってことは、ジルベルトの弟子かこいつ」

面白い、と二人が小馬鹿にしたような笑みを浮かべる。

そして顔を見合わせたあと、ラピスを見下し――。

「「で？　俺らに喧嘩《けんか》売ってるわけ？」」

「っ――!?」

二人同時に同じ言葉を言われた瞬間、凄《すさ》まじい重圧がラピスを襲った。呼吸が止まり、圧倒的な力の差に全身から冷や汗が溢《あふ》れ出《で》る。

――な、なにこれ……!?

ラピスは一つ勘違いをしていた。この二人は装備を整えた状態で街の外に出ていたのだから、ヴィノスの中では格下なのだろう、と。

その推測は間違っていない。だがそれとこの二人が弱いはイコールではないのだ。

魔術都市ヴィノスに滞在し、そして大侵攻を迎える。それができるだけで、この都市以外であれば最強クラスの実力者であるのだから。

たとえチンピラのように態度が悪かろうと、その事実が覆《くつがえ》ることはなく、本能的に今の自分ではこの二人には勝てないことを理解させられてしまった。

「ははは、ブルってやがる！」

「なんだ嬢ちゃん、威勢だけじゃねぇか！」

ラピスの様子を見てゲラゲラと声を上げる二人。

「っ——!?」

周囲を見渡すと、こうして絡《から》んでこないが、同じような悪意のある視線の数々。

ジルベルトが魔術師として活動していたのは八年以上前で、しかも後半は都市の外で修業することが多かった。だからジルベルトがどんな魔術師なのか知っている者は少数だ。

イシュタルの弟子という地位の責任は果たさず、恩恵だけを享受する彼のことをよく思っていない人間がこの都市には多い。

こうして弟子と思われるラピスが虐《いじ》められても誰も助けようとしないのは、そんな嫉妬心があるからだった。

そしてそんな事情を知らないラピスは、ただ憤《いきどお》る。なにせ彼女にとってジルベルトは世界で最高の魔術師なのだから。

──ここで私が退いたら師匠が馬鹿にされたまま……それは……。

「それは、駄目だぁぁ！」

「お？」

絶対に勝てない相手だということがわかっていて、それでも止まれない。勇気を絞り出し、震える身体《からだ》を一歩前に出して拳を握る。

そして殴りかかろうとした瞬間、魔術師の片方が醜悪に嗤《わら》った。

「先に手を出したのはテメェだからな」

凄《すさ》まじい速度で魔力を練りあげ、反撃の意志を見せる。

それは今のラピスでは絶対に届かない遥《はる》か高い領域の動きで、大怪我《おおけが》、最悪──。

──あっ……死んだかも。

そう連想させられるほどの力を前に、ラピスは己の死の可能性が頭に過《よぎ》る。

「ま、その辺にしとこうぜ」

気付けばラピスの腕は摑《つか》まれ、魔術師たちは地面に倒れていた。

「「え？」」

呆気《あっけ》に取られたような声を上げたのはラピスか、それとも魔術師たちか。

どちらにしても、ジルベルトの動きを認識できた者はこの場には一人もいなかった。

「お前らが俺のことを気に食わない気持ちはよぉぉくわかる。だがな、こいつは弟子志望なだけでまだ弟子でもなんでもないガキなんだ。だから——」

ジルベルトはラピスの腕を放すとしゃがみ込み、倒れて動けない二人にゆっくりとした言葉で語りかける。

「これで終わり、でいいよな？」

ラピスの位置では、ジルベルトがなにをしたのかわからない。

ただ、魔術師たちは先ほどまでの自分と同じく、絶対に勝てない相手を目の前にしたような表情をしていた。

「い、ひぁぁ！」

慌てて逃げ出す魔術師たちを見送ったジルベルトが振り返ると、いつもと同じ少し面倒そうな顔で頭をかく。

「お前もさ、相手を見て喧嘩《けんか》売ろうぜ」

「で、でも……」

師匠を馬鹿にされたから！　そう続けたいと思ったのに言葉が出なかった。

なぜなら自分は今、なにもできなかったから。

——悔しい……。

自らの弱さにそんな感情がこみ上げ、涙が浮かんでくる。

敬愛する師匠が臆病者と馬鹿にされたのだ。誰よりも強くて、勇敢で、どんな絶望的なことがあっても折れない人なのに……自分はなにもできなかった！

「じじょうは……じじょうはぼんどうはずごいのにぃ！」

師の顔に泥を塗ってしまったことに、ラピスは悔し涙を流す。

——なんなんだこいつ？

正直、ジルベルトはなぜ彼女がここまで自分を信頼しているのかわからなかった。

当時の記憶を失っている彼にとって、ラピスは突然現れてなぜか自分のことを尊敬する子どもでしかなかったからだ。

ただ、彼女の気持ちが本物なのはしっかりと伝わってくる。

「あんなやづら、ぼっごぼごにしないといげながったのに！　ごべ、ごべんなざい！」

この地に来たばかりの人間が、すでに魔石を多く吸収した魔術師に勝てるはずがない。それは先ほど教えたばかりだ。

そんなことはこの都市の常識で、なによりラピスはまだ十六歳。

今から魔術師として成長していく年齢で、悔しがることなどなにもないのだが——。

——そんな慰めの言葉は欲しくねぇか……。

涙と鼻水にまみれた汚く不細工な顔で、赤子のように泣いている。

自分の弱さに嘆き、濁った声で何度も謝る姿はかつての自分と少しだけ重なった。

「はぁ……」

「ひぐ、ふぐ……っ！」

ジルベルトは思わず空を仰いで溜《た》め息《いき》を吐《つ》くと、ポケットから取り出したハンカチでその顔を雑に拭いてやる。

「泣くくらい悔しかったら、死ぬほど鍛えて強くなれよ」

「ぁ……」

「力が足りないなら速さで補えばいい。速さも足りないなら頭を使えばいい。それでも駄目なら魂を燃やして、心を奮わせろ。死ぬ気でやって諦めなきゃ……」

こんなのは柄ではないと思いつつ、ジルベルトはかつての自分がずっと胸に抱いていた言葉を紡《つむ》ぐ。

「大抵のことは乗り越えられる」

ラピスを見ると、すでに泣き止《や》んでいた。

呆然《ほうぜん》とした瞳で自分を見ていて、やはり柄ではないことを言ったからかと思うが——。

「その言葉……覚えて……？」

自分の思っていた反応と違い、ジルベルトは首を傾《かし》げる。

「なんの話だ？」

「う、ううん！　なんでもないです！」

ジルベルトは覚えていないが、ラピスにはとても大切な言葉だ。

たとえかつての自分と気付いて伝えてくれたものでなかったとしても、いいのである。

「そう、そうだよね！　諦めなかったら、きっと強くなれる！　師匠の弟子にもなれる！」

「あ……」

ラピスの心に再び火が灯《とも》り、自分で自分を奮い立たせるように叫んだ。

「見ていてください師匠！　私、絶対に諦めませんから！」

「いや、それは別に諦めてくれても……」

「よーし！　やるぞぉぉぉ！」

元気が出たのは良《い》いことなのだが、そのせいで弟子入りを諦めなくなったのは面倒だと思う。

だが、その太陽のような笑みを浮かべるラピスを見て、これを否定するのは無理だと悟った。

「……まあ、いいか」

自分のために涙まで流せる少女を見て、ジルベルトの考えも少しだけ変わり始めていることに、彼はまだ気付いていない。

第五章 ★ ラピスの戦い

ラピスが決意を新たにしてから日が経《た》ち、彼女が日常に溶け込んできた頃。

「やあジル！　遊びに来たよ！」

「なんで窓から入ってくるんだよ」

「玄関はそこのメイドさんが用意した、えげつない罠《わな》がたくさんあったからね！」

後ろでアルトが舌打ちしている中、コメディアンはよいしょっと窓から不法侵入してくる。

玄関以外にも罠《わな》は用意されていたはずだが、コメディアンには埃《ほこり》一つ付いてなかった。

「というわけで、コメディアン・トリックスター参上！」

シュタッとポーズを決めた瞬間、部屋のあちこちから影が動き回り彼に襲いかかる。

黒い触手のようなそれはアルトが得意とする影魔術の操影《シャドウ》だ。特定の形を持たない影が縦横無尽に襲いかかり、触れた相手の魔力を吸収する吸魔《スポイト》で一気に戦闘不能にする、攻防一体の強力な魔術である。

八年前からジルベルトが鍛えていたアルトの実力は、すでに最強クラスの魔術師たちが集まるヴィノスの中でも頭一つ抜けている。

だがそれでも、ここにいるのは正真正銘最強の大魔導師《グランドマスター》に認められた十人の中の一人。

「「ははははー！　当たらないよー」」

「ちぃっ！」

あまりのウザさに苛立《いらだ》ったアルトが再び大きな舌打ちする。

幻影魔術である幻魔《ミラージュ》によって無駄に増えたコメディアンが笑いながら回避をしていた。

吸魔《スポイト》によって影が触れた幻影は消えるはずなのだが、すべてのコメディアンが綺麗《きれい》に避《よ》けるせいで残り続ける。本人にその意図はないだろうが、アルトからしたら挑発されているようにしか思えないだろう。

「……一人でさえうっとうしいのに、最悪ですね」

しばらく攻撃し続けるが、やればやるほどふざけてくるだけの相手にこれ以上時間は使えないと思ったのだろう。

アルトが影を引っ込めると、コメディアンの分身は全員その場から消えた。

「というわけで、遊びに来たよ！」

「……ラピスさんのところに行ってきますね」

「おお、八つ当たりは止《や》めてやれよ」

「善処します」

明らかに不機嫌な状態で出ていくアルトを、ジルベルトは止められなかった。そして多分、その被害を受けるであろうラピスには合掌しておく。

そしてコメディアンは二人になると、どこからか自分のティーポットとカップを出し、飲み

さ！」

「なに、メインストリートでジルが弟子を泣かしたって聞いてね。真偽を確かめに来たの

「で、なんの用だよ」

物を注ぎ始めた。

「……はぁ」

あれだけ都市のど真ん中で騒ぎになれば噂《うわさ》は広がるものだ。

ジルベルトは自分が泣かせたわけではないと思っているが、端から見たらそう言われても仕方がない光景だった。とはいえ、普段から引き籠もっているので気にする必要は――。

「なんでも泣かしたあとは涙を拭って優しく慰めたそうだね。その姿はまるで調教しているようだったと……」

「その噂《うわさ》流したやつ教えろぶっ殺してやる！」

「美しい銀髪のメイドさんだったらしいよ」

敵は身内にいた。

思わず両手で顔を覆っていると、コメディアンは実に楽しそうだ。

「そういえば、他のやつらはどうしてんだ？」

「気になるかい？」

「そりゃあ、まあ……」

ジルベルトと異なり、コメディアンは色々なところに顔を出している。街から離れて屋敷《やしき》に引き籠もっている自分には気を使ってあまり会いに来なかっただけで、他の弟子たちの情報もたくさん持っていることはわかっていた。

「今のところ、誰も弟子を取ってはいないらしいよ」

「ふーん。意外と慎重じゃねぇか」

とはいえ、弟子を取るとなればそれは相手の人生、そして自分の人生も変えると言っても過言ではない。イシュタルの提案がなくとも、慎重にならざるを得ないだろう。

「カインの屋敷《やしき》は弟子志願者の行列で溢《あふ》れてたね。まるで観光名所みたいになってたのは笑ってしまったな」

「お前はいつも笑っているだろ」

「毎日が楽しいからね！」

「しかし、カインか……」

先日大魔獣を一撃で滅ぼした金髪の騎士。ジルベルトと同じ年、そして同じタイミングで弟子になり、しかも同じ孤児ということで若い頃から互いにライバル視し合っていたものだ。

——今じゃずいぶんと差がついちまったが……。

見目麗《みめうるわ》しく、若く、そして爽やかで優しい彼は『英雄』の二つ名を持ち、癖の強いイシュタルの直弟子の中で数少ない常識人として知られている。

対して自分は臆病者や卑怯者《ひきょうもの》扱い。自ら望んでこの立場になったのだから後悔はないが、会わせる顔はないなと思っていた。

「まあ噂《うわさ》を知ってりゃ、あいつかノルンのところくらいしか選択肢がないからなぁ」

「私がいるぞ？」

「どうせお前、幻影魔術で弟子になりたいやつらが家まで辿《たど》り着《つ》けないようにしてんだろ？」

にこっと無言で笑う。これだけでコメディアンの性格が少しわかるものだ。

他が酷《ひど》すぎるため兄弟弟子たちの中では比較的まともな方で頼りにもなる。

だからこそ癖の強い直弟子全員との交流を維持できているのだが、なんだかんだ言ってこの男もまた癖が強い。

人類皆兄弟、と博愛主義のように見せかけて、自分の身内や興味の対象以外にはとことんドライで、笑顔の裏に冷徹な顔を持ち合わせているのをジルベルトは知っていた。

「みんな弟子を取ることには前向きのようだよ。シグネットも色々と探しているらしいしね」

「あいつに弟子入りしたって、三日も持たねぇだろ」

「ははは……ははは……」

さすがのコメディアンも乾いた笑みしか浮かべられない。

カイン、シグネット、ノルン――名前が出た三人に、ジルベルトを含めた四人がイシュタルの直弟子の中では最年少であり、同時期に弟子入りをしたメンバーだ。

その中でシグネットは過激な性格をしているため、まともな人間が弟子入りできるとは到底思えなかった。

「それじゃあまた遊びに来るから、今度は罠《わな》とか解除しておいてくれると助かるぞ！」

「簡単に侵入されたからな。もう少し気合い入れて強化しておくわ」

そんなすれ違った言葉の応酬をして、コメディアンは帰っていく。

「あいつらはどうするのかねぇ……」

「やっと帰りましたか」

久しぶりに他の兄弟弟子たちの近況を聞いて感傷に浸っていると、アルトが入れ替わるように入ってくる。

ラピスの鍛錬を手伝うと言っていたはずだが……と思い窓の外を見るとラピスが地面に埋められて、頭だけ出してシクシクと泣いていた。

——なにすれば、ああなるんだ？

ラピスは考えるより先に思ったことを口に出すから、なにか余計なことを言って怒らせたのだろうか？

コメディアンによって不機嫌だったから、八つ当たりを受けたのかもしれないが……。

「お前から見てラピスはどうだ？」

最近は襲いかかってくることもなく、鍛錬に精を出している。

それに付き合い続けているアルトの方がラピスの実力はわかるだろうと思っての質問だ。

「才能はありますが、今のままではご主人様に一撃を与えるのは不可能でしょうね」

「……そうか」

改めて地面に埋まったラピスを見ると、必死に動いて上半身を脱出させることができていた。

そして地面に手を置いて力を入れた瞬間、彼女の両腕が影の沼に沈むように落ちていく。驚きながら抵抗するも、結局そのまま顔だけ残して地面に埋まり、状況は振り出しに戻った。

ラピスは絶望的な顔をしている。

アルトは澄んだ瞳で窓の外を見て――。

「影魔術に慣れる鍛錬です」

「あいつで遊んでるだけだろ」

なにも言っていないのに言い訳をしている時点で、自覚ありなのだ。

「そんなことありませんよ。これは歴《れっき》とした鍛錬です」

アルトは不満そうな顔をするが、そうとしか思えなかった。

そもそも、影魔術は人間には扱うことができないと言われている。過去にジルベルトが研究して不可能ではないことを証明したが、あまりにも人間と相性が悪かった。それを使うくらいなら、別の魔術を鍛えた方が絶対に効率がいい。

影魔術に慣れたところで、使い道などありはしないのだ。

本気で育てるって言うからやらせてみたが、ラピスが少し不憫《ふびん》に思う。もっとも、そう思う資格など自分にはないとわかっていたが……。

「どうしたもんかね」

本音を言えば、弟子にしても良《い》いと思い始めていた。

ラピスに「なぜ自分に拘《こだわ》るのか？」と聞いても頑《かたく》なに口を閉ざすため理由はわからないままだが、先日の一件で本気なのは改めて伝わってきている。

それにアルトは事情を聞いて、そのうえで認めたらしい。

――こいつが俺以外を認めることがあるなんて、当時は思わなかったな。

八年前、アルトを引き取ったときのことを思い出す。

かつてのジルベルトは彼女の父親に、まだ幼い少女だったアルトが一人前になるまで守ると約束した。それを果たすために大魔導師《グランドマスター》を諦め、郊外に屋敷《やしき》を購入し、こうして二人だけの世界を作って守り続け――。

「……」

そしてもう、ジルベルト以外の人間に対し敵意を剝《む》き出《だ》しにしながらも怯《おび》えていた少女はいない。

ラピスという新しい住人とも上手《うま》くやれていて、これ以上は過保護なだけだ。

「なあアルト。どうすれば良《い》いと思う？」

「決めるのはご主人様ですよ。ただ……」

結局のところ、アルトが認めた時点でジルベルトはラピスを否定する理由などなかった。

「私を言い訳にしないでください」

「……そうだな」

大魔導師《グランドマスター》を諦めたことも、表舞台から姿を消したことも、全部自分が決めたことだ。

だからこそ、これまでそうしたように今回も自分の意思で決めるべきなのだと強く想《おも》う。


それから十日ほど、ジルベルトはラピスを観察していた。

時折「視線がいやらしいです」とアルトに追い出されることはあったが、暇さえあれば彼女の動きを見てみる。

「基礎はできてるんだよな……」

元々剣の名門と呼ばれるベアトリクス侯爵家で鍛えていたからだろう。動きは鋭く、体幹もしっかりしていて身体《からだ》のバランスがいい。

アルトには剣術が教えられないので、風剣《エア》は使わず徒手空拳での修業がメインのようだ。ラピスの得意魔術である風と体術を合わせたそれは、年の割になかなか良《い》い動きをする。

魔術面はまだ拙いが、日に日に成長しているのもわかった。

「才能も、あるよな……」

元々素直な性格をしているからか、アルトが教えたことをどんどん吸収している。

ジルベルトの目から見ても、ラピスはこの都市に来たときに比べて明らかに強くなっていた。

このまま成長すればそう遠くない未来、このヴィノスでもやっていけるようになるだろう。

などと見ていたら、ラピスがいきなり影の落とし穴に落とされた。

「……なんでまた埋めてんだあいつ？」

今度はアルトの嫌がらせというわけではないみたいで、すぐに救出してなにかを話している。

ラピスも真剣な表情でコクコクと頷《うなず》き、お互い納得済みの鍛錬のようだ。

落ちては救出、落ちては救出を繰り返す。いきなり地面に埋められる姿は、端から見ていると虐《いじ》められているようにしか見えないが……。

「あ……」

しばらくそれが続き、不意にアルトがこちらを見た。と同時に窓が真っ暗になる。

どうやらこれ以上は見せるつもりはないらしい。

「まあ、あいつらの目的は俺に一撃与えることだし、当然か」

元より実力差は大きいのだから、情報を隠すのは道理である。

あの鍛錬でなにをどうする気なのかは想像もできないが、それはそれで面白いと思った。

アルトは自信があるようだが、ブランクがあろうとラピスが相手ならどんな手段を使われても攻撃を当てられない自信がある。

恐らく相当念入りに準備してから挑んでくるのだろうが……。

「そう簡単にはやられてやらねぇからな」

なんとなく、今の状況が楽しくなってきたジルベルトは、そう独りごちるのであった。


日々が過ぎるのは早く、ラピスがジルベルトの屋敷《やしき》に来てから一月以上が過ぎていた。

そして今、ジルベルトとラピスが中庭で向かい合うように立っている。

――試験をクリアする準備ができたので、午後から立ち合いをお願いします！

そう言われ、ジルベルトはそれを受け入れたからだ。

ラピスは普段の運動着とは異なっていて、白のブラウスワンピースの上から薄赤色の羽織りを着て、胸の上にはワンポイントとなる翡翠色《ひすいいろ》のブローチ。

薄い生地なのか身体《からだ》のラインははっきりとわかり、年齢の平均より明らかに大きな胸が強調され、短めの裾からは健康的な太ももが伸びていた。

魔術師らしい格好かと言われればそうとも言えるし、ただオシャレな格好をしてきたと言われたら、そうとも言える。

これが魔術師としてのラピスの勝負服なのだろう、とジルベルトは思った。

「さて、それじゃあやるか」

「はい！　よろしくお願いします！」

準備運動を終えたラピスが気合いの入った声を上げる。

——これにどんな意味があるのかね。

ジルベルトは今回の立ち合いは本気でクリアするためではなく、今後の布石にするのだろうと思っていた。

不意打ちでなく正面からの勝負であれば、どんな手段を取っても一撃を与えることなど不可能だ。ならば彼女がやるべきことは奇襲一択。

ラピスの背後にはアルトがいる。ジルベルトのことを誰よりもよく知っている彼女にそれがわからないはずがない。

時間はいくらでもあるのだから一度くらいは試してみても問題ない、という考えだろう。

「いいですかラピスさん。この一回で決めますよ」

アルトはわざとらしく、こちらに聞こえるように言うが、それは恐らくブラフ。

——とはいえ、こっちが手を抜く理由にはならねぇからな。

ジルベルトは本気で迎え撃つ気でラピスを見る。

無手で構えている。どうやら風剣《エア》を使う気はなく、鍛錬で見せた通り風魔術と体術の組み合わせで戦うつもりらしい。

とはいえ、ヴィノスの魔術師にとってそれは特別珍しいことではない。高位の魔術師にとって魔術で強化した身体《からだ》は強力な武器であり、無敵の鎧《よろい》となる。なにより突発的な出来事に対応するためには、無手での修練は不可欠だ。

例外として、魔術媒体となる指輪など邪魔にならない魔道具を身に付けるが——。

「アルト、そいつがお前の用意した切り札か？」

「さて、なんのことでしょう？」

ラピスの人差し指には黒い指輪が嵌《は》められていた。

これまで身に付けていたことはなかったので、新しく用意した物だろう。

——魔道具には様々な役割があるが……。

もっともポピュラーなのは魔力の増幅、もしくは発動速度の上昇だ。まったく無策で来たわけではなさそうだが、魔道具一つ程度で埋められるような実力差でもない。

「ベアトリクス家は剣術の名門だろ。風剣《エア》はいいのか？」

わかっていてあえて聞いてみるが、ラピスは集中して呼吸を整えており返事をしない。

代わりに応えたのはアルトだ。

「元々ラピスさんには無手が合いますから。それにこれからご主人様の弟子になったら、無手での戦闘方法が必要になるでしょう？」

「ずいぶんと先のことまで考えてるんだな」

言外に今日じゃないと伝えてやるが、アルトは薄く笑うだけ。よほど自信があるらしい。

再びラピスを見ると、目を閉じながら集中して、自身に魔力を通していた。これが実戦なら今すぐ攻撃して終わらせてやるところだが、これは立ち合い。準備を終えるまで待つ。

しばらくして、中庭に柔らかな風が流れ――。

「行きます！」

大地を蹴る音が三回。二人の距離は十歩分ほどだったが、ラピスは素早く踏み込み、風に乗るように飛び込んできた。

そしてジルベルトの顔目掛けて蹴りを入れるが、それは一歩下がることで回避。

風切り音が鳴ったと同時にパンッ、と破裂音が鳴る。

ラピスの蹴りと同時に飛んできた風の刃を、ジルベルトが同じ魔術で防いだ音だ。

「言っとくが、魔術に当たってもノーカンだぜ」

「わかってます！」

着地したラピスはそのまま懐《ふところ》に潜り込み、踊るように攻撃を仕掛けてくる。

元々ベアトリクス家で鍛えられていた体幹の強さ。そして天性のしなやかな身体《からだ》のバネ。

その二つにより、かなり無茶な体勢からでも繰り出される攻撃の数々は舞踏のようで、彼女の大きな武器となっていた。

「やっぱりアルトさんの言う通り当たらない！　だけど――！」

突然ラピスの蹴りが早くなった。風魔術で蹴りを押し出し、威力と速度を上げているのだ。

さらに足や腕に風魔術を放つことで軌道を無理やり変え、不規則な動きを成立させる。

かなり身体《からだ》に無茶を強いるやり方だが、ラピスの柔らかさがあればこの程度の無茶が利《き》くということだろう。

ジルベルトは、それに合わせて少しだけ自分の速度を上げていく。

ラピスの攻撃速度がさらに上がる。肘を風で押し、先ほど以上の威力を秘めた拳が凄《すさ》まじい勢いで飛んできた。

躱《かわ》すとすぐに蹴り上げ、ブラウスの裾がめくり上がり、薄い青の下着が露《あら》わになる。

これで動揺でも引き出せたら、とでも思ったのだろう。だが戦闘中のジルベルトはその程度で視線を泳がすような男ではない。そっと足を横にずらして、片足で立つラピスと地面の間に自分の足を差し込むと、優しく隙間を撫《な》でるようにスライドさせる。

たったそれだけで彼女はバランスを崩し、地面に倒れそうになった。

「くっ――!?」

ラピスは片手で地面を弾き、ジルベルト目掛けて足を伸ばしながら蹴りを入れ、同時に反対の手から風刃を解き放つ。

最初の一回以降、一度も見せてこなかった遠距離攻撃。

しかも風は目にも見えない不可視の刃で、ラピスが用意していた切り札の一つだ。

「え……?」

だがジルベルトはいつの間にか軽く身体《からだ》を横に向け、どちらにも当たらない位置に立っていた。

風圧が髪を靡《なび》かせ、しかしかすりもしていないことにラピスが悔しそうな顔をする。

まるで未来予知だ、と彼女が思ったとき――。

「よっと」

「っ――⁉」

足を摑《つか》まれ、投げ飛ばされた。空中で体勢を整えて着地してジルベルトを見ると、埃《ほこり》一つ付いておらず、呼吸すら平常時のままだ。

「はぁ、はぁ、はぁ……凄《すご》い……」

ラピスは本気だった。いつかジルベルトと会ったとき、恥ずかしくない自分であるために妥協なく鍛錬も続けてきた。それでもまったく届かない。圧倒的な強さで、たとえなにをしても攻撃を当てられる気がしなかった。

――凄《すご》い、凄《すご》い凄《すご》い凄《すご》い！　やっぱり師匠は凄《すご》いんだ！

自分が夢にまで見て憧れ続けた男の凄《すご》さを知り、瞳を輝かせる。

「どうですかラピスさん、まだいけそうですか？」

ずっと続いていた高速戦闘に一区切りがついたことで、アルトが近づいてラピスの肩を叩《たた》く。

この一ヶ月、ずっと自分を鍛えてくれた美しいメイドの女性は、ジルベルトと同様に今のラピスではどれほど強いのかわからないくらいの実力者だった。

――きっと、師匠の傍《そば》にはアルトさんみたいな人が相応《ふさわ》しいんだろうな……。

本当のジルベルトを知らない者からしたら過剰評価だと思うようなことだが、ラピスにとっては彼こそが至高の英傑。

それゆえに、今の自分では傍《そば》にいることすらおこがましいと思ってしまう。

――だけど、それでも私は……この人の傍《そば》にいたい！　師匠とともに歩《あゆ》みたい！

「もちろんです！」

ラピスの想《おも》いは常にシンプルだ。

ジルベルトを心身ともに支え、大魔導師《グランドマスター》を超える者に、歴代最高の魔術師にする！

この想《おも》いだけは誰も負けていないと、それを証明するために彼女は今戦っていた。

「よろしい。良《い》い感じに高ぶってきましたね」

アルトの澄んだ声が中庭に響く。

「ラピスさんが私の指導を真摯に受け止めて実行してきたことは理解しています。どんなに意味のない内容でも疑わず、言うことを聞き続けた素直な貴方《あなた》はきっと強くなります」

「やっぱり意味なかったんですか⁉」

「おっと口が滑りました。まあ今のは場を和ませるための冗談なので気にしないでください」

どう考えても場を和ませるタイミングではないのだが、ラピスは追及できなかった。

なぜならアルトの瞳が本気だったから。そして自分なら、ジルベルトに一撃を与えることができると本気で思ってくれているのが伝わってきたから。

「さあ、ここらで一度ご主人様の度肝を抜いてやりましょう」

「……本当に、大丈夫でしょうか？」

「恐れる必要はありません」

不安そうなラピスに対して、アルトはどこまでも真摯に見つめ返す。

「たとえラピスさんが力に呑《の》まれても、私たちが止めてさしあげます。ですから、貴方《あなた》のすべてを曝《さら》け出《だ》しなさい」

そんな彼女に触発されたのか、ラピスは覚悟を決めた様子でこちらに向く。

「……わかりました。あの、師匠。もし私が失礼なことしちゃったら、ごめんなさい！」

「下着をスライムまみれにしたり、風呂場《ふろば》に突撃してきたり、今までも相当失礼なことしてきてるからなお前」

「そうだった！　あ、でも今度は失礼の方向性が違うというか……」

いつまでも始めようとしないラピスに、ジルベルトは軽く殺気を向けてやる。すると彼女は俊敏な野生動物のように大きく退いた。迎撃の構えを取りながらこちらに向ける瞳は真剣そのもので、この意識の切り替えの早さは魔術師に向いていると思う。

——アルトのお墨付きだとしたら、結構マジモンだろうな。

二人の会話を聞いたジルベルトは、警戒したように目を細めた。

たとえラピスが未熟であっても、もう油断はしない。これまでの戦いの人生で、敵の切り札は場合によってはすべてをひっくり返す鬼札になることを知っていたから。

「御託は良《い》い。やれることがあるなら、全部出してみろ」

「そう……ですね！　やれることを全部やって、私は前に突き進みます！」

その瞬間、彼女の体内から莫大《ばくだい》な魔力が吹き出した。

――こいつは……。

ジルベルトは自分が知らないラピスの魔力に気合いを入れ直す。

最初は今回の試験は次に繋《つな》げるための布石だろうと思っていた。だが先ほどの動きはジルベルトの想像以上にキレがあり、逆に見せる方が不利になるほどだ。

「なによりこの魔力は……」

ヴィノスに住む魔術師たちをも優に上回っている。

こんな切り札、ギリギリまで隠し通しておいた方が良かったはずだ。それを今見せた理由は、本当に今回ですべてを決めるためで――。

「……ベアトリクス侯爵家、ラピスラズリ・ベアトリクス！　全力でいきます！」

ジルベルトがしゃがむとほぼ同時に頭上に風が舞う。ラピスの蹴りから発生した風圧だろう、と判断するより早く一歩後ろへ。

目先にかかとが落ちて大地を穿《うが》ち、衝撃で中庭に小さなクレーターが発生した。

「まだ、まだぁぁぁ！」

「はっ、面白《おもしれ》ぇ！」

先ほどとは比べものにならない速度と威力。それでいて風の魔術を操った変幻自在の軌道はかなり厄介な動きである。

絶え間ない連続攻撃の中、ジルベルトはじっとラピスを見る。

魔力の色はその者の性質によって変わるものだ。たとえばアルトであれば濃い黒色の魔力だし、ジルベルトは純粋な赤といったように。

色によって強弱の差はないが、それでもその性質独自の深さがあり、人から離れれば離れるほど深い色になっていく。

そして、ラピスから放たれている魔力の色は人が身に宿すにはあまりにも深すぎる深紅。丸みのある蒼色《あおいろ》の瞳は黄金の龍眼となり、その威圧感はまるで怒れる龍のようだ。

「ご主人様、余所見《よそみ》をしている暇などありませんよ？」

離れたところからそんな言葉が聞こえた瞬間、ラピスの動きがまた変わる。

先ほどまでは人の技だった。だが今のラピスはまるで獣のように、ただ目の前の敵を倒すことだけを考えた荒い動き。

だがそれでも、先ほどより遥《はる》かに鋭く、そしてしなやかで本能的だ。

「ハァァァァ！」

「ちっ⁉」

裏拳を躱《かわ》すと、その風圧で大地が抉《えぐ》れ、その先にあった木が飛んでいった。

――まだ魔力が高まるのか！

あと少しで服にかすりそうな一撃は、当たれば並の人間など木っ端微塵《こっぱみじん》になるほどの威力を秘めていた。

予想以上の力にジルベルトも驚く。ラピスの魔力が自分たちイシュタルの直弟子に匹敵するほどまで高まっていた。

同時に思ってしまう。

――これだけの魔力、鍛え上げればどれだけ強くなるか……。

想像した未来に口角がつり上がっていることに、彼は気付いていない。

「やぁぁぁ！」

「甘《あめ》ぇよ！」

ジルベルトは覚えていないが、かつてラピスは高魔病《こうまびょう》を患《わずら》っていた。

高すぎる魔力を宿して生まれ、身体《からだ》と心臓が耐え切れず致死率百パーセントだった悪魔の病。

それを克服できたのは、古代龍の血を飲むことで魔力の器たる肉体を強制的に人外へと跳ね上げたから。

もちろん、古代龍の血を飲めば誰でも人外の力を得られるわけではない。

わずかな希望、奇跡にも等しい確率。たった一本だけ吊《つ》り下げられた細い蜘蛛《くも》の糸を掴《つか》み取《と》ったからこそ、ラピスという少女は今ここにいた。

「っ――！」

どれだけ攻撃をしても当たらないことに業を煮やしたラピスが飛び退《との》き、そして再び地面を踏み込んで同じように突撃してくる。

「同じように真正面から来て――」

「アァァ！」

今度は反撃をしようとした瞬間、ラピスが急停止して拳を地面に向けて殴る。轟音《ごうおん》が屋敷《やしき》の庭に響き、大地に巨大なクレーターができたのと同時に盛大な粉塵《ふんじん》がジルベルトの視界を遮った。

「視界を消しに来たか……っ！」

突如、見えない視界の先から人の拳くらいの石が凄《すさ》まじい勢いで飛んでくる。それを躱《かわ》すも、二度、三度と飛んできて、こちらの行動を阻害してきた。

風の魔術を使わないのは、この粉塵《ふんじん》を吹き飛ばすことを警戒してのことだろう。また、魔力の籠もっていない石であれば察知に引っかからず、反応が遅れるからか。

野生じみた動きの割に頭が回る。

「おいラピス！　今のお前、普段より賢いんじゃねぇか⁉」

これまでのラピスでは考えられない攻撃方法だ。こういう戦い方をジルベルトは否定しない。なにがなんでも一撃を与えてやろうという強い意志を感じ、好感が持てたくらいだ。

「そんで、こういう場合の常套《じょうとう》手段は――」

「っ――!?」

「石に紛れて本命が飛び込んでくるもんだよなぁ！」

石を摑《つか》むと、ジルベルトは飛び込んできたラピスに投げつける。それを彼女は拳で砕いてそのまま向かってくるが、一瞬動きが鈍ったことで本来の力は発揮できないだろう。

あとはラピスを返り討ちにするだけだと彼女を見ると、どうにも様子がおかしい。

「おい、ちょっと待て……」

「ガァァ!!」

「これ完全に理性失ってんじゃねえか！」

突き出してきた拳の手首を摑《つか》み、ジルベルトはそのまま背負い投げでラピスを遠くまで投げる。

空中でクルクル器用に回りながら着地したラピスは、一瞬も止まることなく突撃してきた。

「アルト！　どういうことだ!?」

「敵に情報を与えるわけないじゃないですか」

「敵ってお前、こいつは……」

凶化《バーサク》という魔術がある。体内に存在する魔力をあえて暴走させることで通常より遥《はる》かに強大な力を得ることのできる魔術だ。だが、それを好んで使おうとする者はほとんどいない。なぜなら、どれだけ強くなろうと、獣と同じように突撃しかできない相手など脅威でないからだ。

「つーのが普通なんだが……」

「ガァァァァ！」

ジルベルトはこれまでのラピスとのやり取りで、彼女の能力を把握している。

凶化《バーサク》の上昇幅は、世間的に多いと言われる魔力の持ち主でもせいぜい三倍程度。仮にラピスの能力がそこまで伸びたところで、ジルベルトの敵ではないのだが――。

「こいつは、三倍程度じゃねえなぁ！」

さらに上がる拳速。まるで大魔獣が暴れているような激しい攻撃に、ジルベルトは困惑する。

少なくとも普段のラピスの十倍は身体能力が上がっていた。しかもその速度も力もまだまだ増していき、まるで限界がないようだ。

「ちっ！」

まだ問題ないとはいえ、このまま成長を続ければ少し不味《まず》いかもしれない。そう判断したジルベルトは、ラピスの攻撃を避《よ》けると同時に膝でその腕を突きあげて体勢を崩させる。

「ガッ――!?」

「おらぁ！」

そのままわずかに浮いた身体《からだ》に回し蹴りを喰らわせた。魔力で能力全体が底上げされている状態とはいえ、ジルベルトの攻撃をまともに喰《く》らえばただでは済まない。

さすがに苦悶《くもん》の表情を浮かべるが、それでも立ち上がってジルベルトを睨《にら》む。

「ウ、ウウウウウウ！」

「この目……」

ジルベルトはかつて一度だけ、この黄金の瞳を見たことがある。

世界でただ一人、古代龍の血を浴びて生き延びた師匠が本気を出したときに見せる、龍化《ドライグ》と同じものだった。

――どうりでババアがラピスを可愛《かわい》がるわけだ！

「アルト、これ知ってやがったな！」

「だから敵に情報を教えませんって。それにいいんですか？　余所見《よそみ》なんてしてたら本当に一撃貰《もら》っちゃいますよ？」

「ちっ！」

二人の動きは最初の頃とは比べ物にならないほど速い。特にジルベルトの動きはキレを取り戻し、ラピスのそれよりもずっと鋭さを増していた。

「ったく、こっちはもう何年も実戦から遠ざかってて、ブランクがあるってのによぉ……」

大地を踏み込む音が轟音《ごうおん》となるほどの威力で仕掛けてくるラピスに対し、ジルベルトはその攻撃を的確に捌き切る。

やや危うさもある動きだったのはもう過去の話。今や完全に見切り、ラピスが攻撃をするよりも前に動き出していた。

「たとえ動きが早くなってもなぁ！　そんな単調な攻撃が当たるわけねぇだろ！」

「グァアアア！」

ラピスの攻撃を捌《さば》いたジルベルトは、彼女の腹部に拳を突き出す。

その直撃を受けた彼女はまるで砲撃にあったように吹き飛んでいき――。

「ま、こんなもんだな」

完全に気を失ったラピスはその場で倒れ込み、動く気配はない。

「さすがですねご主人様」

戦いが終わったことを確認したアルトは近づくと、影を使ってラピスを地面から浮かせる。

まるで空中に浮かぶベッドで、限界以上に力を使ったラピスを気遣っているようだ。

「こいつのこと、洗《あら》い浚《ざら》い吐いてもらうぞ」

「女の過去を詮索しようなんて最低ですね」

「必要なことだろうが！」

「それはちゃんと弟子にするつもりがあるってことですか？」

「うっ……」

そう言われてしまうと、ジルベルトは言葉に詰まる。弟子にしないのであれば、ジルベルトとラピスはただの他人。厄介な事情を抱えているだろう彼女の過去を暴《あば》く資格などないのだ。

「ないなら、突っ込むのは野暮かと」

「……お前の言う通りだな」

先ほどのラピスの動きを思い出す。どういう経緯で龍の血など手に入れたかわからないが、龍化《ドライグ》を使いこなせば自分たち並みに強くなれる可能性がある。

弟子にして、その将来を見てみたいと本気で思ってしまった。

――だが……。

ジルベルトは戦闘に対してブランクがある。それゆえに龍化《ドライグ》状態のラピスの動きに最初こそ戸惑ったが、身体《からだ》のキレを取り戻してからは一方的な戦いとなった。回数を重ねるごとにジルベルトは昔の動きを取り戻していき、ラピスの試験は絶望的になることだろう。

アルトもそれはわかっているはず。だからこそ彼女たちは今日、この一回に賭けたのだ。

そしてその賭けは失敗した。それはつまり、ラピスは弟子になる機会を永遠に失ってしまったということになる。

「ところでご主人様」

「なんだ？」

「気絶したから終わりなんてルールはなかったですよね？」

その言葉と同時にラピスが跳ね起きる。

「やぁぁぁぁ！」

「っ——⁉」

完全に終わったと思い油断した。しかもアルトに運ばれて近づいてきたことによって自然に距離を詰められている。

だがそれでも、ジルベルトは伊達《だて》や酔狂で世界最強の弟子をしていたわけではない。反応が遅れてなお、迫る拳をギリギリのところで避《よ》けた。

「つぶねぇ⁉　気絶したフリなんて古典的なのに引っかかるとは思わなかったぜ！　だが——」

「くっ！」

「俺に攻撃を当てるには、条件が足りなかったな！」

彼女の敗因は気絶した振りをするため、龍化《ドライグ》を解いてしまっていること。

そして疑われないように接近するため、真正面に運ばれたこと。

どちらもジルベルトを騙《だま》すためには必須の条件だった。だからラピスたちはその選択肢を選んだが、地力の差が大きすぎた。

たとえ体勢を崩されようと、通常状態のラピスでは正面からジルベルトに一撃を与えることは不可能——。

「ご主人様、切り札は最後まで取っておくものです」

「なに？」

その言葉を聞き返すより早く、ラピスの瞳がまた黄金に輝いた。

「操影《シャドウ》！　師匠を捕まえて！」

「……は？」

あり得ない。言葉だけのフェイクだ。ジルベルトの脳が一瞬でそう判断を下した。

なぜならラピスが使おうとしている影魔術は、人間にはほとんど使えないもの。

だからジルベルトはラピスの言葉を無視するのだが、その判断こそ致命的だった。

「――馬鹿な⁉」

影が自分の足を拘束しようと動き、本物の影魔術だと気付いたジルベルトは焦《あせ》りを覚える。

「なんでラピスに影魔術が使え――そうか！」

人間には使えなくとも、龍ならば話は違う。龍化《ドライグ》によって人から逸脱した今の彼女であれば、影魔術を使えるということだ。

だが、それを理解したところでもう遅い。

「ずっとアルトさんと練習していたんです！　この一瞬、この一回だけのために！」

「くっ！」

脳の判断と現実の差にジルベルトの動きが鈍る。さらに攻撃性のない魔術であったため反応が遅れ、動きを制限されてしまった。なんとか影を引き剝がそうとするが、これが最後のチャンスだとラピスは執拗《しつよう》に攻撃を仕掛けてくる。

「ハァァァ！」

「このっ……！」

もしこれが殺し合いであれば、ラピスを殺して終わりだ。だがこれは試験。ジルベルト本人も気付いていないが、無意識にラピスに攻撃することを避けてしまっていた。

そして勝敗はラピスが一撃を与えることで決まる。たとえその一撃が弱く、ダメージを受けなくても関係ない。

故にジルベルトも動きが制限され、ラピスを優先せざるを得なかった。影を優先して捌《さば》けば、ラピスに一撃を加えられてしまうかもしれないから。

そしてそれこそが、ラピスにとって唯一の勝機！

――どんなに泥臭くたっていい！　師匠相手にチャンスは二度と来ないんだから……死んでも食らいつけ！

「そうですラピスさん。拳が当たらなくてもいい。風魔術を打ち消されても構いません。ただ絶えずご主人様を攻めなさい。それさえできれば……」

「あぁぁぁぁぁぁ！」

最後の戦い。アルトの言葉はもうラピスに届いていなかった。とにかく我武者羅に、影がジルベルトを拘束するまで離れず攻撃し続ける。

そしてラピスの執念はついにジルベルトを捉えた。影が足から上半身まで伸びたのだ。

「ちぃ！　だがこの程度の魔力ならお前を相手にしながらでも力ずくで破れるぞ！」

その言葉は事実。だがラピスは、アルトは、この時をずっと待っていた。

「ご主人様、私は言いましたよね。切り札は最後まで取っておくものだ、と」

「なにを――」

「ラピスさんが研ぎ澄まし続けてきた牙が今、ようやく貴方《あなた》に届きました」

まだ一撃を加えられていない、とジルベルトが思うより早く、ラピスが声を上げる。

「付与《エンチャント》！　操影《シャドウ》を強化！」

「なっ――⁉」

影に込められた魔力が一気に跳ね上がり、動きと密度が増す。

「付与《エンチャント》だと⁉　なんでそんなもんまで――⁉」

教えていないはずの付与《エンチャント》を使って操影《シャドウ》を強化したため、驚いてしまう。

咄嗟《とっさ》に本気で影を振り払おうとするジルベルトだが、黄金の龍眼が再び鋭く光り、魔力が爆発的に増加した。

「まだまだぁぁぁぁ！　付与《エンチャント》！　操影《シャドウ》を強化！　付与《エンチャント》！　操影《シャドウ》を強化！　付与《エンチャント》！　操《シャ》影《ドウ》を、強化ぁぁぁぁぁぁ！」

「ぐうっ！」

身体中《からだじゅう》に巻き付いた影に凄《すさ》まじい魔力が籠められ、ジルベルトの動きを完全に拘束し始める。

ジルベルトも抵抗しようとするが、後手に回り身体《からだ》を縛られた状況では時すでに遅し。上半身にまで影が絡《から》み、完全に身動きを封じられた。

「まさか、まじでここまでやるとはなぁ……」

未熟な強化とはいえ、壊すには少しばかり時間がかかりそうだ。

影の縛り方自体も複雑なもので、よほど練習したのだろう。

身動きが取れない――つまり、決着である。

「はぁ、はぁ、はぁ……ししょう……はぁ、はぁ……凄《すご》すぎ、でした……」

「本当は最初の龍化《ドライグ》で勝つつもりだったんですよ。ここまでするのは、本当に最後の手段でした」

魔力の使いすぎか、それとも戦いの反動か、もはや呼吸すら危ういラピスに代わりアルトが言葉を紡《つむ》ぐ。

「……影魔術も付与魔術も、お前が教えたのか？」

「この短期間でモノにしたのはラピスさんですけどね」

「そうか……」

どちらも一朝一夕に身に付くものではない。

付与《エンチャント》は魔術の理解が不可欠で高難易度の魔術だ。影魔術など、人間にはほとんど使える代物でないのだから、覚えられるかどうかも賭けだっただろう。

——影魔術の理論を研究したやつなんて、多分俺だけだろうしな。

だからこそ、あまりにも予想外すぎる攻撃だった。それを予想することなど未来予知でもでもできなければ不可能だ。

——操影《シャドウ》だけに絞ったのも正解だな。

正直、最初の風魔術を無手の攻撃に活《い》かした動きだけでもその才能を感じさせた。その後の龍化《ドライグ》などもジルベルトの予想を遥《はる》かに上回る切り札で、驚かされたものだ。

気絶した振りをしながらアルトに運ばれてギリギリまで接近したのも、戦いに騎士道など求めていない彼にとっては卑怯《ひきょう》でもなんでもない。

なにより評価したいのが、最後まで諦めずに食らいついて、隠し持っていた手札である影魔術と付与魔術を成功させたこと。

バレたら意味がないため一度しか使えず、さらに色々と条件が重ならなければ意味をなさないが、ラピスはそのか細い糸を一つ一つたしかに摑《つか》み取《と》ったのだ。

——これだけ念入りに準備されてやられたんだ。認めないわけにはいかねぇか……。

ジルベルトは力を抜いて、ラピスを見る。

「……さっさと来いよ。合格の条件は一撃を与えたら、だぜ」

「っ――！」

その言葉に、ラピスは感極まり涙を浮かべてしまうが、すぐに拭う。

ジルベルトに認めてもらうことが目的ではない。これはただの第一歩にすぎない。

彼の傍《そば》に立ち、強くなり、そしてその夢を支えることこそ彼女の原初の目的なのだから。

「いきます！」

そしてラピスが拳を握り、ジルベルトに一撃を与えようとした、その瞬間――。

「あ……縛りが弱まった」

「え……？」

慣れない魔術だ。元々そう長く拘束できるわけではなく、ジルベルトはつい反射的に操影《シャドウ》から抜け出してしまう。

正直、ジルベルトはもう攻撃を食らって弟子にする気でいた。

ラピスもこれでようやく弟子になれると思っていた。

アルトでさえ、微笑《ほほえ》ましくその光景を見ていた。

だというのに、結果は――。

「「「……」」」

意図したわけでなく、反射的に躱《かわ》してしまったジルベルトは少し居たたまれない気持ちになる。

「ご主人様、今のはちょっと、ないです。さすがに……ないです」

「いや、その……今のはなんて言うか、仕方ねぇだろ……」

「……師匠に弄ばれた」

そんな気まずい感じになってしまい、アルトが溜《た》め息《いき》を吐《つ》く。

「はぁ、これだけはやりたくなかったんですけど……」

「あ？　がぁっ――⁉」

「師匠っ⁉」

アルトがぼそっと呟《つぶや》いた瞬間、ジルベルトの顔が強《こわ》ばり地面に蹲《うずくま》るように倒れる。

突然やってきた異常なまでの高揚感。そして下半身の硬直。

ラピスの驚きようから彼女の仕業ではないことは一目瞭然で、下手人《げしゅにん》であろうアルトを睨《にら》む。

「テメェ……なに盛りやがった⁉」

「媚薬《びやく》です。それも超強力なやつを朝ご飯に混ぜさせていただきました」

ジルベルトは以前、アルトが怪しいピンク色の煙を出した薬を作っていたことを思い出す。

「あれ、か……！」

「ちなみに無味無臭だったのは私が協力したから、さ！」

「コメディアンさん⁉　い、いつの間に⁉」

「ははは！　実は最初から最後まで見学させてもらっていたのだよ！」

幻影魔術で隠れていたらしいコメディアンは、ラピスに向かって白い歯を見せながらポーズを決めると、すぐにまた消えてしまう。

ラピスがあちこち見ても、もうその姿を捉えることはできない。

「ぐっ……はぁ、はぁ……」

その間にもジルベルトは顔を紅潮させ、媚薬《びやく》の影響を受けていた。

下半身の事情で動けない彼は、這《は》いつくばりながらアルトを見上げる。

「せめて……痺《しび》れ薬《ぐすり》とかにしろよ……なん、で……媚薬《びやく》」

「……えい」

アルトが突然スカートを両手でめくり、彼女の黒い下着やガーターベルト、そして染《し》み一つない雪のような白い太ももが目に入る……と同時に血流が爆発する股間。

「ぐぉぉぉ!?」

「ふ、ふふふ……私の下着で興奮しながらエロい顔で苦しむご主人様、実に良《い》い。今もガン見しちゃって、これは癖になりそうです」

「て、てめぇぇぇ……！」

心底嬉《うれ》しそうに笑うアルトと、目を充血させて苦しむジルベルト。

どちらが主なのかわからないようなやり取りをしていると、二人の間にラピスが入る。

「あ、あのぉ。アルトさん……」

「ラピスさんもやりますか？　楽しいですよ」

「え……」

ラピスは一瞬、自分のスカートに手を当てて悩み、ハッと気付いて首を横に振る。今はそんなことをしている場合じゃないと思っていると、ラピスの脳内で天使と悪魔が囁《ささや》いてきた。

——さっきパンツ見られても動揺してもらえなかったし、こんなチャンスはもうないよ！

——好きな男にパンツ見せてなにが悪いのよ！

天使と悪魔のラピスがそれぞれ、誘惑することを推奨する。

どっちも同じことを言っているので、まるで天秤《てんびん》になっていなかった。

「って、ダメダメ！　本当に今はそんなことをしてる場合じゃないもん！」

ラピスが脳内の悪魔たちを振り切ったとき、ジルベルトが立ち上がろうとしていた。

「この、やろぉ……」

「おっとさすがご主人様、エロい顔してても抵抗力が凄《すご》いですね」

「ぶっ殺す！」

「えい」

「ぐおおおお⁉」

意気込むが、アルトが再びスカートを上げると鼻血を出しながら凝視してしまう。どれだけ効力の強い媚薬《びやく》を仕込んだのか、身体《からだ》は熱く、満足に動くことができそうになかった。

「さて、おふざけはこの辺にしておいて……」

「お前ふざけ──むご⁉」

怒りの声を上げようとするジルベルトに、アルトが操影《シャドウ》を展開して口を塞ぎ身体《からだ》を拘束。ラピスとは違った熟練した影捌《かげさば》きで、あっという間にジルベルトは触手責めをされているような体勢になった。

心なしか粘液のようなものが付着しており、ベタッとしていて気持ちが悪そうだ。

ジルベルトは苦しいのか、恥ずかしいのか、顔を赤らめながら拘束から逃れようとするが、上手《うま》く力を流されているせいで脱出できる様子はなかった。

「ご主人様は動けませんので、今がチャンスですよラピスさん」

「えと、その……これはさすがに、ちょっとズルいような……」

「ズルくありません。どんな手段を使ってもいいんですから、私が協力したっていいんです」

その言葉を聞いてもラピスはまだ躊躇《ためら》ったままジルベルトを見る。

たしかにここで攻撃すれば弟子になれるが──。

「師匠に認めてもらわずに弟子入りしても……」

「ご主人様はもうとっくに、ラピスさんのことを認めていますよ」

「え？」

優しく微笑《ほほえ》みながら言うアルトの言葉に、ラピスの心が一瞬弾む。

隣ではジルベルトがモガモガ言っているが、そんなことが耳に入らないくらい嬉《うれ》しい気持ちでいっぱいになっていた。

「ですが、試験がクリアできない状況になって困ってたんです。だからこれは、ご主人様のことを一番に想《おも》うメイドの思いやり、というやつです」

「モガガ！　モガー！　モガガガガ！　（アルト！　テメェ！　ふざけんな！）」

「ほら、ご主人様も『ラピス！　気にするな！　お前の全力を見せてみろ！』って言ってます」

「た、たしかにそう言ってる気がしました！　そうなんですね師匠！」

「モガガモガガガガー（この状況でんなわけあるかー！）」

アルトの影の触手によって無理やり頷《うなず》かさせられると、ラピスは瞳を輝かせながら嬉《うれ》しそうに構えを取る。

まだ一人前にはほど遠いが、それでも今の自分の『全力』を見せたいと思った。

「では不肖このラピス！　師匠の弟子になりたいので、心を龍にします！　そしてお言葉通り、『全力』でいかせていただきます！」

テンションが上がったラピスは無意識のうちに龍化《ドライグ》を発動し、再び瞳が黄金に変わる。

そして魔力を全開にしつつ、両手両足にその魔力を集中し始めた。

「ハァァァァア！」

「私、ラピスさんのこういうお馬鹿なところ嫌いじゃないです」

「モガガガー！　モガガガガガー！　（テメェら！　後で覚えてやがれー！）」

そうしてジルベルトは、ラピスの無駄に魂を込めた『全力の一撃』を魔力も纏《まと》えず無防備に受け、彼女の弟子入りが決まるのであった。


その日の夜――。

ジルベルトは部屋にやって来たアルトと向かい合い、ハーブティーを飲んでいた。

彼女の黒い寝間着は上のボタンが外れて胸の谷間が見えており、その色気は強烈なものだ。昼間の媚薬《びやく》が残っているのか、つい視線が向いてしまう。

それを精神力でねじ伏せ、正面からしっかり顔を見つめると少し恥ずかしそうな顔をした。

「それではご主人様、これからは大人の時間です」

「……いや、お前が大事な話があるって言うから俺は待ってたんだが」

困惑するようにそう突っ込むと、アルトはやれやれと言いたげに首を横に振って呆《あき》れたように溜《た》め息を吐《つ》く。

「女がここまでしてるのに襲いかからないなんて、ご主人様はヘタレすぎて困ります」

「悪かったな。で、なんの用――」

「賭け」

「っ⁉」

ジルベルトの言葉を遮り、いつもより少し早口で二文字だけ言うアルトの瞳は、恐ろしいほど本気だった。

「私の勝ちですね」

「お、おう……そう、だな……」

以前ラピスに試験を課したとき、二人は彼女が弟子になれるかどうかの賭けをした。

ジルベルトは無理だ、アルトはなれると答えを選び、そして負けた方が言うことを一つ聞く、という約束をして──。

──いったいなにを要求するつもりだ？

アルトは大の人間嫌いだ。彼女の世界はジルベルトと自分とこの屋敷《やしき》で完結している。そしてそれを脅《おびや》かされることを、なによりも恐れていた。

しかし今回、彼女はラピスの味方をした。ここでラピスが去れば、これまで通り自分と二人だけの生活ができるのに、元々の望みを捨ててでも力を貸したのである。

それはつまり、ラピスという『外の世界』を受け入れたということ。

それがどれだけ大きな変化か、彼女のことをずっと見守ってきたジルベルトはわかっている。

だからこそ、変化を受け入れてでも要求したいという彼女の望みを聞くのが怖かった。

「ご主人様は私の言うことをなんでも一つ、聞かなければなりません」

「先に言っとくが、お前に対してなにかエロいことをしろとかはなしで――」

「本気で大魔導師《グランドマスター》の後継者を目指してください」

「……」

あまりにも予想外すぎて、ジルベルトは一瞬言葉に詰まる。

対するアルトは視線を一切動かさず、ただ真《ま》っ直《す》ぐ自らの心を伝えるように言葉を続けた。

「本当は、なりたいんですよね？　ずっと目指していたのですよね？　だったらもう迷わないで……前を向いて光の差す道へと戻ってください。もう一度言います」

――私を、理由にしないでください
「……別に、俺はお前を理由にしたことなんてねぇよ」

アルトの父親に彼女を託されたとき、たしかに大魔導師《グランドマスター》への道を諦めた。

だがそれはジルベルトが自分で決めたことだ。アルトを理由にするつもりもなければ、これまで歩んできた道が間違っていたなんてことも思わない。

ふと、彼女を見ていたジルベルトはあることに気付く。

――緊張、してるのか？

よく見れば唇、そして手が震えていた。かつて父親を殺され、突然世界が変わった彼女にとって、未知の未来はとても恐ろしいことだろう。

いつも通り冷静な雰囲気を取り繕っているが、アルトも自分の言葉の先に起きる変化を恐れているのが伝わってくる。

「私は、ご主人様には自由に生きてほしいのです。そして他の誰にも負けない、私を救ってくれた貴方《あなた》こそ正真正銘、史上最高の魔術師であることを証明してほしいのです」

「……」

ジルベルトは無言で立ち上がると、テーブルを挟んでアルトの手を握る。

ひんやりと冷たい手だ。彼女が自分に付いてくることを決めた、あのときと同じ冷たさ。

「ご主人様？」

「賭けはお前が勝って、俺はなんでも言うことを聞くって約束した。でだ、俺は一度した約束は破ったことねぇんだ。知ってるだろ？」

「そう、ですね……貴方《あなた》はこの八年、父との約束をずっと守ってくれました」

アルトが成長するまで守ってやってほしい。それが彼女の父親に頼まれたことで、ジルベルトは愚直なまでにずっとそんな口約束を守り続けてきた。

もうアルトは一人でも生きていける。それだけ強く成長した。

そしてそんな彼女が。今度は自分の未来を歩んでほしいと言うのであれば――。

「なってやるよ。大魔導師《グランドマスター》イシュタルの後継者に……いや――」

一度言葉を切ったジルベルトは目を閉じる。

思い出すのは、かつてともに研鑽《けんさん》を積んできた兄弟弟子たち。彼らは皆、歴史に残るような英雄や怪物たちばかりだった。

——だけど、そんなの関係ねぇよな。

ジルベルトは瞳を開き、真《ま》っ直《す》ぐアルトを見つめて約束する。

「お前が望む、史上最高の魔術師にな！」

「……はい」

そう言った瞬間、アルトは心が動かされたかのように瞳を潤ませて、ゆっくり瞳を閉じる。

誰が見てもキスを求めるような仕草だ。アルト自身もここまで良《い》い雰囲気なら、と思った。

だが——。

「じゃあ早速ラピスの鍛錬メニュー作るか！」

アルトの手を離したジルベルトは、そう言って勢いよく立ち上がる。

「え？」

——おかしい。今のはいける雰囲気だったはずなのに。

「ババアの言う一番優秀な弟子の基準はわかんねぇが、強さは必須だろうし……」

肩透かしを食らったアルトは、戸惑いながらぶつぶつと育成計画について考えているジルベルトを見る。

「あの、ご主人様……今はその、そういうことより大切な……大人の時間で……」

「アルト！」

「は、はい！」

突然両肩を摑《つか》まれて、今度こそ来るのか⁉　と緊張した瞬間――。

「お前にも色々とやってもらわないといけないからな。頼んだぜ」

「……」

全然期待通りになってくれない主人をジト目で見るが、まるで気付いてくれない。

だが、これまでと違い生き生きとして楽しそうなジルベルトを見ると、なぜかアルトの胸は熱くなった。

「まったく、ご主人様は私がいないとダメダメですからねぇ」

――ま、これも将来二人で子育てをする練習だと思えばいいですね。

むろん、育てられる子どもはラピスである。

「わかりました。ラピスさんを徹底的に鍛えてあげましょう」

「おう。どうせなら他のやつらを全員蹴散《けち》らせるくらい強くしてやろうぜ」

二人はそう笑い、地獄のような鍛錬メニューを考え始める。

そしてそんな地獄の鍛錬が計画されていることを知らないラピスはというと――。

「ふふふー……ししょー……」

昼間の試験で体力を使い果たし、弟子になれたことに喜びを感じながら幸せそうに眠っているのであった。

第六章 ★ 後継者への道

メイドのアルトは見た。

屋敷《やしき》のリビングで主人であるジルベルトが、仰向けに倒れたラピスに覆いかぶさり、必死に抵抗している彼女の両手両足を押さえ込んでいる場面を。

ジルベルトは凶悪な瞳でその肢体を舐《な》め回《まわ》すように見下ろしながら、嫌がるラピスの顔に自分の顔を近づける。

「おら、もう逃げられねえぞ。いい加減観念しやがれラピス！」

「い、いや！　お願いです師匠……止《や》めてください！」

「騒ぐんじゃねぇ！　お前、俺のすべてを受け入れるって言ったよなぁ……？　だったら抵抗せずに受け入れな！」

「う、ううぅ……」

ラピスは涙を浮かべ、身体《からだ》を震わせる。これ以上の抵抗は無意味だと、ジルベルトを受け入れるためにゆっくりと力を抜き始めた。

「ったく泣くんじゃねえよ……大丈夫だラピス。最初は不安もあるかもしれねえが、段々気持ち良くなってくる。全部、俺に任せろ」

最初に恫喝《どうかつ》、そしてその後に優しい声色で落ち着かせるようにジルベルトは囁《ささや》く。

ラピスは顔を真っ赤に染め、涙で潤ませた瞳でジルベルトを見上げた。

「ほ、本当に。全部任せていいんですか？」

「ああ、怖かったら目を閉じてればいい。力は入れるな。あるがまま受け入れればそれでいい」

「……はい、師匠」

「良《い》い子だ」

ラピスがキュッと目を閉じると、ジルベルトは頭を優しく撫《な》で、ゆっくり起き上がらせる。

ちょこんと地面に座ったラピスの頭をもう一度撫《な》でてから、じっと見ているアルトを呼び——。

「アルト、暴れないように拘束」

それまでの優しげな声とは一変、淡々と作業をするような冷たい声で指示を出した。

「……え？」

「ご主人様、ずいぶんとノリノリでしたねぇ」

一部始終を見ながら自分の出番を待っていたアルトは楽しげに返事をすると、ラピスの背後に回って両手を拘束する。絶対に逃がさないという気迫が籠められた拘束の仕方だ。

「え、え、え……？　あの師匠？　アルトさん？」

戸惑うラピス。

逃げられないように拘束できたことを確認したジルベルトは、棚に置いてあるドロドロとした赤黒い液体の入った容器を持ってくる。

ヌチャァという擬音が聞こえてきそうなほど濃厚な色のそれは、ゴブリンの血と睾丸を煎じて薬品にしたものだ。

「ひっ！　あ、あ、あの、これ……」

ラピスの中で蘇《よみがえ》る悪夢《トラウマ》。

かつて彼女は高魔病《こうまびょう》にかかった際、ジルベルトが持ってきた数々のゲテモノ薬品を飲まされ続けた。そのすべてが一定以上の効果を上げたとはいえ、内容は口にするのも憚《はばか》られるほどグロいものばかり。

ジルベルト本人は覚えていないが、これはラピスにトラウマを植え付けた行為そのものだ。

そしてラピスの脳内でフラッシュバックが起きる。

「いぃいぃいやぁぁぁぁ！」

かつて飲んだ薬品の数々が、どれもゲロ以下の味だったことを思い出してしまったのだ。

「いや！　やっぱり、いやぁぁ！　お願いアルトさん手を放して！　逃げさせてぇぇ！」

「申し訳ありませんラピスさん。私も胸が痛いのですが、ご主人様の命令は絶対なんです！」

「声が、声が弾んでますよ!?　ねぇアルトさん私見えてないけど絶対笑ってますよねぇ！　だいたいあなた結構な頻度で師匠の命令シカトしてるじゃないですかぁぁ！」

「ご主人様、ラピスさんが苦しむ様を見るのはとても楽し――心苦しいので、一思いにやっちやってください！」

「今楽しいって言いそうになってた！　って、あ、やだ師匠それ近づけないで！　臭い、臭いよぉぉぉ！　やっぱり無理ぃぃぃ！　これは無理ぃ！　いや！　やだやだやだ！」

「おら飲めや！」

「嫌ぁアァぶぶぶぶ……」

無理やり口を開かされ、液体を流し込まれる。

ラピスの口から液体が零《こぼ》れるが、ジルベルトは気にせず蓋をするように突っ込み続けた。

そのあまりの不味《まず》さと喉越しの悪さに白目になって半分気絶しながら、それでも容赦なく流し込まれる液体に体中が侵されるような感覚に陥る。

すべてを飲み切った後、ラピスはまるでゴブリンたちに蹂躙《じゅうりん》されたかのように身体《からだ》をビクビクと震わせながら、「ぁ、ぁ……」と時折呻《うめ》くことしかできなかった。

「これは……子どもが見ちゃいけない光景ですね」

将来はともかく、現状では色気をあまり感じさせない少女だが、この瞬間だけは雄を刺激するほどエロい姿だ。

「ったく、大袈裟《おおげさ》なんだよ。まあたしかにあんまり美味《うま》くはねえけど」

「そうなんですか？」

アルトはラピスの唇に付いた液体を指でなぞり、そっと口に持っていく。その瞬間、まるでオクトパスかクラーケンに体中をまさぐられ犯されたような衝撃を受け、瞳は大きく見開き後ろで結ってある髪が一瞬逆立った。

「これは……酷《ひど》いですね」

一舐《ひとな》めでこれなら、容器一杯分飲まされたラピスは……そう思うとさすがのアルトも同情しつつ、まあ自分には関係ないかとアッサリ切り捨てる。

「そんなことより、今は舌と身体《からだ》の浄化が最優先ですね……」

アルトはジルベルトの腕に抱き付くと、その首筋に唇を這《は》わせる。

「うおぉ！　いきなりなにしやがる⁉」

いきなりのことにジルベルトも驚き引き剥がそうとするが、アルトは意地でも離れないと言わんばかりにその豊満な胸を押し付けてきた。そして子が親に甘えるようにチュッ、チュッ、と甘いキスを繰り返す。

「ん……ちゅ、ぁ……」

ときおり聞こえてくる呼吸や舌の音が艶《なま》めかしく耳を刺激する。

もし股間や尻に触れてくるなら全力で抵抗するつもりだったが、今のところそういった気配もない。そして抵抗しようにも、アルトが上手《うま》く影を這《は》わせて力を逸《そ》らされてしまう。

まるで、すべてが求愛行為だと言わんばかりの動き方だ。

「はぁ……」

ようやく満足したのか、アルトが顔を離す。熱い吐息を零《こぼ》し、潤んだ瞳でジルベルトを見上げていた。瑞々《みずみず》しい唇も、艶のある銀色の髪も、長く伸びたまつ毛も、なにもかもが完成された美術品のように美しい。魅了の魔術を使わなくとも彼女が美しい女性だということは、誰よりも知っていて――。

――魅了の魔術？

「お前また俺に魅了《チャーム》を――!?」

気付いて抵抗《レジスト》した瞬間、玄関からチャイムが鳴る。

「……おいアルト。来客だ」

「むぅ、今のはなかなかいい感じでしたのに……」

拗《す》ねたように唇を尖《とが》らしたアルトは、ジルベルトから離れると服を軽く整える。それだけで、いつもの凛《りん》とした彼女に戻るのだから、女って怖いなと思ってしまった。

「あ、ちなみに今ですけど、魅了《チャーム》なんて使ってませんからねー」

それだけ言うと、背を向けて機嫌良く玄関に向かう。

「……まじ？」

ジルベルトの家にやって来たのはイシュタルだった。

彼女は入るなり、我が家で寛《くつろ》ぐようにソファに座る。そして「犯人は――」と薬品で床に文字を書いている途中で力尽きたラピスを見て、楽しげに笑った。

「ラピスを弟子にしたみたいだな」

「なんで二日前のことを知ってんだよ……」

「コメディが言い触らしてるの聞いた」

あいつ……とジルベルトは頭を抱えてしまう。

たしかにあの試験の日、コメディアンは一部始終を見ていた。彼の協力によってジルベルトは媚薬《びやく》を飲んでしまい、ラピスは試験をクリアできたのだ。結果はともかく、やられたことを思い出すと怒鳴りたくなる。

「まあ細かい内容は教えてくれなかったけどな。いやーしかし、ようやくお前がやる気になってくれて私は嬉《うれ》しいぜ」

「ふん……」

「お？」

ジルベルトの態度に、イシュタルが怪訝《けげん》な顔をする。

てっきり反論してくるかと思ったが、そのまま受け入れるなどらしくないと思ったのだ。

――こいつはなにかあったな……。

イシュタルにとって、ジルベルトは幼い頃から弟子として育ててきた我が子のような存在だ。過去の恋愛事情から様々な事件も含め、すべて把握している。

アルトを見る。いつも通り鋭利な氷刃《ひょうじん》のような少女だが、どこか普段より雰囲気が柔らかい。

地面に倒れているラピスを見る。元が美少女とは思えないほど悲惨な顔をしていた。

――どっちが理由かねぇ……。

この捻《ひね》くれた弟子が変わった理由など、そう多くはないはずだ。今すぐ追及してもいいが、このまま放置した方が面白い気もする。

「……さて、そんじゃ今後について話そうか」

結論、スルーすることにした。なにせまだ祭りは始まったばかりなのだから。

今後のこと、と言いつつイシュタルの話はまるで具体性のないものだった。

大魔導師《グランドマスター》を引退し、前線から退くこと。後継者はジルベルトを含めた十人の直弟子の中から選ぶこと。その基準はどれだけ優秀な弟子を育て上げられるかであり、優秀の基準はイシュタルの胸三寸。

以前魔導テレビで話したことと変わらず、彼女の独裁ルールは相変わらずだった。

「せめて優秀の基準くらい教えろよ」

「嫌だねー。私はな、弟子を育てることであたふたするお前たちを見て楽しみたいんだ」

ジルベルトは頭が痛くなるが、十年以上弟子をしてきたのだ。これ以上聞いても絶対に言わないことはわかったので、追及を止《や》める。

足を組んで偉そうにふんぞり返るイシュタルは、つまらなそうに鼻を鳴らした。

「つーか、まだお前以外誰も弟子取らねぇんだけど。やる気満々なのジルだけかよー。こりゃまた発破でもかけねぇとなぁ」

「いや別に俺も、やる気満々ってわけじゃ……」

言葉を止めたのは、背後からの視線を感じたからだ。

――アルトには約束しちまったからなぁ……。

夜のテンションということもあったが、約束は約束。史上最高の魔術師を目指すと宣言した以上、本気でやるつもりではあった。

ただ、それをおおっぴらに言うのは恥ずかしいだけである。

「まあやる気があろうとなかろうと、お前が一番乗りだ。ってことでラピスを弟子にした経緯を細かく教えろよ」

「コメディから聞いてねぇのかよ」

「本人たちから聞いた方が面白いからな。あとでラピスにもちゃんと聞くぜ」

直弟子たちが戸惑うのを見て楽しみたいというだけあり、過程は重要視するらしい。

ジルベルトは溜《た》め息《いき》を吐《つ》きながら床で寝ているラピスを見る。真《ま》っ直《す》ぐで嘘《うそ》の吐《つ》けなさそうなこの弟子は、洗《あら》い浚《ざら》い話してしまうだろう。しかも大袈裟《おおげさ》に脚色して。

──そうなる前に自分で事実を話した方がいいか。

婚約云々《うんぬん》はイシュタルも絡《から》んでいる話のため省略し、これまであったことを話していく。

下着を盗まれたりしたことなど、余計なことは黙っておいた。

「あとは前に街で話した通りだよ。一撃当てられたら弟子にするって約束で、実際に食らったから弟子にした。それだけだ」

「ひーはー……ああ、くっそ笑った。いやぁジル、さすがだよお前は！」

「全然褒められてる気はしねぇなぁ」

腹を抱えて爆笑し、十分満足したらしい。元より自分たちが困る姿を見るのが楽しみだと言うような人間だ。今回の流れはおかしくて仕方がなかったのだろう。

しばらく笑い続けたイシュタルは、用意された紅茶のカップに手をつけ──。

「……臭いんだが？」

「古めの出涸《でが》らしで注がせていただきました」

口をつける前にそっとテーブルに戻し、少しだけ真面目な顔になる。

「しかし不完全とはいえ、この短期間でそこまで龍化《ドライグ》を使えるようになってたとはねぇ……」

どういう戦いか、細かいところまでは言っていない。イシュタルもそこは聞かない。魔術師が己の手の内を隠すのは当然で、師弟だからと聞くのはルール違反だからだ。

唯一語ったのは、ラピスが龍化《ドライグ》を使ったことだけ。明らかにイシュタルの仕込みであり、今後彼女を育てるうえで必要だからこそジルベルトも追及する。

「やっぱり知ってやがったのか」

「最初に龍化《ドライグ》について教えたのはこの私だしな。じゃなきゃこんなに目をかけないさ」

龍化《ドライグ》は古代龍の血を身体《からだ》に浴びた者しか使えず、元々イシュタルしか使えない魔術だった。

しかしここで二人目が登場したとなれば、彼女が絡《から》んでいないわけがないのだ。

さすがに自分の弟子になる以上、どういった経緯で古代龍の血に触れる機会があったのかラピスに聞いてみたが……。

――こいつ、頑《かたく》なに口を割らねぇんだよな……。

事情を知っているはずのアルトに聞いてもセクハラ扱いされ八方塞がり。

大事なことだからなんとか聞き出したいのだが、そこに関しては妙にアルトが肩入れするせいで踏み込みきれないのが現状だった。

「なあババア、こいつはどこで龍の血なんて浴びたんだ？」

「女の秘密を暴こうなんて最低だね」

「……はぁ。なんなんだよお前ら全員よぉ」

あんな危険な魔術が使えるようになった理由を放っておくわけにはいかないのは、二人だってわかっているはずだ。それでも誰一人教えない。この件には踏み込ませないという圧がある。

「心配するなって。龍化《ドライグ》に関しては私がきちんと安定させてやったから。きちんと制御さえすれば大丈夫さ」

「その制御ができなくて、こいつ今この状況なんだが？」

「いや、これはお前のゲロマズい薬飲ませたからだろ……」

イシュタルが呆《あき》れた顔をするが、そもそも龍化《ドライグ》の使いすぎによって本人の血が淀《よど》んでしまい、治療が必要だったのが最初の理由だ。

魔力を司《つかさど》る器官にもダメージが入っており、放っておけば悪化していたかもしれない。

この薬は彼女の魔力の循環を良くし、龍化《ドライグ》で傷付いた体内を回復させるものだ。

もっとも、もしラピスが起きていたら「薬とはいったい……」と悩むほどのまずさだったが。

「……人間の限界を超えた力をなんのリスクもなく使えるわけねぇからな」

「お前は心配しすぎだって。こうなったらもう、慣れさせていくしかないんだよ」

「それでコイツの人生が壊れちまったらどうするんだ」

「それまでだったってことだろ？」

師弟の間でバチバチと火花が散る。とはいえ、弟子の修業方針を決めるのはジルベルトなので、イシュタルの方が引く形を取った。

「まっ、この話はこれで終わるとして……お前も今度からはちゃんと防衛にも参加しろよ」

「は？　別に俺がいなくても十分回ってんだろ？」

イシュタルの言う防衛とは、以前ラピスを連れていった大侵攻に対する戦いのことだ。そしてジルベルトに参加しろというのは、大魔導師《グランドマスター》イシュタルの直弟子として——つまり大魔獣の討伐を行う者としての参戦ということである。

「本来私の弟子は順番に参加するって決まってるんだ。今まで見過ごしてやっただけありがたいと思いな！」

「……ちっ」

心底面倒だと思ったが、大魔導師《グランドマスター》を目指すと決めた以上、逆らっても仕方ないので頷《うなず》く。

それを見たイシュタルは満足げに笑い、さらに言葉を続けた。

「ところでジル、ラピスを弟子入りさせる条件として一撃を与えたらってのは前から聞いてたが……思った以上に良《い》い結果になったみたいじゃねぇか」

「……」

いつもの人を食ったような笑みではなく、優しげな微笑《ほほえ》み。

それを見たジルベルトは焦《あせ》る。この笑いは酷《ひど》いことを思いつき、弟子に押しつけるときの顔だからだ。修業途中で死にかけたのは、だいたいこの笑顔のあとだった。

なにかを言う前に話題を変えなければ、と動くより早くイシュタルが口を開く。

「ってことで、私の後継者たちは弟子を取った時点で全員、この大魔導師《グランドマスター》イシュタル・クロニカと本気で戦ってもらうことにしよう！　そんで、結果によってはその時点で破門だ！」

——お前だってラピスに試験したんだから、別にいいよな？

その言葉で、つい先日一撃も与えられずに負けたことを思い出す。

ジルベルトは大魔導師《グランドマスター》を目指すと決めたばかりなのに、いきなりの難関に顔を引《ひ》き攣《つ》らせるのであった。

「それで師匠はイシュタル様に挑むことになったんですか？」

「ああ。期限は一ヶ月以内、だとよ」

イシュタルが帰ったあと、意識を取り戻したラピスに先ほどの出来事を伝えた。

その結果次第では、彼女が自分の弟子になった意味がなくなってしまうことも含めて。

「せっかく弟子入りしたのに悪いな。そうなったら――」

「婚約ですね！」

「はっ？　ぶち殺して目玉と内臓を野良犬《のらいぬ》に食わせますよ？」

「ひぅ⁉　じょ、冗談ですよ冗談！　だからアルトさんそんな目で睨《にら》まないでー！」

ラピスはニコニコと婚約を迫った顔から一変、アルトの冷たい眼差《まなざ》しに心を折られて涙目になる。柔らかそうな頬を引っ張られて虐《いじ》められ、上下関係はしっかりとできているようだ。

仲良《なかい》いなこいつら、と思いながらジルベルトは紅茶をすすり、今後のことについて考える。

――マジでどうしたもんか……。

大魔導師《グランドマスター》イシュタル・クロニカ。紛れもなく人類史上最強の魔術師であり、魔界《ニヴルヘル》を支配していた魔王ヨハン・バロールを殺した希代の大英雄。

ジルベルトやコメディアン、そしてカインといった彼女の直弟子たちも実力はずば抜けているが、それでも彼女にどれだけ近づけているか……。

「大丈夫ですよ」

ふと、アルトが考えを読んだように声をかけてくる。

「ご主人様ならきっと、乗り越えられますから」

「アルト……」

ジルベルトが顔を上げると、とてもすっきりとした表情でアルトが微笑《ほほえ》んでいる。その背後では、影を巻き付けられてあられもない格好にされて泣いているラピス。

「ラピスは全然大丈夫そうじゃないな」

「これくらいなら大丈夫です」

影魔術を身体《からだ》に叩《たた》き込《こ》むために何度も試しましたから、と笑うアルトが少し怖かった。

それからしばらく日が経《た》ち――。

結局のところいくら考えてもやることは変わらないし、一度弟子にしたからには中途《ちゅうと》半端《はんぱ》なこともしない。

そう割り切ったジルベルトは、中庭でラピスの鍛錬を行っていた。

「動きが素直すぎる！」

「あう⁉」

終始攻めていたラピスの攻撃は一切当たらず、ジルベルトによって転ばされる。

すぐに立ち上がって攻撃を仕掛けるが、結果は一緒。三十回ほど同じことが繰り返され、魔力の切れたラピスは立てなくなる。

「う、うぅぅ……」

「この状態の俺に触れられないのがなんでかわかるか？」

見上げたジルベルトの両腕、両足、そして腹部には黒い影が巻き付けられている。

その魔力の先にいるのはアルトだ。彼女によって動きを制限され、自分以下の身体能力しか機能していないジルベルト相手に、ラピスは手も足も出なかった。

「私の動きが、単調だから……です」

「それもあるが、それだけなら身体能力の差でゴリ押しできるだろ。もっと考えろ」

厳しい声。師弟関係になった以上、一切の甘えは許さないということだろう。

転ばされた三十回のうち、最後の五回は龍化《ドライグ》まで使用している。それでもジルベルトには歯が立たなかった。まるで未来予知をされているかのように自分が攻撃した先にはおらず、逆に避《よ》けようとした先に攻撃が来て当たってしまう。

「……」

ジルベルトは黙って見ている。ラピスが答えを出すまで待つつもりだ。

ラピスにとってこの無言の時間は怖いものだが、逃げ出したいとは思わなかった。これは師が課した鍛錬であり、自分なら答えに辿《たど》り着《つ》けるという師匠の信頼なのだから。

「ラピスさん、こちらを見てください」

「え？」

アルトの細い指先から影の糸が伸びていて、その先はジルベルトと繋《つな》がっていた。

彼女はピアノを弾くように指を動かす。柔らかく、しなやかで、とても美しい仕草。

「おいアルトゴラァ！」

「っ——⁉」

突然の怒声。思わずジルベルトを見ると、糸に絡《から》まったマリオネットのようになっていた。

正直言ってとてもダサい。もちろん口に出さないが、敬愛する師匠であってもダサいものはダサい。

「邪魔するなら追い出すぞ！」

「邪魔なんてしてませんし」

「いやなにちょっと拗《す》ねてんだよ！　お前ふざ、ふざ……けっんがぁー！」

影を口に突っ込まれそうになり顔を背けて避《よ》けるが、すぐに追いつかれて喋《しゃべ》れなくさせられる。モガモガと言いながら唾液が滴《したた》り、子どもには見せられない光景が再び繰り広げられる。

「さて、わかりましたか？」

「え……？　あの……」

アルトがなにかを伝えようとしてくれているのはわかった。そのためにジルベルトが犠牲になったのだということも。

──だけどいったいなにを……？

アルトを見るが、彼女は真っ直《まっす》ぐ自分のことを見つめるだけで答えてくれない。

──もっと考えろ。

先ほどジルベルトが言った言葉だ。師匠の言葉はすべて血肉にするべき、と考えたラピスは俯《うつむ》きながら集中する。

考えろ、考えろ、考えろ……先ほどの言葉には、師匠の行動にはすべて意味があったはずだ。身体能力の差で押し切れなかった理由を、アルトが私を見ろと言った理由を……。

集中力が増して、思考が深く沈んでいく。たとえ真正面でジルベルトがとんでもない格好をさせられていても、今のラピスの視界には入ってこない。

「あ……わかった。師匠のことを見てなかったからだ」

ラピスがぽつりと呟《つぶや》いた瞬間、ジルベルトに絡《から》まっていた影の糸が解ける。

正解だ、ということらしい。

「具体的に言えるか？」

ジルベルトはハンカチで口を拭き、少し荒い息を整えながら尋ねてきた。

「えっと……私は自分が次にどう動くかばかり考えて……その、師匠が次にどう動くのかを見ていませんでした」

「それで？」

不安そうに言葉を紡《つむ》ぐラピスに対して、ジルベルトはただ淡々と続きを促す。

「だから師匠の次の動きがわからず、逆にこっちは見られてたから、えっと、えっと……」

──言いたいことは頭の中にイメージできているのに、上手《うま》く言葉にできない……。

自分でもわかるほど言葉がぐちゃぐちゃだ。恐らくジルベルトにも伝わっていないだろうと思い、不安がさらに増してしまう。

思わず助けを求めるようにアルトを見ると、いつものように見ているだけ。

──いつものように、私で遊ぶときと一緒で……。

冷たい瞳だ。だがそれがアルトという人物で、そして彼女はいつでも自分の味方だった。

再びジルベルトを見る。自分は言葉が出ずに情けない姿を見せているのに、ほんの少しも呆《あき》れた顔をせず真剣に待っていてくれる。

それがとても怖く、同時になぜか心が熱くなった。

「わ、私は師匠を見て、動きを予想しないといけなかったんだと思います！」

「それで？」

「戦いは相手と自分、二人が流動的に動くのに自分のことしか見ていなかったから攻撃が当たらない！　逆に師匠は私をしっかりと見ていたから、次の動作を予想して攻撃が当てられた！」

言葉にすればするほど、思考が研ぎ澄まされていく。口に出す度に、それが合っているのだという自信に繋《つな》がっていく！

「動作だけか？」

「っ――!?」

まだ正解に辿《たど》り着《つ》かないのか、とラピスは思わない。今の一言はヒントだと、さらに思考を深く、そして同時に口を動かして研ぎ澄ませた。

「師匠は考えろと言いました！　これは自分のことだけでなく、相手の思考を考えろということ！　ただ相手を見るだけじゃない！　相手の考えを読んで、動けなかったから師匠に攻撃が当てられなかったんです！」

そこでラピスは言葉を止める。全力で言い切ったこと、そしてこれまでないくらいに頭を働かせたがゆえに息は荒く、顔は紅潮していた。

どうですか!?　とジルベルトを見上げると、いつも通り仏頂面《ぶっちょうづら》をしたまま近づいてくる。

そしてなにげない動作で頭を撫《な》でた。

「正解だ」

「やっ――」

「とは言わねぇ」

「たうぇぇ……？」

まさかの言葉にラピスは呆然《ぼうぜん》としてしまう。絶対の自信があったわけではないが、今までにないくらいに頭を働かせたのになぜ？　と思ってしまう。

――でも頭撫《な》でられてるー！　これはいったいどういうことなんですかー⁉

嬉《うれ》しさとショックが混ざり合った謎の感情がラピスを襲い、テンパりまくっていた。

「いいかラピス、言葉ってのは酷《ひど》く曖昧なもんだ。お前も今、自分の頭の中の言葉を必死に出そうとして、上手《うま》くいかなかったよな？」

「……はい」

「使う相手やタイミング、状況次第で大きく変わっていく。ってことはだ……いや」

ジルベルトは一度言葉を切り、そして言い換える。

「俺が今言いたいこと、言葉にできるか？」

「え？　えっと……つまり自分の考えは……」

反射的に出そうになった言葉を一度止める。言葉というのは曖昧だ、と言ったばかりなのに、考えるより先に言葉を紡《つむ》ぐことは良くないと思ったのだ。

「物事に正解はなく、常に考えて明確な言葉にする必要があるってことですか？」

「正解、とは言わないぞ」

また同じ言葉。だがラピスにはようやくジルベルトが言いたいことが理解できた。

――正解じゃないっていうのは、そもそも物事に対して正解がないってことなんだ。

同じ言葉でも状況や視点が違うだけで正解にも不正解にもなる、ということ。

ラピスにとってジルベルトは師匠だ。だが彼の言葉がすべて正しいわけではない。常に自分で物事を見極め、正しいと思うことを思考し、そして言葉にする。

「思考を言葉にするのは難しい。漠然としたイメージには明確な形がないからだ」

「それはつまり、頭の中の考えが自分の身に結びついていないということ……」

ラピスがそう言うと、ジルベルトは少しだけ表情を和らげて頷《うなず》いた。

――なにを正解とするかは人それぞれ。だから、きちんと考えて己で出した結論ならそれが正解だ。

あえて言葉にはしない。それもまた、ラピスが自分で考えて辿《たど》り着《つ》く道の一つだから。

「お前の素直さは長所だが、強くなりたいならそれだけじゃ駄目だ。どんな言葉も本当にそうかと疑い、考え、正しいと思える道を探せ。たとえそれが、俺に反することであってもな」

「は、はい……」

ラピスにとって敬愛する師匠であるジルベルトやアルトに逆らうなど、怖すぎる行為だ。

だがそれも大切なことなのだと伝えてくれる。

「ただ、適当に反論すればいいってわけでもねぇぞ。お前の想《おも》いをきちんと伝えろ。それが合ってようが間違ってようが、きちんと聞いてやる」

そのうえで、強くなるために必要なことに導いてやると、ジルベルトはそう言った。

「これから先、鍛錬で起きたことに対して常に考えろ。そしてその考えを言語化しろ。言葉にできない頭の中だけの考えは、たとえどんなに都合のいい出来事だったとしても意味がないと意識しろ」

思考の言語化。これこそが今後の教えの根幹だということを、ラピスは理解した。

ジルベルトの言葉にしっかり耳を傾けて、力強く頷《うなず》く。

「師匠からの初めての教え！　この身に刻み込みました！」

ラピスは直情型で、思ったことをすぐに行動に起こしてしまうタイプだ。だからこそ自分で考える癖を付けさせるよう指導したのだが、素直な彼女はしっかりと受け取ってくれたらしい。

「……もう一つ」

「っ――！」

先ほど以上に真剣なジルベルトの声。それに緊張が走り、ラピスの身体《からだ》が少し強《こわ》ばる。

「お前が大好きな気合いと根性はな、戦いでは絶対に必要なものだ。だがそれは最後の最後、打つ手がなくなって、本当にどうしようもないときに初めて必要になってくるものでしかない」

ジルベルトは過去の自分を思い出す。なんでもかんでも気合いでどうにかなると思っていた自分は最終的に、どうにもならない事態に遭遇したことがあった。

だからこそ、過去の過《あやま》ちを弟子にもさせるわけにはいかないと、伝えるべきだと思った。

「強くなる環境は俺が用意してやる。だからお前はしっかり考え抜く力を身に付けろ」

「はい！」

ラピスの真《ま》っ直《す》ぐな返事を受け取り、この日の修業を終える。

そんな様子をアルトが微笑《ほほえ》ましく見つめていたのだが、それにジルベルトは最後まで気付くことはなかった。

第七章　強くなるために

魔導都市ヴィノスの一日は目まぐるしく変化する。

早朝は魔導自転車が閑静な道を走り、各屋敷《やしき》や集合住宅などを回って新聞を配達する。

それが終わった頃に人々は活動を始めて道に溢《あふ》れるため、危険な魔導自転車は使用禁止。その代わり、人や荷物を運ぶ馬車がメインストリートの車道をゆったりとしたスピードで走り、人々の動きも活発となって喧騒《けんそう》が広がっていく。

最上級の素材でできた魔道具の数々が当然のように売り買いされ、貴族街でもないのに大金が湯水のように使われる光景は、外から来た者たちにとって目を剝《む》くほどあり得ないものだ。

そして夜。等間隔で並ぶ街灯が照らされる。同時に飲食店やそれぞれの家からは光が零《こぼ》れ、酒に酔った魔術師たちの歌が辺りに響き渡り、昼間とは違った顔を見せていく。

魔導都市には大陸中から人が集まり、様々な文化が取り入れられている。また金払いの良《い》い人間が多く、色街や賭博場《とばくじょう》では稼ぎを求めて美女が集まってきた。

光の消えない街ヴィノス。それを可能とするのは、中央の魔塔《バベル》から都市中に供給される大魔力によるものである。

そしてラピスラズリ・ベアトリクスも光り輝く街ヴィノスの住人となった、のだが——。

「あのー師匠？　ここ全然光なくないです？」

「そりゃ森の中だからな。夜だし光なんてねぇよ」

ヴィノスの壁を越えた先には、並の魔術師では生きては帰れないと言われる死の大地――魔界《ニヴルヘル》が広がっている。

そして今二人がいる場所は、壁を越えて数十分程度の距離にある大森林。

ジルベルトが使う小さな光球《ライト》だけが森を照らし、もし彼がなにかの気紛《きまぐ》れで魔術を止めてしまえば、ラピスは底なしの闇の中に放り出されることだろう。

「ひ――⁉」

かさかさと、虫が葉を揺らす音に反応したラピスがジルベルトの腕を掴《つか》む。

「大袈裟《おおげさ》すぎんだろ」

「だ、だって師匠！　仕方ないじゃないですか！　ここ！　ここ魔界《ニヴルヘル》！　入ったら最後、血の一滴まで全部大地に吸い取られちゃう魔物の巣窟《そうくつ》ですよ！」

涙目になって叫ぶが、ラピスの言葉は決して誇張ではない。実際に人界《ミドガルズ》に住む人々にとって、ここはそれほどまでに恐れられている『別世界』なのだ。

「あ、あぁ……うぅ……」

「言っとくが、そのうち一人で放り込むからな」

そう言った瞬間、ラピスはギョッとした顔をして掴《つか》む力を強くする。

「人の心ないんですか⁉　この人でなし！」

「今すぐ一人にしてやろうか？」

「ごめんなさい！」

静寂が広がるはずの森の中でも騒がしい。初めての魔界《ニヴルヘル》でも同じテンションを維持できるこれを長所と取るべきか、それとも空気を読めない短所と取るべきか。

どちらにしても、もっと落ち着いてもらいたいと思ってしまう。

――ただでさえ、アルトにちょっかいかけられてるからな……。

二人に振り回される未来は回避したい。

そう思ったとき、森の気配が濃くなる。虫が木々を揺らす音とは異なる、明確な殺意を宿した足音。ラピスも気付いたようで、いつもより身体《からだ》を丸めながら辺りを見渡した。

「あの、師匠……これって……っ⁉」

周囲に聞こえないよう小さな声で呟《つぶや》く。恐らく彼女も感じ取っているのだろう。今迫ってきている存在は、自分より遥《はる》かに格上であるということを。

「さて、そんじゃ……」

夜は魔物の時間だ。

そして、あえてこの時間帯に来たのはもちろんラピスの修業のためである。

「光球《ライト》は点《つ》けといてやるから、頑張れよ」

「へ？」

その言葉と同時に、ジルベルトの姿が消える。

残されたのはラピスと小さな光球《ライト》。そして森の木々を踏み荒らしてくるなにか――。

「う、嘘《うそ》でしょ師匠⁉　ししょぉぉぉぉ⁉」

――ブボォォォォォォ！

ラピスの声に反応したのは敬愛する師匠、ではなく全身が灰色の毛で覆われた猪《いのしし》――シルバーボアだ。

ラピスより一回り大きなそれは、木などないかのようにベキベキと折りながら、敵であるラピス目掛けて突き進んでくる。

「いぃぃぃやぁぁぁぁぁ⁉」

魔力で身体《からだ》を強化し、全力で地面を蹴る。なりふり構わず背を向けての逃亡だ。

人界《ミドガルズ》にも魔物はいるが、はっきり言って弱い。

大侵攻のときにヴィノスの壁を越えてくる魔物もいるが、東に来る頃には魔術師たちに追われて弱った後。騎士団を派遣すればなんとかなる魔物ばかりである。

だが今ラピスを追いかけているのは、森と大地の魔力をいっぱいに受けた元気溢《あふ》れる魔界《ニヴルヘル》の魔物である。身に宿した魔力は信じられないほど強く禍々《まがまが》しい。とてもラピス一人で倒せる存在ではなく、即座に逃げるという彼女の判断は決して間違っていなかった。

ヴィノスの魔術師たちが簡単に倒しているように見えたが、あれは異常なのである。

『シルバーボアの毛皮は魔力を通しやすい性質でな。体内に宿した魔力分だけ硬くなる性質を持ってる。逆に魔力さえバラしちまえば、ただの猪《いのしし》だ』

森の木々に反響させながら、ジルベルトの声が聞こえてきた。

やはり敬愛する師匠は自分を見捨てていなかったのだ！

「そそそ、それで⁉　それでぇぇぇぇぇ⁉」

死が迫っているラピスには余裕がなく、走りながら答えを求めるように声を張り上げる。

『あとは自分で頭を使って考えろ』

「うそでしょぉぉぉぉぉ⁉」

背後で轟音《ごうおん》がしたかと思うと、ラピスの頭上に大木が降ってきて進行方向に落ちる。速度を緩めれば追いつかれると、ラピスは勢いを殺さずに最小限の高さで飛び越えた。

今走っているのは、ある程度人の手によって開拓された走りやすい道だ。左右を見れば大木が並び、そちらに逃げ込めば巨大な猪《いのしし》は動きを阻害されるかもしれない……。

一瞬それが頭に過《よぎ》ったラピスだが、すぐに首を横に振る。

森は魔物たちの世界。一度入ってしまえば慣れない自分などあっという間に追いつかれて餌となってしまうだろう。

自分にできることなど、先に入った魔術師たちが開拓して作ってくれた人間のための道を必死に駆けるだけ。

泣き叫びながら走るラピスを見ていたジルベルトは、思わず溜《た》め息《いき》を吐《つ》いてしまう。

「ヒントは与えたんだがなぁ……」

シルバーボアの毛皮は硬い。並の魔術ではビクともしないし、見ての通り勢いよく木々にぶつかった程度ではダメージの一つも与えることはできない。

だがそれを為《な》しているのは、身に宿した強化の魔力。魔物は人と違い、生存競争を生き延びるために魔術と似た力を宿して生まれてくる。

弱いゴブリンであれば種が生存するために多種族交配能力。オーガであれば自らの傷を癒やす再生能力。コボルトであれば動物を狩るための鋭利に伸ばせる手足の爪。

そしてシルバーボアの場合、身体強化と毛皮の硬質化だ。

「魔力に依存してるってことは、その魔力を分散させてやれば一気に有利になる……んだが」

そのことにまったく気付いていないラピスは逃げ回るだけ。覚えた付与魔術を上手《うま》く使えばシルバーボアの硬質化を無効化し、木々にぶつかる度にダメージを負わせることもできるのに。

もちろん動く敵にそれは難しいが、ラピスはアルトから影魔術も教わっている。動きを止める手段はちゃんとあるのだ。

影で拘束、付与魔術で魔力を分散。そして身体強化で殴りかかれば十分倒すことができる。

すでに彼女には手札が揃《そろ》っている状態で、あとはどう使うかを考えるだけでいい。

「ここで気付けるかどうかだぞ、ラピス」

教えるのは簡単だ。言えばラピスだってなるほどと頷《うなず》き、すぐできるようになるだろう。だが、そんなものはただの張りぼてでしかない。極限状態の中、自ら気付いたことこそ魂に宿るのだとジルベルトは知っていた。

「俺とやり合ったときにできたんだから、お前ならやれるだろ」

この鍛錬の計画を立てたとき、アルトには無茶だと言われていた。だがジルベルトはラピスなら気付けると思っていた。

それは自分の予想を何度も超えてきた弟子に対する信頼で——。

『助けてしょぉぉぉぉ！』

「こいつは、駄目かも……」

そんな師匠の思いなどまるで気付かず叫ぶラピスを見ると、やっぱりまだ早かったかもしれないと信頼が揺らいでしまっていた。


「う、う、ふぐぅっ！」

ラピスは走りながら顔を拭う。悔しくて涙と鼻水が出ていた。情けなさで怒りが湧いてきていた。なぜ自分がこんな理不尽な目に遭っているのか、ではない。なぜたかが猪《いのしし》ごときにここまで追い詰められているのだと、そんな自分に対する怒りの感情が溢《あふ》れてくるのだ。

ドカドカと地面を蹴る音が近づいてくるのがわかった。このまま逃げ続けても追いつかれるのは時間の問題だ。

「う、ぅ、くぅ……」

ずっと全力で走っていたラピスだが、体力が切れたかのように少しずつ足を緩め、そしてついに止まってしまう。

――ブボォオオオオオォ！

獲物が逃げることを諦めた、とシルバーボアはさらなる威嚇をするように雄叫《おたけ》びを上げる。

「ちくしょうがぁぁぁ！　やってやんよかかってこいやこのイノシシがぁぁぁ！」

ラピスは振り返ると、怒りと涙と鼻水で顔をグチャグチャにしながら拳を握り、迫り来るシルバーボアに向かって飛び出した。

「あああぁぁぁぁぁ！」

龍化《ドライグ》した身体《からだ》で敵を摑《つか》み、暴れる猪《いのしし》を殴り、殴り、殴り、突き刺されそうになる牙を摑《つか》んで力ずくで押しのけまた殴り……そんな原始的な戦いの末――。

「はぁ、はぁ、はぁ……」

シルバーボアを足で踏んだラピスは、夜空に向かって拳を握り勝利のポーズ。

「勝った！」

なお、トドメの一撃は頭突きである。

――いやそれで勝つんかい。

離れたところから見ていたジルベルトは、思わずそうツッコミを入れてしまった。

龍化《ドライグ》は諸刃《もろは》の劔《つるぎ》である。

わずかな時間しか使っていないのにラピスの顔は紅潮し、呼吸も荒く落ち着かない様子。

原因は心臓にある。普通の人間よりも強靱《きょうじん》な血が凄《すさ》まじい速度で全身に行き渡るからだ。

龍の血によって普通の人間より遥《はる》かに強い肉体を持っているとはいえ、元はただの人間。慣れないうちはかなりの負担となるだろう。

「で、ラピスよ。俺はなんて言ったか覚えてるか？」

シルバーボアの近くで力を使い果たして倒れているラピスに、ジルベルトはそう問い詰める。

「えーと……頭を使えって――」

「考えろって言ったよな？」

「はいその通りでございます！」

言い訳をしようとしたあたり、自分でも違うということはわかっていたのだろう。頭を使えと言って頭突きをするなど、想定外にも程がある。十分ヒントを与えたつもりであったが、残念ながら理解してもらえなかったらしい。

「その考えた結果が、これか？」

「う、うぅぅ……すみません」

――まあよく考えたら、あのときもアルトの作戦だったしな……。

アルトが無茶だと言うわけだ。それが頭から抜けていた自分が悪い、とジルベルトは思った。

「まず安易に龍化《ドライグ》は使うな。あれはたしかに強力だが身体《からだ》が出来上がってない今のお前には負担が大きすぎる。少なくとも、俺かアルトが許可したとき以外は使用禁止だ」

龍化《ドライグ》は大陸でもイシュタル以外に使い手がいなかったこともあり、理論もなにも確立されていない魔術である。過去のイシュタルの動きを思い出したり、ラピスを見ながら大急ぎで解明に向けて動いているが、そう簡単なものではない。

そのためジルベルトもラピスに使わせながら、少しずつ研究していくしかなかった。

――ババアに直接聞くわけにはいかないからな……。

ラピスの額から流れる血をタオルで拭くと、彼女は顔を真っ赤にする。

「あ、あわわ……」

「照れんな。ただの治療と採取だろうが」

「採取？」

治療とはずいぶん遠い言葉に聞こえ、ラピスが首を傾《かし》げるがそれは無視する。

「もし龍化《ドライグ》が使えなかった場合、どうしてた？」

「気合いと根性で――」

「は？」

「──なんてことはしませんよ。ええ、もちろん頭を使いますだからそんな目で睨《にら》まないであとちょっと痛いですぅぅぅ……」

ジルベルトに睨《にら》まれながら額にタオルを強く押しつけられて、ラピスは涙目になる。

えーと、うーん、と頭を悩ませながら必死に考える姿を見て、ジルベルトは思った。

「馬鹿な弟子ほど可愛《かわい》いとかいうが、そんなことねぇな」

屋敷《やしき》の鍛錬でもさんざん考える力について話したはずだが、先は長そうだ。

とりあえずこの脳筋な弟子の考え方は絶対に矯正してやると心に誓いつつ、ようやく出てきた撃退方法を聞くのであった。

「それはなかなか、相変わらずお馬鹿さんですね」

屋敷《やしき》に戻り、龍化《ドライグ》を使ったラピスの体力を回復させるためにゲロマズドリンクを飲ませて寝かした後。

リビングで寛《くつろ》ぎながら先ほどの出来事をアルトに話すと、彼女は愉快そうに笑った。

「お前、よくあいつで俺を追い詰められるようにできたな」

「頑張りました。本人の言葉通り根性だけはあったので、身体《からだ》に教え込む方式でしたけどね」

アルトとの鍛錬のとき、何度か地面に埋まっていたのは影魔術を身体《からだ》に叩《たた》き込《こ》むためだった、ということは後から聞いた。

なんとも脳筋的なやり方だが、案外その方がラピスには合っているのかもしれない。もっとも、短期的なやり方としてはだが。

「戦闘センスはいいですからね。これまでは十分やれてしまったのでしょう」

「だがここから先はそうはいかねぇ。他のやつらの弟子と競わせていかないといけないからな」

ジルベルトの兄弟弟子たちは誰も彼もが時代を代表する傑物たちだ。彼らが本気になって弟子を育てるとなれば、いずれ次世代を背負う存在になるのは間違いない。

そして彼らを中心に時代は動き、まだ見ぬ才能たちも出てくるだろう。

もしかしたら、イシュタルのような規格外のイレギュラーも出てくるかもしれないのだ。

「時代が動くとき、そのうねりに呑《の》み込《こ》まれないようにしないと……ってなんだよアルトその顔は」

彼女にしては優しげというか、微笑《ほほえ》ましげに見つめてくる。気になったが、悪戯《いたずら》をしてきそうな気配は感じなかった。

「いえいえ、お気になさらずに。ただちゃんと、師匠をしてるんだなって思っただけですよ」

「……ま、約束だからな」

そう言われて、ラピスの将来まで考えていることに気付いた。

改めて言われると照れてしまい、ついぶっきらぼうな態度を取ってしまう。

「ま、それもババアをなんとかしてからだけどな」

「二人がかりで闇討ちして弱らせても仕留めましょうか」

「悪くない提案だが、それでも仕留め切れる自信はねぇな……」

イシュタルだって定期的に直弟子たちを闇討ちするのだから、逆の立場になったっていいはずだ。アルトの実力を考えればこれほど頼りになる援軍はいないが、失敗したときのリスクが大きすぎる。

「とりあえず作戦は考えた。全部上手《うま》くいっても成功率三割以下……ってところだが」

「なら大丈夫ですね」

不安を抱えた言い分のジルベルトに対して、アルトは確信めいたことを言う。

「本気になったご主人様なら、たとえほんの一粒程度の可能性でも摑《つか》み取《と》るでしょう？」

「お前なぁ……」

三割以下は三割以下。気合いでも根性でもない、これまでの積み重ねの結果を客観的に見た確率なのだ。そこに特別な要因が入り込むことなどあり得ない。

だというのに、アルトはジルベルトが勝つと言い切った。

「……ま、やれるだけやるさ。駄目なら、それこそ闇討ちだ」

最後はそう冗談じみた言い方をするが、イシュタルとの本気の戦い、負ければ二度目はないだろうということはわかっていた。

それでも、自分を信頼してくれているアルトと、絶対に不可能だったはずの試験を乗り越えたラピス。二人に対して格好悪い姿だけは見せたくはなかった。


それからジルベルトは全盛期の自分を取り戻すために、そしてラピスの鍛錬のために毎日ヴィノスを出て西の森へ入る。

最初の頃は一方的にボコボコにされていたラピスも、最近は少し善戦するようになってきた。

とはいえ、それでもまだ龍化《ドライグ》を使わずだと森の魔物を倒すには至らず、そのたびにジルベルトに救出され、再び挑むことを繰り返し――。

「師匠、見ててください！　今日こそあいつをボッコボコにしてやりますからね！」

「おう、頑張れよ」

鼻息荒く気合いを入れたラピスを見送り、いつも通り観戦するため離れ始める。

ラピスの言うあいつというのは、この森で出会った二足歩行の子犬のような魔物――コボルトの最上位種であるコボルトヒーローという魔物だ。

その名の通りコボルト族の勇者で、コボルトとは思えないほどの強さを誇る。

さんざんこの森の魔物たちに負けて凹《へこ》んでいたラピスは、「あれなら勝てそうです！」と意気揚々と戦いを挑み、馬乗りにされてボッコボコにされた。

コボルトヒーローは肉弾戦の達人で、殴り合いの末の敗北だ。

「あいつ、すっげぇ根に持ってたな」

最初は雑魚《ざこ》だと思った相手に得意分野である肉弾戦でやられ、しかも凄《すご》く馬鹿にされて見逃されたのはさすがにプライドが傷付いたらしい。

絶対にリベンジしてやると鼻息を荒くし、毎日戦いを挑んでいた。

「まあ、勝てない相手にどう勝つか考えるのは、良《い》い特訓になるだろ」

——なんでかコボルトヒーローはラピスを殺そうとしないから、安心して見てられるしな。

「っと、俺は俺でやらねぇとな」

ラピスの戦いが見える位置で座禅を組み、赤い液体を一気に飲み干して集中する。

「っ——⁉」

体内に入った液体が自身の魔力と混ざり荒れ狂う。それを力ずくで制御しようとすると、強烈な意志とともに反発してきた。

「はっ、こいつはたしかにやべぇ……」

制御に失敗すれば魔力が暴発し、死んでしまうだろう。それほどまでに先ほど飲んだものは劇薬だった。

「だが、これくらいは、しねぇとなぁ……」

イシュタルとの対決までもう半月を切っている。

全盛期の自分でさえ彼女を本気にさせることはできなかったのだ。この鈍った状態では天地がひっくり返っても勝つことは不可能だろう。

自分一人で駄目なら、実力差を近づけるために別のところから力を借りる。それはジルベルトにとって、当たり前のことだった。

「この力を、馴染《なじ》ませろ……！」

内臓から全身を喰《く》らわれるような激痛に耐えながら、ふとラピスがどうなったか気になって見る。相変わらずコボルトヒーローにボコボコにやられて、涙目になって逃走を開始していた。

「はは、ぶっさいくな顔してやがる……」

思わず笑いながら、少しずつ力を抜く。抵抗するのではなく、受け入れるように心を落ち着かせ、力を馴染《なじ》ませるように……。

深い集中に沈み、自然と一体になるような感覚。そして自分に襲いかかっていた力が少しずつ自分のものになる感覚を掴《つか》んだ。

「よし」

「よしじゃないですよぉぉぉ！」

目を開けると、殴られまくったのかパンパンに顔を腫らしたラピスが泣いていた。途中まで見ていたので結果は知っているが、近くで見ると余計に不細工だ。

「勝ったか？」

「この顔で勝ったように見えますか!?　というかわかってて聞いてますよね!?」

先ほどまでラピスが戦っていた場所を見下ろすと、コボルトヒーローが指さしながらケタケタと笑っていた。とても勇者とは思えない所業である。

「あ、あいつぅぅぅぅ！」

「負けたお前が悪い」

「次です！　次こそ絶対にボッコボコにして泣かしてやるから、見ててください！」

何度も見逃されている身ではあるのだが、よほど腹に据えかねているらしく怒りの形相でコボルトヒーローに復讐《ふくしゅう》を誓っていた。

「まあ、ほどほどにな」


城塞都市ヴィノスに戻ったジルベルトは、買い物をするためラピスを先に帰らせた。

必要な物を買い集めるとすでに太陽が沈みかけ、そろそろ帰らないとアルトから夕食抜きにされてしまう。

その道中、こそこそと家の陰からなにかを見つめている不審人物を見つけた。

「なにやってんだ、コメディのやつ……」

明らかに怪しい動きだ。高身長、美形、白シャツに黒い細身のパンツという清潔な身だしなみでなければ、ただの不審者である。

どうやら熱心になにかを見つめているようだが――。

「怪しすぎるだろ……おいコメディ」

「あ、ジルか。今いいところだからちょっとだけ待っててくれ」

その行動といい、発言といい、まるで女風呂《おんなぶろ》でも覗《のぞ》いている男のようだ。

ジルベルトはこの兄弟子がなにを見ているのかと思い視線を追いかけると、ラピスと同じ年齢くらいの少年が四人いた。

仲良く遊んでいる、という光景であればまだ良かったのだが、一人の少年が他の三人から嘲笑されているらしく、どうにも雲行きが怪しい。

「……虐《いじ》めか」

あまり見ていて気分の良《い》いものではないが、事情を知らない部外者が介入すべきことでもない。コメディアンはなぜこんな光景を見ているのだろうと思う。

「こんなの覗《のぞ》き見《み》るとか、趣味悪いぜ」

「……」

こちらの言葉には答えず、コメディアンは真剣な様子。どうやら見ているのは、虐《いじ》められている少年の方らしい。

しばらく黙って見ていると、虐《いじ》めている側の少年たちが手を出し始めた。そしてそのまま三対一で一方的な展開になる。

ジルベルトはその虐《いじ》められている少年を見て、少しだけ感心していた。

「一度も反撃しねぇとはな」

「ああ、あの子はクラウンというんだがね。今までも一度もやり返したことがないんだ」

それをジルベルトは情けないとは思わなかった。動物には生存本能が染《し》みついている。命に関わるような怪我《けが》はないようだが、普通の人間なら恐怖に負けて反撃をしてしまうものだ。

しかしクラウンは己の意思で反撃をしていない。それはとても心が強い証拠だった。

「あれが前にお前が言ってた、弟子にしたいと思ってるやつか」

「ああ、あの子はきっと、強くなるよ」

「……かもな」

しばらくして、ボロボロにして満足したのか少年たちは去っていく。そして残っているのは、仰向けで倒れているクラウンだけだ。

「で、助けねえの？」

「ふ、ここからが本番だからね」

「あん？」

自信ありげにそう言うコメディアンを訝《いぶか》しげに思うと、少し変わった気配を感じる。

気になって視線を移すと、倒れているクラウンの周囲に赤、黄、緑、青と様々な色の粒子がキラキラと輝き出していた。

「……精霊だと？　こんな街中に？」

「ああ、そうだとも」

精霊は本来、人が近づけない森の奥などにしか現れない形なき生物だ。意思がとても薄く、精霊術師でない人間にはなにを考えているのかわからない。それに加え、人に干渉することもほとんどなく、学者の中には自然そのものだと言う者もいる。

そんな精霊たちがクラウンを心配しているかのように近づく。そして優しい光を与え始めると、彼の傷がどんどんと癒えていった。

「これはたしかに……」

「凄《すご》いだろ？」

ジルベルトも何度か精霊術師は見たことがあったが、あれほど自然に精霊たちが集まる光景は初めてだ。普通の術師は己の意思で精霊たちを集めるのだが、あれはクラウンのために精霊たちが集まっているようにも見える。

「あれならあんなクソガキどもなんてぶっ飛ばせるだろ」

「ああ、だが彼はしない。前に一度だけ聞いてみたら、精霊は友達だから喧嘩《けんか》のためには使いたくないんだとさ」

なるほど、と思った。コメディアンがここまで熱心にあの少年を意識しているのはきっと、そんな彼の心を知ったからだろう。

——こいつ、そういうの大好きだからな。

兄弟子のことをそれなりに理解しているジルベルトは納得した。

「つか、さっさと弟子に誘えばいいじゃねえか」

「ふふふ……今はまだその時じゃないのさ！」

じゃあいつならいいのだろうかと思うが、それは自分には関係ない話である。

ただ、もしあの少年が自由に精霊を扱えるようになり、コメディアンの下でしっかりと戦い方を覚えれば、凄《すさ》まじく強くなるだろうと思った。

「こいつは、ラピスもうかうかしてられねぇかもな」

自分が自然とラピスとクラウンを比べていることに気が付き、つい笑ってしまう。

ラピスの才能はあのアルトも認めていたし、ジルベルトも相当なものと理解している。だから余計に、あの少年のように稀有《けう》な才能と比べてしまうのかもしれない。

——もっとも、あのババア相手に勝てなきゃそれも意味ねぇか。

ふと、コメディアンを見ると彼はなぜか優しげに笑っていた。

「アルトも同じような顔してたが、なんなんだよお前ら」

「なに、ずっと燻《くすぶ》っていた弟弟子がやる気になって嬉《うれ》しいだけさ」

そんな自分を真《ま》っ直《す》ぐ見つめるこの兄弟子は、笑いながら肩を叩《たた》く。

「ジル、兄弟子として一つだけ言えることがあるぞ」

「……」

「お前はなにも考えず、ただ己の信念に添った行動を取ったときが一番強い。それこそ八年前のあの日、師匠を認めさせたときのようにな」

これ以上伝えることはないと、コメディアンは背を向けて歩き出す。

そんな兄弟子に対して、ジルベルトは軽く手を上げるだけだった。

第八章 ★ 想いの強さ

「師匠、見ててください！　今日こそコボローをボッコボコにしてやりますから！」

ラピスはそう言うと、腕を組んで待ち構えるコボルトヒーローを睨《にら》みつけて歩き出す。足取りは力強くやる気満々だ。

なお、同じような台詞《せりふ》を毎日聞いているが、残念ながらまだ実現には至っていない。

——てか、魔物に名前付けてんのかよ。

そんな感想を抱きつつ見送ったジルベルトは、つい先日も同じことを言ってからボコボコにされたのに、よくあんな自信満々に言えるなとも思った。

「あぁぁぁぁ!?　痛い痛い痛いぃぃぃぃ」

案の定、関節を極められたラピスがギブアップをするため地面を叩《たた》いている。勝負がついたためコボローが腕を解放してやると、地面を這《は》うように逃げ出してきた。

「し、ししょう！　回復薬！」

「まだ諦めてないのかよ」

「そんな言葉は私の辞書に載ってません！」

師匠としてはしっかり載せておいてほしい単語であるが、本人の心が折れていないのであれば何度チャレンジさせてやってもいいだろう。幸いコボローもラピスのリベンジを待っているようで、指をクイクイさせて挑発していた。

「ふぬぬぬぬぅぅぅぅ！」

普通なら殺して餌にするというのに、ラピスを見逃しては再びやって来るのを待ち、ずいぶんと人間味のある魔物である。ジルベルトとしてはラピスの良《い》い修業になって助かるが、知能が高すぎて逆に怖いくらいだ。

「ん！」

ラピスが回復薬を飲むと、パンパンに腫れた頬や全身の傷が癒えていく。完全回復すると、威勢良く口元を拭ってコボローを睨《にら》んだ。

「よし、行ってきます！」

「まあ待て」

「ぐげっ――⁉」

大股で向かおうとするラピスの首根っこを掴《つか》むと、年頃の少女とは思えない声を上げる。

いきなりなにを、と恨めしげにこちらを見上げてくるが、同じことを何度繰り返しても時間の無駄なので止めただけだ。

「お前また考えなしに挑もうとしてるだろ」

「そんなことありません！　コボローのやつは左腕で殴ろうと地面を踏み込む際、少しだけ外側に足が向くんです！　だからそのタイミングで躱《かわ》してこう！　ボディブローをですね！」

「それさっき失敗したやつだろ？　お前が癖だと思ってるの、わざとだからな」

「……え？」

ぎぎぎ、とラピスは錆《さ》び付《つ》いたブリキ人形のように鈍い音をたてて振り向く。コボローは明後日《あさって》の方向を見て口笛を吹いていた。どうやらあれで誤魔化せているつもりらしい。

——まあ、そんなのに騙《だま》されてるコイツの方が問題だが……。

「ついでに言うと、左パンチを三回打った後の右パンチも誘いだ。それ躱《かわ》して踏み込んだら、蹴り上げられて顎を撃ち抜かれる」

「あ、あははー！　そんなのわかって——」

「……」

「なかったです……」

睨《にら》むとすぐ白状する。素直で良《い》いことだ。

コボローは、というよりこの森の魔物はほぼ全部ラピスにとって格上ばかり。

シルバーボアを倒せたのは龍化《ドライグ》を使ったからだが、一度使えばしばらく身動きが取れなくなるうえ、理性が飛ぶ魔術など本来切り札にすらなり得ない。

今のラピスに必要なのは素の状態の地力をつけること、そして格上相手にどうやれば勝てるかを考え続けることの二つ。

——龍化《ドライグ》を禁止している中で、「龍化《ドライグ》さえ使えれば」と言わないところは褒めてやってもいいがな。

「まあ、いつも考えろばっかじゃお前もしんどいか」

「え？」

ジルベルトはラピスの横を通り過ぎ、コボローの前に立つ。

「っ——!?」

これまでラピスのことを馬鹿にしたように挑発していたコボローだが、まさかジルベルトが出てくるとは思わなかったのだろう。慌てて距離を取り、緊張した面持ちで構えた。

実力差があるのをわかっているのか、ラピスを相手にしていたときと違って油断などない。

対するジルベルトは気負った様子など欠片《かけら》も見せず、ゆっくり近づくだけ。

「ガァ！」

あと一歩で相手に届くというところで、コボローが動く。力強く踏み込み、凄《すさ》まじい速度で放たれた拳。だがそれは同じ速度で下がったジルベルトには届かない。

着地と同時に蹴り上げ。かかと落とし。回し蹴り。次々と繰り出される攻撃の中で、蹴りが主体となっているのは威力が高いから。稀《まれ》に拳を握って仕掛けてくるが、あくまでも蹴りを当てるための牽制《けんせい》でしかない。

コボローの動きは決して単調ではなく、魔物特有の複雑さを増していく。それはジルベルトに対する恐れから来るもので、早く終わらせたいという焦《あせ》りもあった。

「凄《すご》い……」

ラピスは己の師匠の動きを見て、思わずそう言葉を零《こぼ》す。

これまで彼女は弟子入りするための試験の中で、ジルベルトに向かって何度も戦いを挑んできた。鍛錬でもそうだったが、正面からの戦いではまるで未来を見通されているかのように攻撃は当たらず、その理由も教えてもらった。

相手を見て、相手のことを考える。ラピス自身が言葉にして辿《たど》り着《つ》いた答えの一つ。

だがそれはわかった気になっていただけなのだということを突きつけられる。なぜなら彼女にとって相手を見るということは、しっかり手足や全身の動きを見ることだと思っていた。相手のことを考えるというのは、最適解を想像することだと思っていた。

しかしこうしてジルベルトの戦い方を離れて見ると、自分とは全然違うことがわかる。

彼はコボローの動きなど見ていない。いや、実際はほんのわずか、刹那にも迫る時間だけ見ているのだろうが、それも念のため。戦いの最中、ジルベルトが見ているのは相手の瞳だけだ。

「凄《すご》い」

もう一度、ラピスの口から同じ言葉が零《こぼ》れる。

ジルベルトの視線は一貫してコボローの瞳から離れず、それ以外を見ていないはずなのに拳も蹴りも避《よ》けてしまっている。完全に思考を読んでいるのだ。

ラピスは自分が戦ったからこそ、あの魔物の強さは知っている。殴られると思ったら蹴りが飛んできて、こちらの攻撃は何一つ通用せず、何度も何度もボコボコにされ、顔を腫らし、泣かされてきた。見た目は二足歩行をしている愛らしい犬だが、ラピスがこれまで見てきたどの魔物よりもずっとずっと強かった。

ジルベルトの動きは決して早くない。ラピスでもできる動きに限定しているのだ。しかしそれで、コボローを圧倒している。

「あっ！」

突然、コボローの両手両足から鋭い爪が伸びてジルベルトに迫った。これまで一度も見せてこなかった攻撃だ。それは正面からでは勝てない相手に逆転するための一手であり、多くの魔術師、そして魔物が持っている最後の切り札。

もしラピスがなにも知らずに受けていたら大怪我《おおけが》か、最悪死んでいただろう。

だがそれすらもジルベルトは読んでいて、軽くいなすとその身体《からだ》を蹴り飛ばした。

コボローは木にぶつかり苦しそうにしている。このまま追い詰めれば倒すことも可能だろう。

「まあ、こんな感じだな」

しかしジルベルトはコボローに止《とど》めを刺さず、普段通りの足取りで戻ってくる。倒すだけならいつでもできるということで、その姿はラピスから見ると格好良く見えた。

「はうぁぁ……」

「おいなんだその目？」

「はっ⁉　師匠凄《すご》く格好良かったです！」

「お、おう……そうか？」

コクコクと瞳を輝かせながら頷《うなず》かれる。

元々ラピスが自分に対して尊敬の気持ちを持っていることは知っていたが、ここまであからさまに好意を示してくるのはあまりなかった。少し照れてしまい、ラピスの視線から逃げるように身体《からだ》をコボローに向ける。

「すぐには無理だろうが、最初は魔術でもなんでも使ってやってみろ」

ただし龍化《ドライグ》以外で、と続けるとラピスは元気よく返事をする。

とはいえ、これ以上鍛錬を続けることはできそうにない。ジルベルトによってダメージを与えられたコボローは立ち上がれないからだ。

——あのコボルトヒーロー以外は、普通に殺しにかかってくるんだよなぁ……。

なぜコボローがラピスを殺さないのかよくわからないが、希少種であることは間違いない。

魔物の世界は弱肉強食。このまま放っておくと他の魔物たちによって殺されてしまうだろう。そうなるとせっかく都合のいい鍛錬相手がいなくなってしまう。

「あの、師匠……あいつに回復薬を渡したら駄目ですか？」

何度も戦ううちに情でも移ったのか、ラピスがそんなことを言ってくる。

元よりそのつもりだったので、手持ちの回復薬を渡すとラピスは嬉《うれ》しそうな顔をした。

「鍛錬相手として便利だから治すだけだぞ」

「はい！」

さんざんラピスをボコボコにして、そのたびに回復薬で治してきたのを見たからだろう。コボローもそれが怪しい物ではなく、自らに対する施しなのだということを理解している様子。

なぜ？　という顔をするとラピスは指を差す。

「お前を倒すのは私だから！」

「がぅ……」

力なく、それでいて呆《あき》れたような顔をしたコボローが素直に回復薬を受け取った。人間用の薬だが、魔物にも十分効果があるようだ。すぐに傷が癒えて立ち上がる。

「またね」

さすがに戦えるほどではないらしく、コボローは森の奥へと消えていった。


そして数日後。

「やぁぁぁぁ！」

「ガウアア！」

最初の頃は一方的にやられていたラピスだが、徐々にコボローの動きに合わせ始める。

龍化《ドライグ》の使用を禁止されている中、身体強化と風魔術、影魔術、付与魔術がラピスの持つカードだ。それらを合わせて、必死に食らいつく。

――これはフェイント！　これは次のための一手！　それでこれは……。

「本命――あぐっ⁉」

防ぎ切れず蹴りを貰《もら》ってしまう。ただラピスは服の中に影魔術で作った鎧《よろい》を展開し、常に防御した状態のためダメージは少ない。すぐに体勢を立て直して再びコボローを見る。

――大丈夫、わかる！

敵の全体像を見るのではなく、瞳と身体《からだ》の中心部からどういう動きをするのかを予想する。まだ慣れないため何度も失敗してしまうが、その精度は日に日に上がっていた。

――見るのはコボローの動きじゃない！　瞳の奥でなにを考えているのかを見極めろ！

腕に竜巻を巻き付け、攻撃を受け流す。抜けてきた攻撃は影魔術で防ぐ。本命の一撃と頭さえ防げば、それ以外の攻撃は致命傷にはならない。

そう割り切ったラピスを相手にコボローも倒し切れないと思ったのか、ついに攻撃の手を変える。両手両足から絶対の自信を持つ爪を出したのだ。

ラピスはそれが出た瞬間、ジルベルトを見て頷《うなず》く。

――敵が切り札を出したあと、かつ使ったあとに逃げられるだけの体力を残すのであれば使用を許可する。

「はぁぁぁ！」

ラピスの瞳が黄金に変化して龍眼に。魔力も緋色《ひいろ》に染まり、それが両拳に集約されていく。

その変化に脅威を感じたコボローが、一気に決めるとばかりに凄《すさ》まじい速度で飛び込んでくる。

しかしずっと瞳を見つめていたラピスはその動きを読んでおり、迎え撃つように爪に向かって竜巻を纏《まと》った拳を振り下ろした。

「がぅ⁉」

粉々になる両手の爪。しかしコボローの足にはまだ無傷の爪が残っており、一撃を加えるべく足を蹴り上げた。もし踏み込んでいれば頭を貫いていたそれだが、ラピスは冷静に足を止めて一歩下がる。

空を切った蹴り。無防備に開いた身体《からだ》。ラピスは当然その隙を逃すことなく――。

「私の、勝ちだぁぁぁぁ！」

赤い竜巻を纏《まと》った拳がコボローの胴体を打ち抜くと、その小さな身体《からだ》が森の大木を何本もへし折りながら飛んでいく。

「ハァ、ハァ、ハァ……勝った？」

手応えはあった。それでも半信半疑なのは、それほどまでに強敵だったからだ。

ゆっくりと折れた大木の方へと進んでいく。コボローは倒れ、立ち上がる気配がない。

汗がダラダラと流れ、呼吸は荒い。龍化《ドライグ》の影響だが動けないほどではなく、もう一戦しろと言われてもできる余力は残っていた。

つまり、ラピスの完全勝利である。

言葉よりも先に、思わず拳を握ってガッツポーズ。

「しゃぁぁぁぁあらぁぁぁぁ！　勝ったぞぉぉぉぉ！」

貴族の娘とは思えないような雄叫《おたけ》びを森一帯に響き渡らせ、喜びを露《あら》わにした。

そんなラピスにジルベルトは近づいてくる。

これは褒められるのでは！　と懐《なつ》きまくった大型犬のような笑顔を見せると、デコピンされた。

「ぎゃふっ⁉　な、なぜ……」

「こんな魔物の巣窟《そうくつ》で叫び声を上げるやつがいるかアホ」

「あっ……」

ただでさえコボローとの戦いでは声を上げて騒がしくしていたのだ。その後で叫べば、森中の魔物たちが反応するのは当然だろう。殺気立った魔物たちが近寄ってくるのがわかる。

「……いや、これはこれで修業になるか……？」

「そんな恐ろしいことをぼそっと言わないでください！」

この森で中堅程度の力しかないコボローにこれほど苦戦したのだ。今集まってきている魔物たちがそれより弱い保証もなければ、一対一で戦ってくれるとも限らない。

ラピスが必死に「止《や》めましょう！」「死んじゃいます！」「鬼畜修業断固反対！」と抵抗を続けると、ジルベルトは呆《あき》れた顔を見せる。

「ったく、これに懲りたら考えなしに叫んだりするんじゃねぇぞ」

「はい！」

「声抑えろって言ってんだよこの馬鹿弟子。じゃ、魔物が集まり切る前に帰るぞ」

ジルベルトがその場から離れようとすると服を引っ張られる。見ればラピスが困った顔でコボローを見ていた。

前回の一件でラピスがあの魔物相手に情を感じているのはわかっていた。回復薬を置いても、気絶した状態では飲むことはできず、このままだと魔物の餌になるだけ。

とはいえ、それは自然の摂理。この森に限らず、魔物の世界では弱いやつから淘汰《とうた》されていくものだ。それをいちいち助けていてはキリがない。

「帰るぞ」

「ししょぉ……」

「……」

そんなラピスの懇願など無視して、ジルベルトは歩き出す。倒れたコボローの方へ。

担《かつ》ぐと、後ろから嬉《うれ》しそうな声が煩《うるさ》い。別に情にほだされたわけではなく、師匠としては弟子が格上に勝った褒美《ほうび》くらいはやるべきだろうと思っただけだ。

二人と一匹は、そうして森を出て屋敷《やしき》に帰り——。

「それで、その犬を屋敷《やしき》まで持って帰ってきたと？」

「いや、その……」

ジルベルトはアルトの前で正座をしている。その横ではラピスと目覚めたコボローも同じように正座。この屋敷《やしき》でのヒエラルキーがはっきりわかる構図となっていた。

「その魔物をペットにしたいと、ご主人様はそう言うのですね？」

「いや、違——」

「ガゥ！」

「黙りなさい」

ペットという言葉に抗議をしようとしたコボローだが、氷よりも冷たい瞳で睨《にら》まれて身体《からだ》を縮こまらせる。隣で見てしまったラピスもまた怯《おび》え、二人で抱き合うように震えていた。

そんな二人に対してアルトは、淡々と感情のない声で言葉を続けた。

「別に飼うなとは言いません。この都市では幼い頃から育てた魔物をペットにしている家も多いですからね。幸いその犬は妙に知能が高いようですから、刃向かうこともないでしょう」

実際、コボローは明らかにイレギュラーな個体だ。倒したラピスを殺そうともしなかったし、逆に勝てない相手もちゃんと理解している。ここであえてジルベルトや自分に逆らうこともし

ないはずだというのは、彼女もわかっていた。ただ、それと飼うのは別の話である。

「誰が世話をするのですか？　この屋敷《やしき》の掃除も洗濯も、家事もご主人様の下の世話まで全部私がやっているというのに」

「え、師匠……？」

「さりげに嘘《うそ》混ぜんな！　ラピスも信じて引いてんじゃねぇよこのアホ！　あと別に俺はこいつをペットにしようとしてるわけじゃ——」

「ご主人様のパンツを洗っているのはこの私です」

「それ洗濯と被《かぶ》ってんだろ！」

アルトに振り回されるのはいつものことだが、同居人が増えたことで余計なツッコミが増える。そのせいで本来伝えたいことが伝えられず、先ほどから会話が横にずれ続けていた。

「それはともかく、最終的にその犬の世話をするのは私になりそうなので却下です」

「あの、ちゃんと私が面倒見ますから！」

ずっと正座をしていたラピスが立ち上がり、必死に懇願をする。

「それで修業がおざなりになったら本末転倒でしょう。貴方《あなた》の存在価値はご主人様を大魔導師《グランドマスター》にすることとです。そこを履き違えるようでしたら、矯正が必要かもしれませんね」

「あぅあぅあぅ……」

「がぅぅぅ……」

再び抱き合うラピスとコボロー。二人は先ほどの件でアルトの氷の視線がトラウマとなっていた。

「だからちょっと待てお前ら。さっきから飼う飼わないとか言ってるが、そもそもそんな話じゃねぇよな！」

「「え？」」

思わず怒鳴ってしまったジルベルトに、ラピスとアルトの二人が不思議そうな顔をする。よく見たらコボローまで不思議そうな顔をしていた。

だがこれは真っ当な意見である。怪我《けが》をした状態で気絶していたから連れて帰ってきただけで、治ったのであれば森に帰すのが筋というもの。なのになぜ当たり前のようにペットとして飼う飼わないの会話になっているのか、ジルベルトの方が不思議な顔をしたいくらいだ。

「治ったんだったら森へ帰れ！」

「がぅ⁉」

まさか、そんな！　そう言いたげなコボローの顔。

——まさかこいつ、うちに居座る気だったのかよ……⁉

たしかにラピスの鍛錬でだいぶ世話になった。こいつのおかげでラピスも格上に対する戦い方を少し経験できたし、強くなれたと言っても過言ではないだろう。

だからあのまま他の魔物の餌になるのは寝覚めが悪い。そう思ったから助けたが、それと屋《や》敷《しき》に住まわせるかは別の話だ。

「師匠、コボローも一緒に住ませる話だったんじゃ……？」

「そんな話は一度もしてねぇよなぁ？」

「でも、でも……」

「がぅぁ……」

ジルベルトが睨《にら》むと、ラピスとコボローの二人が信じられないと見上げてきた。

——仲良くなりすぎだろこいつら。

これ以上話すことはない、と視線を無視すると、ラピスたちはそのままアルトの方を見る。

馬鹿だなと思った。そもそも反対派なのはアルトであって自分ではない。なによりアルトはこういった泣き落としが通用するような情に厚い女ではないのだ。そんなのが通用するのであれば、自分はこれまでもっとたくさんのことを許されてきたのだから。

「がぅー。がうがうがう！　がうがう！」

「ふむ、なるほど。しかし本当にできるのですか？」

「がう！」

当然そう考えていたジルベルトだが、コボローがなにかを訴えかけるとアルトが反応する。

コボローは知能が高く、なぜかこちらの言葉を理解している節があるのだが、逆は理解できない。ジルベルトも、ラピスも、コボローがなにを言っているのかわからなかった。

魔物なのだから当然だが、アルトだけは魔物の言葉を理解できる。すべてではないが、一部の知能の高い相手であれば会話も成立させられた。

そして今、アルトを相手にコボローがなにかを交渉しているらしい。そしてそれは彼女にとってもメリットのあることのようで、真剣な表情。

「……わかりました。そこまで言うのであれば試用期間を設けましょう。問題なければそのまま飼ってあげます」

「がう！」

「「え……？」」

突然の掌返し《てのひらがえ》に思わず声が出る。

「このコボルトですが、屋敷《やしき》の使用人見習いにします。掃除、洗濯、その他私が日々やっている業務の一部をやらせるということですね」

「がう！」

任せろ、と自らの胸をトンと叩《たた》くコボルトヒーローのコボロー。魔物である。コボルト族の勇者である。手足は小さく、毛はふさふさ。愛嬌《あいきょう》のある顔で、体はラピスの半分ほどの大きさだが、もう一度言うと魔物である。

「「……」」

あまりにも予想外すぎる結果だった。二人が言葉を失っているうちに、細かい取り決めがなされていく。アルトの出す条件とコボローのできる範囲の打ち合わせをしているらしいが、ぱっと見は犬と遊んでいる美女にしか見えなかった。

アルトの言葉しか理解できないが、感触は良《い》いらしい。

「給料は食住だけで良《い》いそうですので、駄目なら森に帰します」

「がうがう！」

多分よろしく！　と言っているのだろうと思ったら、アルトがコボローを睨《にら》み付《つ》ける。

「よろしくお願いします、ですよ。言葉遣いも徹底的に直していきますので、覚悟しなさい」

「がう⁉　がうがうがう！」

慌ててがうを一つ付け足して頭を下げるが、ジルベルトにはどんな言葉遣いをされても、ががうとしか聞こえなかった。

屋敷《やしき》に在留が決まったことをラピスが喜び、二人で楽しそうに笑い合っている。どうやらあの訓練を通して絆《きずな》が結ばれたらしい。最初の頃はあんなにボコボコにされたうえで馬鹿にされていたのに、よく仲良くなれるものだと感心してしまう。

とりあえず、屋敷《やしき》にまた住人が増えるらしい。これまでアルトと二人だけだったのに、どんどん騒がしくなるなと思ったが――。

「まあ、いいか」

昔なら煩わしさが勝っていたが、なぜか今はあまりそう思わず受け入れることができた。

第九章 ★ アルトの過去

深夜、机の上に置かれた魔導ランプの灯《あか》りに照らされた部屋でジルベルトがノートを開く。

びっしりと文字が書かれていたそれは、ラピスの鍛錬記録だ。

コボローに何度も挑み、そして勝利したこと。魔術を上手《うま》く使ったこと。まだまだ改善余地が大量に残っていること。一つ一つを書いていると、思わず口元が緩む。

ちょっと頭の弱い弟子ではあるが、心に芯がある。戦うごとに成長していて才能も十分だ。自分を慕うところは理由がわからず戸惑うが、いずれわかるだろう。最初はふざけるなと思っていたラピスの弟子入りだが、こうしてみると楽しんでいることに気付かされる。

「ご主人様、楽しそうですねぇ」

机の横に置いてあるベッドの上。黒のネグリジェ姿で寝転がるアルトが悩ましげな声を出した。触れれば雪のように溶けてしまいそうな白肌を無防備に晒《さら》し、普段の服よりも薄い生地のため身体《からだ》のラインがはっきりと出ている。

アルトがジルベルトに見せつけるように身体《からだ》を動かすと、裾や胸元が開いた。あまりにも艶《なま》めかしい雰囲気だ。どんな男でもこの光景を見れば、彼女に触れずにはいられないだろう。

しかしそんなアルトの誘惑も虚《むな》しく、ジルベルトはノートから目を逸《そ》らさない。ラピスの鍛錬計画を立てることに集中しているらしく、ブツブツと小さく呟《つぶや》きながらペンを動かしていて、アルトが誘惑してきたことにすら気付いていないのだ。

「むぅ……」

凄《すご》い集中力だと思うし、その真剣な横顔が格好良いとも思う。だがベッドでゴロゴロしているアルトは少し悔しかった。ほんの少しでも殺気や敵意があれば一瞬で気付いて反撃するのだから、自分の魅力にも反応してほしいと思うのが女心なのである。

「これは、女を試されているような気がします……けど」

一瞬、悪戯《いたずら》でもしてしまおうかと思った。今の状況を悪戯《いたずら》してないとは言えないが、もっと過激なことをしてしまおうかと思ったのだ。

だがそれは止《や》める。普段はあまり見せないジルベルトの真剣な横顔に、アルトは見惚《みと》れてしまい、もう少し見ていたかったから。

「あのときも、こんな顔でしたね」

アルトはかつての自分とジルベルトの出会いを思い出す。

◆

約八年前、当時十歳のアルトは魔界《ニヴルヘル》の奥深くに存在する魔王城に住んでいた。

彼女の本当の名はアルトセリア・バロール——魔王ヨハン・バロールの一人娘であり、魔族の姫である。

姫、と言ってももう魔族に文明はない。アルトが生まれた年に起きた大災厄によりほとんどの魔族が滅び、残ったのは魔王ヨハンとアルト、そしてごく一部の魔族だけだったからだ。

瘴気《しょうき》の濃い最奥《さいおう》に存在する魔族の生活圏に辿《たど》り着《つ》ける人間はほとんどおらず、人と魔族の交流は千年以上ほぼ皆無。それゆえ人間にその事実を知られることもなく、未《いま》だに西の大地は魔族が支配していると思われていた。

もっとも、例外というのはどこにでもいて――。

「魔王ヨハン！　今日こそテメェをぶっ倒す！」

当時十六歳のジルベルトは一人で魔王城までやって来て、銀髪の美丈夫――魔王ヨハンに挑みかかる。

「威勢がいいが、それで私を倒せたためしはないぞ」

「今までの俺と思うなよ！」

その叫びとともに戦いが始まるが、結局この日もいつも通りヨハンに敗北。気絶し、その場に倒れ込んだ。

離れたところで見学していたアルトが父に近づいていく。

「お父様、楽しそうでしたね」

「こいつがが会うたびに強くなっているからな……いずれは私を超えるやもしれん」

「それが嬉《うれ》しいのですか？」

そう尋ねると、普段は表情を変えないヨハンが珍しく笑う。

アルトが生まれてすぐ母が他界し、魔族の仲間がほとんど死に絶えた大地で父が笑う姿はほとんど見たことがなかった。

だからだろう、彼女が気絶している青年に興味を持ったのは。

「話してみたいか？」

「……」

無言でコクリと頷《うなず》くと、なぜかヨハンはホッとした顔をする。

その表情の意味を、このときのアルトはまだ知らなかった。

アルトはかつて誰かが使っていた部屋のベッドにジルベルトを置き、改めて眠っている姿を見る。父以外で初めて見る男性。アルトからすれば、とても不思議な存在だった。

「どうして貴方《あなた》は、お父様に戦いを挑むのですか？」

「……お、前は？」

「っ──!?」

まさか起きているとは思わず、反射的に離れてしまう。

ジルベルトはダメージが大きいからか、身体《からだ》を起こすのも億劫《おっくう》そうだ。

「……悪い、驚かせたっ——!?」

「待ってて、ください」

痛そうに頭を押さえるジルベルトを見て、アルトは一度部屋から出ていく。

医務室から色々と道具を持ってもう一度部屋に戻ると、彼は困惑した顔をしていた。

「これで、治せますか？」

「あ、ああ……悪い」

アルトに医療の心得などないため、道具を渡すことしかできない。幸いジルベルトは手慣れた様子で包帯を巻いていくのでほっとする。

「俺はジルベルト。お前は？」

「娘の、アルトセリア・バロール、です」

「ああ、お前が……」

「……？」

アルトがジルベルトの前に姿を見せたのは今回が初めて。だからなぜ彼が自分のことを知っているのかわからなかった。

「いや、魔王のやつから聞いていたんだよ」

「……どうして戦っている相手とお話してるのですか？」

「そういやそうだな」

不思議なことだが、本人もよくわかっていないらしい。

アルトとしては父以外で初めて話す相手。怖さもあるが興味の方が勝ってしまい、色々と質問していく。それは人間のことや、一人でここまで来て父に挑む理由など様々だ。

「お前の親父《おやじ》に挑むのは、俺の師匠を返り討ちにしたって聞いたからだな」

イシュタルの話は、父から聞いたことがあった。

だからジルベルトがその弟子だと聞いて、なんとなく納得してしまう。

「師匠超えの証明として、魔王を倒す。って言っても、正直まだ勝てる気は全然しねぇが」

あまり戦いに興味なく、他者を知らないアルトは父がどれほどの強さなのかきちんと理解していなかった。魔物を簡単に倒してしまうので、なんとなく強いとは思っていたが、ジルベルトの話によると世界最強クラスらしい。

アルトもヨハンも、お互い饒舌《じょうぜつ》なタイプではない。だから父親の評価を他者から初めて聞いて、少し驚いてしまう。同時にもっと聞きたいという想《おも》いが強くなった。

「お父様、しばらく滞在していいから、いつでもかかってこいって言ってました」

「お、マジか。ならさっそく明日また挑戦だな！」

――さっき気絶させられたばかりなのに、元気ですね。

呆《あき》れると同時に、初めて父以外と話をしたのは楽しく、ジルベルトがいてくれるのは素直に嬉《うれ》しいと思う。

それからしばらく、ジルベルトは魔王城に滞在してヨハンに挑み続ける。

返り討ちに遭うたびに介抱し、お話しするのがアルトの日課となっていた。

イシュタルに連れられて色々なところを旅してきたこともあり、ジルベルトの話題は豊富だ。

城の外をほとんど知らないアルトも、まるで自分が広く青い空の下を歩いているような気分になる。お互いのことをジル、アルト、とあだ名で呼び合うようにもなり、二人はまるで兄妹《きょうだい》のような関係になっていた。

——今日はどんな話をしてくれるんでしょうか？

ヨハンとの戦いが終わったら、自分とのお話の時間だ。それがアルトの楽しみだった。

——ふざけんな！　アンタ、勝ち逃げする気かよ！　それにアルトのやつが一人に……！

だがこの日はいつもと雰囲気が違っていた。

激しい戦いの音が消えたので二人の元に向かうと、凄《すご》い剣幕で言い争いをしていたのだ。

言い争いと言っても、ジルベルトが怒りの形相で叫び、ヨハンは淡々と諭している構図。

二人の口論はしばらく続き、最終的にジルベルトが納得させられたらしく黙り込む。

すると、アルトの存在に気付いていたヨハンが珍しく微笑《ほほえ》みながら手招きをしてきた。

「お父様……どうされたのですか？」

近づくと、抱き上げられた。こんなに優しげな雰囲気の父は初めてで、胸がざわつく。

「アルトセリア、私はもう長くはない」

「……え？」

あまりに突然の言葉に、意味が理解できずアルトが呆《ほう》けた声を上げてしまう。

「死ぬ、ということだ。意味は理解できるな？」

「わかりません」

「そうか、だがわかってもらわないと困る」

困らせるつもりの言葉でも、ヨハンは淡々と返すだけ。

理解はできる。だが意味はわからない。どうして死ぬのだろうか？

父は最強だとジルベルトも言っていたし、実際どんな魔物がこの城に来てもあっという間に倒してしまうのに、どうして？

「これまで私一人で魔界《ニヴルヘル》の瘴気《しょうき》を抑え続けてきたが、限界が来た。すでに何度も果ての地より大魔獣は現れ、人界《ミドガルズ》まで侵食している。私にはもうこれを止める力はなく、瘴気《しょうき》に侵されて死を待つだけだ」

幼いアルトには理解できなかった。駄目なら逃げればいいのではないかと、そう叫んだ。

だがヨハンは守らなければならない約束が二つあると言う。それは己の命よりも大切なものだとも。

「お前のことはジルベルトに任せた。こいつならきっと、守ってくれるだろう」

「俺はまだアンタに勝ってねぇ……死ぬのだって、認めてねぇぞ」

「私が認めた。それがすべてだ」

「……暴君かよ」

「魔王だからな」

ジルベルトは拗《す》ねた感じだが、父は心なしか楽しそうだ。

そんな二人のやり取りが親子のようだと思ったアルトは少し嫉妬してしまい、ぎゅっと強めに抱きしめる。すると父もまたアルトのことを優しく抱きしめた。父が自分を大切にしてくれているのが伝わってくる。

お互い不器用な親子だった。言葉にするのが苦手で、相手がどう想《おも》っているかなんて知ることもなかった。

「お父様はこのあと、どう……されるのですか?」

声が震え、自然と涙が出てきた。これが最後のやり取りになると、わかってしまったから。

「友が来る。私の最期《さいご》は彼女と戦うことだと、何十年も前から決めていた」

腕を離される。同時に、新しい誰かの気配を感じた。

ヨハンの視線の先、そこには見覚えのない人間が何人もいる。その先頭に立つ女性が、父の言う友だということはすぐ理解できた。

「ようヨハン、リベンジに来たぜ」

「久しいなイシュタル。待っていたぞ……これで、約束が果たせる」

ヨハンが守ろうとしている二つの約束。

一つはイシュタルとの約束だった。彼女が満足するような戦いの場を与える代わりに、イシュタルはヨハンの代行者としてこの瘴気《しょうき》に満ちた大地を守り続ける。

そしてもう一つは、亡《な》き妻との約束だった。たとえ死んでも彼女が愛した大地は守り続けると、そう約束した。

「それで、私を満足させられるんだよな？」

「愚問だな……」

ヨハンは一瞬、ジルベルトを見る。

「強き者と戦い続けた今の私は、全盛期以上だぞ？」

「ははは……やっぱ最高だよアンタ！」

そして人類最強と魔族最強。二人はお互いの魔力を解き放つと、三日三晩、休むことなく戦い続ける。激しい戦闘に城は崩れ、大地は歪《ゆが》み、魔物たちは逃げ出してしまう。

アルトにはどちらが強いかなどわからない。ただ最後、負けた父が満足そうな顔をしていたことと、勝ったイシュタルが悲しそうな顔をしていたことが印象的だった。

「アルト……」

「ジル……私は……」

父の死を見て悲しかった。だがそれ以上に寂しくて怖かった。

ああこれで私は本当に一人になってしまったんだと、思わず涙が零《こぼ》れてきた。

誰もいない闇の中に佇《たたず》む自分に恐怖し、先の未来などなにも見えず怯《おび》えていて――。

――お前は一人じゃない。

その瞬間、闇の中から温かい光が差し込んだ。それは闇を切り裂き、人の形となってアルトを優しく抱きしめる。

「魔王のやつと約束したからな。これからは俺が守るって」

「ぁ……ジル……？」

「だから、一人にはさせねぇよ。心配すんな」

「ほん、とうに？　傍《そば》にいて、くれるのですか？」

「おう」

震える声で聞くと、ジルベルトは当たり前のように頷《うなず》いた。

「ぁ……ぁ、ぁぁぁ……ぁぁぁぁぁ――！」

泣き続けるアルトの声が零《こぼ》れないようにジルベルトは抱きしめ続ける。その温かさと悲しさと寂しさと、グチャグチャになった感情の中で今自分がなにを思っているのかはわからないが、とにかく泣き続けた。

泣いて、泣いて、泣いて……すべてを絞り出したあとに残ったのは、温かいなにかだった。

それが愛《いと》しいという感情だとまだ知らないアルトは、言葉にできない。だがそれでも、これを手放してはいけないと思う。

「ジル……私、あなたの――」

「未熟なガキが、なにを守るって？」

アルトの言葉を遮るように、イシュタルが口を挟む。彼女の後ろにはカインやコメディアンといった弟子たちも揃《そろ》い、それぞれが厳しい目で二人を見ていた。

「……ババア、それにお前らもなんだよその目は」

「そいつは見捨てろ。お前にはさっさと強くなってもらわないといけないんだ。余計なことをさせるつもりはねぇ」

「っ――⁉」

その言葉にアルトもハッとする。

これまでジルベルトと話してきて、彼の夢は知っていた。父であるヨハンに挑んでいたのも、このイシュタルを超えるためだ。

なにもできない自分では、彼の足手《あしで》纏《まと》いになってしまう。強くなるのを、邪魔してしまう。

――それは駄目。それは……ですが……。

アルトは自分を見捨てればいいと、そう言いたくて……しかし口が動かなかった。むしろ身体《からだ》が勝手に動き、ジルベルトを強く離さないようにしてしまう。

「あ、ちが……」

「安心してろって」

「え？」

ジルベルトはそっとアルトを離すと、彼女を背にしてイシュタルたちと敵対するように立つ。

「こいつが一人前になるまで、俺が守る」

「面倒見ながら強くなる気か？　人間社会の魔族に対する偏見は、まあ幻想だとしても厄介なもんだ。それをガキのお前が守る？　どっちもなんて無理に決まってんだろ」

それを皮切りに、彼女の背後の弟子たちも一斉にジルベルトの説得に出る。中にはアルトを殺してしまえばいいという者までいて、皆が責め立てた。

ほとんどがジルベルトを心配する声なのだが、アルトは自分が激しく糾弾されているように聞こえ、心が弱っていく。魔王の娘とはいえ、まだ十歳の子ども。しかも最後の家族である父を亡《な》くしたばかりで孤独となった彼女にとって、それらの言葉はとても恐ろしいものだった。

怖い、怖い、怖い……。

せっかく光が差したと思ったアルトの心は、再び闇に閉ざされようとし――。

「うっせぇぇぇぇ！」

「っ――!?」

ずっと黙って聞いていたジルベルトが突然叫び出し、恐怖に塗り潰されそうになっていたアルトの心が引き上げられる。

「俺はこいつを、アルトを守るって魔王のやつと約束したんだ！ んで俺は約束を絶対に破らねぇ！ それを反対するってんなら……」

ジルベルトはイシュタルたちを睨《にら》みつけながら指を突きつけ叫ぶ。

「テメェの弟子を辞めてやるよクソババアァァァ！」

「……そうか。なら力ずくで言うことを聞かせてやるよ馬鹿弟子がぁ！」

そうして、師弟の戦いが始まった。

本来、二人の実力差はとてつもなく大きかったはずだ。だがイシュタルが魔王ヨハンとの戦いで疲弊していたこともあり、今のジルベルトでも彼女と戦うことができた。

しかし相手は世界最強。ジルベルトは何度も倒され、ボロボロにされる。

それでも彼は最後まで約束を守るために戦い続け――。

「はぁ、はぁ、はぁ……へ、ざまぁ、みやがれっ」

「あー、くそ……いつもより強《つえ》ぇじゃねぇか」

膝に手をつき、限界ながらもジルベルトが挑発するように笑う。

イシュタルはコメディアンに肩を借りてようやく立てるような状態。

お互いもう一歩も動けず、勝負は引き分けだった。

「師匠、どうするんだい？」

コメディアンが心配そうに尋ねる。彼にとってジルベルトは可愛《かわい》い弟弟子で、だからこそやりたいようにすればいいと思っていた。

だがこの師匠の過激さも知っているので、声に不安が籠もる。

「……意志を貫き通したんだ。勝手にすりゃいいさ」

「じゃあジルを破門に？　それは……」

「あ？　馬鹿かお前。どんな状況だろうと私と引き分けたんだ。破門になんてしてやんねぇよ
……おい馬鹿弟子！」

「んだよクソババア！　まだ文句が——」

「やるなら、中途半端《ちゅうとはんぱ》なことだけはするんじゃねぇぞ！」

「……」

呆気《あっけ》に取られたようなジルベルトに対して、イシュタルは笑う。

「よし、あのアホ面見れたし帰るぞ」

「師匠、休まなくていいのかい？」

「私を誰だと思ってやがる。じゃあなジル！　せいぜい気張ってみやがれ！」

去っていくイシュタルたち。まだ納得できていない者が何人もいて、彼女たちはアルトを睨《にら》み続けるが、それでも最後はその場から去っていく。

「っ——!?」

「ジル！　ぁ……」

急に糸が切れたように倒れたジルベルトを、アルトが支える。しかし咄嗟《とっさ》のことに魔力で強化ができなかったため、そのまま押し倒される形となった。

気絶しているらしく目を閉じているが、耳元で聞こえる呼吸は安定していて、彼の心臓の音は心を落ち着かせた。

彼女はまだ愛《いと》しいという感情を知らない。ただ、彼を離してはいけないと本能が叫んでいる。

「ジル……ジル……ありがとう、ございます」

不器用だった父と自分は、言葉が足らなかったと気付いた。

だから最大限の感謝を込めて、きちんと言葉にし、そして――。

「ずっと傍《そば》に、いてください」

聞こえていないとわかっていていて、そう口にした。

◆

かつて一人で泣いていた自分を闇の底から拾い上げ、ずっと守ってくれた恩人。

彼はそのせいで歩むべき栄光への道を閉ざしてしまった。そのことに感謝と深い後悔を抱き続けてきたが、ここに来て再び彼が表舞台に戻れる機会が生まれた。

アルトの願いは、自分のせいで道を外れたジルベルトを元の道に戻し、そして夢を叶《かな》えてもらうこと。

それは必ずやり遂げてみせる。たとえどんな相手でも関係ない。邪魔する敵は排除し、彼のためだけに動こうと心に決めた。

——なぜなら私は……。

愛してる、愛してる、愛してると、何度伝えても伝え切れないほど想《おも》いに溢《あふ》れ、何度も言葉にする。

彼はそれを勘違いと断じるだろう。狭い世界の中で生きてきた自分が、幼い頃の思い出を美化させているだけだと言うに違いない。実際アルトの世界はこの街の、ジルベルトの屋敷《やしき》の中で完結しているのだから反論はできなかった。

だからアルトセリア・バロールはラピスラズリ・ベアトリクスを受け入れた。

引き籠もり続けた自らの殻を破らないと、彼はいつまでも自分を一人の女として見てくれないから。広い世界を知って、それでも私には貴方《あなた》だけなのだと伝えるために、アルトは新しい風を受け入れたのだ。

——ご主人様のことを世界で一番、愛していますからね。

口に出しても聞こえないだろうが、それでも心に染《し》み込《こ》ませるように囁《ささや》いた。

そして彼女はジルベルトの集中が切れるその瞬間まで、ずっと彼の横顔を見続ける。

第十章 ★ 宣戦布告

屋敷《やしき》の中にはジルベルトが魔道具を作るための研究室があり、様々な機材が揃《そろ》っている。

付与魔術が得意な彼は、ここで様々な魔道具を生み出して一部の店に卸していた。これだけ大きな屋敷《やしき》に住むことができるのも、ジルベルトの魔道具が類を見ないほど高性能かつ高価な物だからだ。

とはいえ、元々目立つことを嫌っていたこともあり、魔道具に自らの銘を入れていない。卸している数も少なく、ジルベルトが魔道具を作っていることを知っているのは一部の人間だけ。

それもラピスが弟子入りをしてからは、一度も他者に向けた魔道具を作っていない。イシュタルから与えられた猶予は一ヶ月で、やらなければならないことが山ほどあったからだ。

「それで、勝てそうですか？」

研究室で秘薬の調合をしているジルベルトに、昼食を持ってきたアルトが尋ねる。

振り向かず、ただ首を横に振るだけ。状況の悪さを示していた。

「ババアは、もう人間じゃねぇ」

ラピスを鍛えながら自分の鈍った身体《からだ》を動かし、可能な限り勝率を上げるために様々な準備もしてきた。大抵の相手には勝つ自信はある。

それでも相手はイシュタルだ。幼い頃から鍛えられてきて、誰よりも師の強さを身に染《し》みてわかっている。あれは正真正銘の化け物で、神が生物の限界を間違えて作ってしまった存在だと思う。

「古代龍の血を浴びてからは化け物っぷりが増したらしい。それはお前もよく知ってるだろ」

「そうですね」

アルトの父――魔王ヨハンは強かった。まだ若かったとはいえ、当時のジルベルトが手も足も出なかったくらいだ。そんな男でさえ、最終的にはイシュタルに敗北した。

「あのババアに勝つには、こっちも人間を辞める気でやらねぇとな」

「そのための切り札が、それですか」

「ああ」

アルトの言う切り札とは、紅《あか》い液体の秘薬だ。

ジルベルトにとって切り札となる魔力増強剤。先日西の森でラピスがコボローと戦っているときに飲んでみたが、その効果は絶大で、暴れる魔力を制御するだけで精一杯だった。

それから改良を重ね、ようやく戦いに使える状態にまで仕上げることができた。

アルトはそれに籠められた魔力に気付いて、驚きの表情を見せる。

「ご主人様、まさかこの秘薬って――」

アルトの言葉を遮るように、ヴィノスの警報音が街中に鳴り響く。大侵攻の合図だ。

ジルベルトは秘薬を持って立ち上がると、窓の外を見る。

「ババアに言われて参加しないといけねぇし、試しには丁度いいな。お前も来るか？」

「……はい。お供します」

頷《うなず》いたアルトを連れて研究室を出る。まだ警報に慣れていないラピスが慌てた様子だったので、一緒に連れて街の外にある壁まで向かった。

壁の下ではすでに多くの魔術師たちが我先にと魔物の群れに向かって突撃している。

今のラピスでは勝てない魔物たちが次々と仕留められていくのは圧巻の光景だ。

「せっかくだ、お前も行ってこい」

「えっ⁉　あの中に……ですか？」

ヴィノスの魔術師たちにとってこの大侵攻は大切な収入源である。誰よりも早く、誰よりも多くの魔物を狩って金に換えたいと思っていて、目が血走っていた。

正直、魔物よりも魔術師たちの方が怖いくらいである。敬愛する師匠の言葉とはいえ、やはり躊躇《ためら》いがあった。

とはいえ、躊躇《ためら》いがあるからと許してくれるような相手でもない。もっと言うと、ジルベルトよりも厳しい人が今日は一緒にいて――。

「行ってきなさい」

アルトの一言とともにラピスの身体《からだ》に影が巻き付き、そのまま壁の西側へと放り投げられた。

「あぁぁぁぁぁぁぁ⁉」

覚悟もクソもないやり方だが、ジルベルトが下を見るとちゃんと着地していた。涙目で戸惑っているが、いざ魔物が近づいてきたらヤケクソみたいな声を出して戦うだろう。

実際、あれだけ魔術師がいればラピスの命に危険はほとんどない。ヴィノスに来たばかりの魔術師たちもそうだが、慣れていないのにあの場にいると、囮《おとり》として使われるからだ。

そして囮《おとり》が死んだら元も子もないので、彼らはちゃんと守る。そうしてヴィノスに来たばかりの魔術師たちは経験を積んでいくのである。

「あれ、本当にジルがいる」

泣きながら戦い始めたラピスを見ていると、背後から声をかけられた。

柔らかな金髪に騎士甲冑《かっちゅう》を身に纏《まと》った優男――カインは驚いた顔をしている。

「ようカイン。ババアに次から参加しろって言われてな。仕方なしにだ」

「それは聞いてたけど、本当に来たんだね。あんな頑《かたく》なに断ってたのに」

嬉《うれ》しそうな笑顔で近づいてくると、それに合わせてアルトがジルベルトの背後に隠れる。どちらかと言えば陰気な彼女にとって、陽の固まりであるカインは特に苦手とする相手だった。

「ご主人様、こいつも落として良《い》いですか？」

「止《や》めろ止《や》めろ。別に危害は加えてこねぇから」

「あはは、相変わらず二人は仲良《なかい》いね」

同時期にイシュタルに弟子入りして、ずっとライバル関係にあった彼だが、こうしてきちんと向き合うのは実に数年ぶりだ。

前回会話をしたときは、もっと気まずい気持ちがあったのだが——。

——意外と、なんともないもんだな。

心境の変化だろうか？　だとしたらそれはラピスという弟子ができたからだろうか、それともアルトとの約束で、再びイシュタルを超えるという目標を持ったからだろうか？　そしてその理由が、彼女たちにあることもまた、素直に認められることだった。

「変わったね」

そんなジルベルトの変化に気付いたカインは、嬉《うれ》しそうに魔物たちの大侵攻を見る。彼の視線の先には、魔物と向き合っているラピスの姿があった。

——おらぁぁぁ！　かかってこいやぁぁぁ！　あ、ちょっと待って、一匹ずつ、一匹ずつお願いしますぅぅぅ！

「またあいつは……」

頭を使えと言ってるのに相変わらず馬鹿な弟子だと思っていると、カインが爆笑する。

「あはは！　なんだいあの子、まるで昔のジルそっくりじゃないか！」

「コメディも同じこと言ったが、俺はあんな猪突猛進《ちょとつもうしん》じゃなかったっつーの」

「いや、それはない」

「ご主人様、それはないです」

前後から否定されて思わず口を噤《つぐ》む。

――こいつら相性悪いくせにこんなときだけ合わせてくるなよな。

アルトからすれば事実を言っただけで合わせたつもりなど毛頭ないし、こんなことを考えられていると知ったら激怒するだろう。

「あのジルが弟子を取って、また表舞台に顔を出すようになるなんて、あのときは思わなかったなぁ」

あのとき、というのはジルベルトがアルトを引き取り、そしてイシュタルの弟子を辞めると言ったときの話だろう。

あれ以来ジルベルトは彼らに対して気まずさが残り、会ってもぎこちない会話が続いていた。

「コメディ兄さんや師匠から聞いてもまだ信じられなかったけど……こうして戻ってきてくれて、またジルと競い合えることが嬉《うれ》しいよ」

「……おう」

本当に心から嬉《うれ》しそうに笑うカインに、ジルベルトは少し照れたように視線を逸《そ》らす。

「昔からご主人様を見る目が怪しいんですよね……」

兄弟弟子の仲が修復された良《い》い話をぶち壊すアルトの言葉は聞かなかったことにする。

「そんで、お前はどんな感じなんだ？　弟子入りしたいやつなんて山ほどいただろ？」

「そうなんだけどさ。なんというか、全然駄目なんだよ」

「駄目？」

「うん、駄目。みんな僕に憧れてくるんだけど、弟子ってそうじゃないと思うんだ」

カインの言葉を、ジルベルトはなんとなく理解した。

ジルベルトはイシュタルや兄弟子たちに憧れて弟子になったが、カインや他の兄弟弟子たちは違う。彼らは彼らの野望や目標、各々《おのおの》の想《おも》いを抱いてイシュタルの弟子になった者たちだ。

だから憧れという、不確かな感情で弟子になりに来る者たちとは波長が合わないのだろう。

——そういう意味じゃ、ラピスは運が良かったな。

他の弟子のところには志願者も多いだろうし、自分でなければ彼女は門前払いされていたかもしれない。

「師弟関係って多分、一方通行じゃ駄目だからさ」

「……そうかもな」

弟子を取るまで、師匠というのは一方的に与える者だとずっと思っていた。だが実際は違う。ラピスを弟子にして気付くことも、与えられたことも多かった。

壁の下で涙目になって逃げ回っている弟子を見る。彼女が来なかったら、自分の時間は止まったままだっただろう。

「しかしお前の弟子になるやつは大変そうだな」

「ん？　そうかな？」

優しそうな見た目と穏やかな気質のため誤解されているが、実はカインは無自覚なドSで腹黒だ。しかも謙虚な言葉の裏に絶対の自信が隠れていて、相手に求めるハードルも高いため、弟子になれば相当な苦労をするのは間違いない。

だが同時に、そんなこの男が選んだ弟子となればきっと優秀な魔術師になるだろうという確信もあった。

「ようやく、みんなでした約束を果たせそうだね」

まだ弟子になったばかりの頃、ジルベルトとカイン、そして他の同年代の弟子たちで誰がイシュタルの後を継ぐか勝負する約束した。

ジルベルトは自分がぐだぐだしていたせいで、ずいぶんと待たせてしまったと思う。だからこそ、今度は誤魔化さずに不敵な笑みを浮かべた。

「今度は俺が先に行って、お前らを待っててやるよ」

そしてその言葉と同時に、西の空が暗くなる。大魔獣が現れる兆候だ。

「来たか」

「どうする？　ジルがやらなかったら僕がやる予定だったけど」

「いや――」

大侵攻は、大魔獣が生まれることで魔界《ニヴルヘル》の魔物たちが東の地へ逃げようとする現象だ。

そのため大魔獣さえ倒してしまえば、魔物たちはまた西の大地に戻っていく。

しかしこれだけの魔物が恐れをなすほどの力を持っているからこそ大魔獣。高い実力を持ったヴィノスの魔術師たちでも手に負えない、最強の怪物である。

──最強には最強を。

昔から、大魔獣の相手はイシュタルか、その直弟子がすると決まっていた。

「俺がやる」

ジルベルトは持ってきていた赤い秘薬を半分ほど飲む。それと同時に心臓が熱くなり、凄《すさ》まじい勢いで血が全身に巡るのを感じた。だがそれはこれまでの試作とは異なり、調整を終えたことで十分制御できる範囲内の力である。

遠い西の地に山より巨大な黒い影が見えた。それはどんどん大きくなり、近づいているのがわかる。

ジルベルトは手を掲げて掌《てのひら》サイズの火の玉を生み出した。ファイアーボールと呼ばれるそれは、魔術師なら誰でも使える初級の魔術だ。

「付与《エンチャント》。火球を業火《ごうか》に」

小さな火球が燃え上がり、人間を丸呑《まるの》みするほどの大きさの炎の柱となる。

「付与《エンチャント》。業火《ごうか》を極炎に」

赤く燃え上がった業火《ごうか》がギュルギュルと音を立てて上下左右に渦巻き、黄色、白、青へと変化していった。色が変わるたびに魔力が注《そそ》ぎ込《こ》まれ、炎は再び巨大な球体へと変わっていく。

まるで小さな太陽が顕現したかのような熱量は、争っていた魔術師や魔物たちですら目を奪われ動きを止めて魅入ってしまう。

「付与《エンチャント》。極炎を獄炎へ」

これ以上ない。あれが炎の極みだ。誰もがそう思ったなか、ジルベルトはただ淡々と次の言葉を発する。人々を照らす青い太陽。神々《こうごう》しかったそれが、地獄の底から現れたような闇色の炎に包まれる。

人々は恐怖した。魔物たちも恐怖した。すべての生命を平等に見守るはずの太陽を、黒い闇が喰《く》い滅《ほろ》ぼしたこと。それが恐ろしくて仕方がなかった。

見ているだけで怖気立《おぞけだ》つ黒い太陽が完成した瞬間、魔物たちが一斉に逃げ出した。あれは不味《まず》いと、あれの傍《そば》にいてはいけないと本能が警鐘を鳴らしたのだ。

「行け」

ジルベルトは手を下ろす。黒い太陽は凄《すさ》まじい勢いで魔物たちの頭上を越え、こちらに侵攻してくる大魔獣とぶつかった。

あの大魔獣からすれば、黒い太陽は指先程度の大きさでしかない。しかし付与魔術により極限まで圧縮された魔力は大魔獣を優に上回り、黒い柱が天を貫く。

西側を覆っていた暗雲が吹き飛び、光が差し出した。すべての音が消え、ゆっくりと雲の隙間が閉じた後、炎が燃えるような凄《すさ》まじい轟音《ごうおん》が大地を揺るがす。

人も魔も関係なく西を見る。視線の先にはもう、大魔獣の姿はなくなっていた。

「お見事です」

アルトが恍惚《こうこつ》とした表情で見つめてくる。

「久しぶりにジルの付与魔術見たけど、下級魔術をあの威力にするのは反則だよね」

カインは求めていたライバルが戻ってきたのだと、喜んでいた。

「というか、威力上がってない？」

「ブランクがあるのに、そんなわけねぇだろ」

今後どのようにしてイシュタルの後継者が決まるかわからないが、どちらにしてもカインはもうライバルだ。真実を答えてやる必要はなく誤魔化してやる。

実際、ジルベルトの付与魔術は昔よりも強くなっていた。だがこれは魔力が上がったということではない。

アルトを育てると決めたとき、彼女が一人でも生きられるように魔術を教えた。その際、これまで感覚で覚えてきたそれらを言語化できるように、学び直したのだ。

付与魔術は対象の理解度が高くなればなるほど効果を発揮する。

今のジルベルトはかつて才能だけで強くなったときとは違う。たしかに戦闘経験のブランクがあるのは否《いな》めないが、それでも魔術師としての格は間違いなく上がっていた。

――秘薬を使ってこの程度か。こんなことなら真面目に修業しておけば良かった。

もっとも、本人がそれに納得できるかはまた別の話である。

イシュタルという最大級の敵を相手にするうえで、今回用意した秘薬はたしかに効果を発揮するだろう。だが長年近くで見てきたからこそわかる。これではまだ届かない。本物の最強の前では、小細工程度にしかならない。

「まあ、それでも負けるわけにはいかねぇからな」

壁の下にはパチパチと手を叩《たた》きながら「師匠凄《すご》い、凄《すご》すぎます！　格好良いぃぃ！」と称《たた》え続《つづ》ける弟子がいた。周りから微笑《ほほえ》ましい目で見られているが、あまりに恥ずかしい。

絶対に自分だとバレないようにしようと、外壁から見えない位置に移動する。

「やっぱりジルは変わらないね」

カインはまるで眩《まぶ》しいモノを見るように目を細める。

「あん、いきなりなんだよ」

「君は、昔も今も格好良いなって話さ」

「やっぱりこの男、ご主人様を狙って……⁉」

そんなカインの態度を見たアルトが憎々しげに言葉を紡《つむ》いだ。

「じゃあね。君ならきっと師匠に認められるから、頑張って」

そんな二人を見たカインは微笑《ほほえ》み、背を向けて去っていった。

最後の最後までアルトが睨《にら》み続《つづ》けていたので軽く小突く。

「痛いです」

「だったら無闇《むやみ》矢鱈《やたら》と噛《か》みつくんじゃねぇよ。お前はもう、昔と違うんだから」

「むぅ……」

少し不満そうだが、今のは自分が悪かったと思ったのか睨《にら》むのを止《や》める。

「叩《たた》かれたのがショックなので撫《な》でてください」

「屋敷《やしき》に帰ったらな」

「約束ですよ」

「ああ。約束したことは破らねぇから」

だからアルトとの約束も守る。イシュタルを倒して、ラピスを正式な弟子にして後継者を目指すのも絶対だ。

――ああ、一つ約束をしてくれたらいい。お前が強くなったら……。

「あ……」

ふと、かつての記憶が蘇《よみがえ》った。

「そうか……あのババア、そういうことか……」

「ご主人様？」

心配そうに見てくるアルトに、このことを伝えるか一瞬悩み、止《や》めた。

これは自分とイシュタル、二人の約束だからだ。

「俺はババアのところに行ってくるから、お前はラピスを連れて先に戻っとけ」

「……」

「ただ宣戦布告をしてくるだけだ。だからそんな顔すんな」

「わかり、ました」

なにも言ってくれないことは不満だが、今の自分が口を出すことではないとアルトは理解する。

だから彼女は、敬愛する主人を見送ることにした。


魔塔《バベル》に入ると、大勢の魔術師たちで賑《にぎ》わっていた。

魔術都市ヴィノスの心臓部であり、魔導図書館や魔術協会の依頼を受けるクエストカウンター、酒場には情報共有ができるスペースなど様々な施設が揃《そろ》っていて、魔術関連のすべてが集約されていると言っても過言ではない場所だ。

クエストカウンターでは魔石や魔物の素材を換金することもできる。

先ほどの大侵攻を終えた魔術師たちが、我先にと自分の成果を持ってきているため凄《すさ》まじい行列が出来上がっていた。

ジルベルトの目的はそこではないので横を通り過ぎると、彼らはギョッとした顔でこちらを見てきた。

——誰だよ出来損ないとか言ったやつ……。

——やべぇ……俺、あいつのことだいぶ馬鹿にしちまったぜ。

——やっぱり大魔導師《グランドマスター》の弟子は半端《はんぱ》なかったな。

ひそひそとなにかを言い合っているので、先ほど大魔獣を倒した魔術師であることはもうバレているらしい。

これまで街の外れに屋敷《やしき》を構えてひっそりと過ごしてきたが、これからはそうはいかないだろう。だがそれもラピスを弟子にして、大魔導師《グランドマスター》の後継者を目指すと決めた時点で覚悟していたことだ。

クエストカウンターの裏手に、魔動エレベーターがある。その前には女性が立っていて、彼女に目的地を伝えるとその階層まで案内される仕組みだ。

「ババ……大魔導師《グランドマスター》イシュタルのところまで」

「申し訳ありません。イシュタル様と会うには事前にアポイントが……っ⁉」

女性が驚いたのは、ジルベルトが黄金色の魔石を見せたからだ。イシュタルの直弟子の証《あかし》であり、アポイントの必要なく、いつでも会うことのできる許可証。

本物であることを確認した女性は、しかし一瞬だけ疑いの眼差《まなざ》しを向ける。エレベーターの管理を任されてきた彼女が、一度も見たことがない男だったからだ。

なによりイシュタルの直弟子たちは有名人ばかりで、ヴィノスに住んでいて顔を知らないなんてことはほぼあり得ない。

彼女がもし魔導テレビを見ていたらすぐに気付けたが、残念ながら所有しているのはお金を持っている魔術師が中心で、一般市民にはまだ高級な代物だった。

彼女が疑ってしまうのは仕方がないことだが、魔石は本物で間違いない。

仮にイシュタルになにかをするつもりであっても、彼女を害せる存在がいるとは思えず、エレベーターを上昇させる。

最上階に着くと長い廊下があり、いくつかの部屋があった。

「ここに来るのも八年ぶりか」

ジルベルトは迷わず真っ直《まっす》ぐ進み、さらに階段を一つ昇った先にある部屋をノックもせずに開ける。

白を基調とした広い執務室。天井が高く、円形の壁一面が大きな窓になっていて開放感があり、温かな陽光が差し込んで美しい光景を作っている。窓の先には魔導都市ヴィノスが一望でき、この場所こそが魔導都市の中心であることが示されていた。

部屋の執務机からこちらを見ているのは、人類史上最強の魔術師イシュタル・クロニカ。

彼女は待ちわびていたと言わんばかりに不敵な笑みを浮かべる。

「ようやく来たか」

「おう。引導を渡しに……いや」

今日ここで言うのはこの言葉ではない。

「師匠との約束を果たしに来たぜ」

「はっ！　良《い》い面《つら》するようになったじゃねぇかジルベルト！」

あえて師匠と呼んだジルベルトに対して、愛称ではなく名前を呼んだイシュタルは、大魔獣すら一蹴するほど濃厚な殺気を吹き荒れさせて獰猛《どうもう》に笑う。

並の魔術師どころか、世間的には超一流の魔術師であるヴィノスの魔術師たちですら、正面から向き合うことは不可能なほどの圧倒的強者の風格。

かつて師弟関係になったあの日の光景を思い出しながら、ジルベルトはイシュタルを真《ま》っ直《す》ぐ見つめ、弟子の証《あかし》である黄金の魔石を投げ返す。

「三日後の早朝、西の地で」

それだけ言えば、イシュタルには通じる。

ジルベルトは背を向けて、部屋から出る直前――。

「お前が弟子を取ってからどう変わったか、楽しみにしてるぜ！」

本当に心から楽しみにしていると伝わるような声を聞き、部屋から出ていった。

イシュタルに宣戦布告をして屋敷《やしき》に戻ると、いつも通りアルトが迎えに出てくる。

「三日後だ」

「わかりました。では超強力な猛毒と致死性のトラップを用意しておきますね」

「なんでさらっとそういう言葉が出てくるんだよ」

そんな冗談に呆《あき》れながら瞳を見ると、心配している感情が伝わってきた。彼女が揶揄《からか》ってくるたびに喜びを表すよう揺れる尻尾のような銀髪は今、力なく垂れている。

不安なのだ。たとえどれほど信じているといっても、相手は歴代最強の魔術師。その強さは彼女も身を以《もっ》て知っていて、いくらジルベルトでも分が悪いことも理解している。

「心配すんな。俺は負けねぇよ」

彼女の不安を吹き飛ばすように自信ありげに笑ってやると、手に触れてくる。そのまま自分の小指とジルベルトの小指を絡《から》ませた。

「私が子どもの頃……よくこうしてくれましたよね」

まるで思い出を語るように手を上げ、ゆっくりと指を上下に揺らし始めた。同時に二人の立っている床に魔法陣が展開し紫色に光り輝く。

古代の魔族に伝わる、契約の魔法陣だ。

「指切りげんまん、嘘《うそ》吐《つ》いたら私の性どれぇいになぁーる。指切っ――」

「切らせねぇよ！」

指を切ろうとするアルトと絡《から》ませて抵抗するジルベルト。魔力で強化している魔術師にとって男女の腕力の差など関係なく、二人の魔力のぶつかり合いで空気が軋《きし》み始《はじ》めた。

「つまり一生このままがいいと？　お風呂《ふろ》のときもトイレのときも？　ご主人様のエッチ」

「そういう戯《ざ》れ言《ごと》はこの契約魔術を消してから言えや」

「なんのことかわかりかねます。とりあえず指切っちゃいましょう」

一切の悪気すらなく言い切る姿は清々《すがすが》しい。そもそもアルトが子どもの頃にこんな指切りげんまんなんてことをした記憶はジルベルトにはなかった。

ギシギシと、指同士が絡《から》まっているとは思えないような音が二人の間に鳴っていると、第三者が現れる。

「がぅ」

「良《い》いところにきたコボロー！　この魔法陣に入ってこい！」

契約魔術は条件が変わった瞬間に消えてしまう。ジルベルトとアルトの二人で契約をしている以上、ここに三人目が入れば契約は無効となり、魔法陣は消えるはずだ。

コボロー視点ではなにをしているのかわからないが、館の主人の命令である。しかも一対一で負けたこともあり、コボルト族の勇者である彼はジルベルトのことを主と認めていた。

故に、言うことを聞いて近づいていく。

「がっ――!?」

その瞬間――ひゅっと、背中に氷が突き刺さったような気配を感じた。

コボルトヒーローとして仲間たちを危機から何度も救ってきた勇者は、しかし目の前の女性の瞳を見た瞬間、絶対に逆らってはいけない相手だと理解する。

「コボロー」

そしてたった一言、それだけで理解させられる。自らの主はジルベルトかもしれないが、真の支配者はこのアルトであるということを。

彼女の意志はたとえ言葉にされなくても理解しなければならない。彼女の意志は絶対だ。それゆえに、コボローはジルベルトを敵のように睨《にら》み付けたあと、背を向ける。

「あっ！　待て、待って、待ってくれコボロー！　待てって言ってんだろうが焼き肉にして食うぞこの裏切り者があぁぁぁ！」

そんなジルベルトの懇願も虚《むな》しく、コボローは屋敷《やしき》の掃除をするために出ていった。

「さ、邪魔者はいなくなりましたね。このまま指を切っちゃいましょう」

「言い方が怖《こえ》ぇ止《や》めろアルトおい止《や》めろって！」

――コイツ、マジで俺を性奴隷にしようとしてやがる⁉

アルトの力が徐々に強くなってきて、目が本気だった。このままでは本当に契約を切られそうになる、と思ったとき、自分の部屋にいたはずのラピスが、階段の上から見下ろしてくる。

「あ、師匠お帰りなさい！　二人でなにをしてるんですか？」

「ラピス！　師匠命令だ今すぐこの魔法陣の中に入ってこい！」

「ラピスさん！　大人しく部屋に――」

先に気付いたのはジルベルト。全力で指を切ろうとしていたアルトはそれが徒《あだ》となり、一瞬言葉が遅れる。そしてラピスに対しては、その一瞬が命取りだった。

「とうっ！」

ジルベルトの言葉にほぼ反射的に動いたラピスは、最短ルートを辿《たど》るべく階段の手すりを乗り越えて飛び出す。たとえアルトがなにを言っても、もはや重力に逆らうことはできず二人の間に着地した。

魔法陣は光を失って消え、同時にジルベルトとアルトの指が離れてしまう。

「……あと少しだったのに」

残念そうに呟《つぶや》くアルトを睨《にら》み、ジルベルトはその視線のままラピスの頭を撫《な》でた。

「よくやったラピス」

「お、おおお……なんだかわからないけど褒められたー！」

感動したように喜びを露《あら》わにする。こんな程度で大袈裟《おおげさ》だと思うが、あまり褒めてこなかったので嬉《うれ》しいのだろう。

「アルト、お前はあとで説教な」

「理不尽です。なら私もあとでラピスさんにお仕置きします」

「えっ⁉　なぜ⁉」

「お前の方が理不尽じゃねぇか」

三人で居間に戻りながら、ジルベルトはふと思う。

こんな騒がしい日常も、自分がイシュタルに負けたら終わってしまうかもしれない。

ラピスが自分に弟子入りをしたのは、自分を大魔導師《グランドマスター》にするためだと言った。

しかし同時に、イシュタルと侯爵家の思惑が先にあったはずだ。故にその道が途絶えたとき、侯爵家は別の手段を取るだろう。すなわち、まだ弟子を取っていない他の兄弟弟子にアプローチをかけるということを。

「負けられねぇなぁ」

長い間引き籠もり、兄弟弟子たちには呆《あき》れられ、情けない自分であり続けた。

だが今は、こんな日常くらいは守ってみせようと思う。

こんな気持ちは久しぶりだが、それは決して悪いものではなかった。

第十一章 ★ 最強に挑む

ジルベルトが指定した西の地。

ラピスの修業で使った魔界《ニヴルヘル》の森を抜けた先に広がる荒野は、かつてイシュタルの直弟子たちが師匠に挑むときに使っていた決闘場である。

一人一人が災害級の魔術師。そんな彼らが全力で戦うには広い空間が必要で、この荒野はとても都合の良《い》い場所だ。

強大な力に触れた大地はひび割れ、草の根一本残っていない。高濃度の魔力が周囲を覆い、死の大地となったそこは凶悪な魔物ですら近づくことはなかった。

ジルベルトの背後にはラピスとアルトが立っているが、集中している彼の邪魔をしないようにただ黙ってその背中を見続ける。

「来たか」

腕を組み、ずっと黙り込んでいたジルベルトが口を開いた。

粉塵《ふんじん》を踏みしめ、自分こそが最強であることを示すように堂々とした佇《たたず》まいでイシュタルは歩いてくる。

彼女の背後には兄弟弟子のコメディアンが付いてきているが、その表情はいつも笑顔の彼とは思えないほど真剣だ。

「先に待ってるなんてずいぶんと殊勝な態度じゃねぇか」

「ま、俺にも弟子ができたからな」

イシュタルは少しだけ視線を逸《そ》らし、ジルベルトの背後の二人を見る。

アルトはともかく、ラピスはまるで自分のことのように緊張していた。師匠の本気の戦いを見られること、そしてその先の未来がどうなるのかを想像しているのだろう。

それを楽しげに見たイシュタルは再び視線をジルベルトに移す。

緊張や気負いはなく、瞳にわずかな揺らぎもない自然体。ただ勝つという意志だけが伝わってきて、強者特有の貫禄《かんろく》があった。

──面白い。

思わずイシュタルの口角がつり上がる。かつて堕落していた弟子が再起し、改めて自分の前に立つ。彼の師匠としてこれほど嬉《うれ》しいことはなかった。

もっとも、ただ立ち上がるだけでは駄目だ。八年という長い間、最前線から離れていたブランクをどこまで埋められるか。そして最強である自分を相手にどこまで食らいつけるか。

──約束を果たしに来たぜ、師匠！

それでも期待せずにはいられない。イシュタルの知るジルベルトは口だけの男ではなかった。

幼い頃からずっと育ててきた弟子が、約束を果たしに来てくれたというのであれば、それはきっと本気で……。

「口だけじゃないことを祈るぜ」

「心配すんな。すぐわかる」

お互いこれ以上の言葉など必要なかった。それを感じ取ったコメディアンが二人の間に立つ。

「私はただの見届け人だ。師匠、ジル、お互い後悔のないようにね」

そうしてコメディアンが空に向かって手を上げた瞬間、対峙《たいじ》する二人が同時に動く。

「召雷《ライトニング》！　雷の矢よ、敵を討て！」

「付与《エンチャント》！　雷を霧散せよ！」

イシュタルの頭上に浮かぶ矢と呼ぶには巨大すぎるそれが、勢いよく飛んでくる。

対するジルベルトは一瞬でその魔力の流れを読み取り分解し、大気中の魔力に同調させて霧散させた。以前は触れるだけで火傷《やけど》していたが、指先から腕全体に魔力防壁を纏《まと》い、破られるよりも早く分解することでダメージをゼロにする。

ほんの一瞬の出来事。常人ならなにが起きたかわからないまま終わってしまったことだろう。ヴィノスの魔術師であれば、あまりにも早すぎる超高度なやり取りに恐れを抱いたに違いない。

しかし二人としてはただの小手調べ。

戦いは、ここから激しさを増していく。

「はっ、ちょっとはマシになったじゃねぇか！　召雷《ライトニング》！」

イシュタルが手を上げると、先ほど召喚した雷の矢が大量に発生した。

本来、炎の矢、水の矢、雷の矢など、魔法の矢は魔術師にとって初級魔術であり、魔物を相手にしても怯《ひる》ませる程度の威力。実力のある魔術師にとっては脅威にすらならない代物だ。

メリットは初級故に魔力の消費は少なく、展開が早く、そして簡単に数を増やせるということ。しかしそれもデメリットの威力の少なさを補えるほどではなく、戦いに長《た》けた魔術師たちなら中級魔術以上を使うのが常識だった。

だからこその異常。先ほどイシュタルが使ったそれは、初級でありながらも上級魔術を優に超える威力を秘めている。

彼女が生み出した雷の矢は、一撃一撃が城壁すら撃ち砕く砲撃のようだ。

「前は捌《さば》けなかったが、今日はどうだ⁉」

イシュタルが手を振り下ろす。豪雨のように降り注ぐ雷の矢は着弾するたびに大地を穿《うが》ちながら轟音《ごうおん》を鳴らし、まるで世界の終わりのような光景を作り出した。

「はっ！　そんなのはもう見飽きたんだよ！」

だが止まることのない無限の砲撃に対し、ジルベルトは真《ま》っ直《す》ぐ前に出る。

できるだけ身体《からだ》を低くし、被弾面積を小さくする。さらに前に進むことによって当たる本数を少なくし、当たらない雷の矢は無視して突き進んだ。

そうして最短ルートでイシュタルに近づいたジルベルトは、左腕を振り上げる。そこに純粋な魔力が集まり、透明の巨大な腕へと変化していき——。

「付与《エンチャント》！　巨人の豪腕《タイタンブロウ》！」

振り下ろした腕から解き放たれた一撃は、空を切ったと同時に魔力が爆発。周囲に浮かんでいた雷の矢をすべて吹き飛ばす。その一撃ではイシュタルには届かなかったが、道は開けた。

「もう、一発！」

「なんだ、力比べがしたいならそう言えよ！」

二発目を放とうとするジルベルトに対してイシュタルが嗤《わら》い、指を横に切る。わずかな動作で巨大な魔法陣がジルベルトとの間に生まれると、そこから膨大な魔力が溢《あふ》れ出《だ》した。

「召喚《サモン》！　怒りの巨人《フンババ》！」

「くっ――⁉」

魔法陣から飛び出したのは大地からできた極太の腕だった。

ジルベルトの放つ巨人の豪腕《タイタンブロウ》とぶつかると、轟音《ごうおん》とともに魔力で作った腕が粉々に吹き飛び、大気中に霧散する。純粋な魔力のぶつかり合いで負けたのだ。

ジルベルトは自らの魔術を吹き飛ばした腕を知っていた。

古《いにしえ》の魔術師によって生み出された巨大ゴーレム――怒りの巨人フンババ。

魔法陣から飛び出したそれはヴィノスの城壁ほど高く、拳は家よりも太い。能面のような顔に苔《こけ》が張り付き、まるで人間が怒っているような表情をしていた。

かつて古代龍すら正面から押さえ時間を稼いだ、イシュタルが最も信頼する前衛の戦士だ。

「行けよフンババ！　あれはお前の森を荒らす敵だ！」

『ヴォォォォォ！』

「ちぃ！」

フンババが雄叫《おたけ》びを上げてジルベルトに迫る。一歩一歩、踏み込むと地面が揺れ、拳を振り下ろすたびに大地が破壊されていき、その力強さを証明していた。

ジルベルトが後方に飛ぶたびに元々いた場所にクレーターが生まれていく。巨人の拳は、たとえ魔術で強化していても人の身で太刀打ちできるものではないのだ。

だがそれは、勝てないという話ではなかった。

「付与《エンチャント》。火球に業火《ごうか》を」

フンババの拳を躱《かわ》しながら、小さな火球を生み出した。それは一瞬で業火《ごうか》となり、フンババの右肩から腕まですべてを燃やし尽くす。

しかしフンババは生物ではない。大地に足をつけている限り無限に再生する、最強にして無敵の巨人にして、主人が死なない限り永遠に戦い続ける殺戮《さつりく》人形だ。

すぐに身体《からだ》も元通りになり、苔《こけ》のついた瞳がジルベルトを睨《にら》みつける。

「悪いが、テメェを相手にしてる暇はねぇんだよ！　付与《エンチャント》。大地よ沈め！」

『ッ――!?』

必要だったのは一瞬の隙だけ。

魔力の浸透した地面に付与魔術を使い、一瞬で大地が裂けてフンババが落下した。まるで底なしの崖のようになったその先は光すら通さない闇が広がり、地獄の門のようだ。

「相変わらずお前の付与《エンチャント》はなんでもアリだなぁ！」

すぐに裂け目が閉じて元通りとなると、ジルベルトは強力な魔力を感じて空を見上げる。魔法陣の上に立ったイシュタルが、黄金の槍《やり》を掲げて愉《たの》しげに笑いながら見下ろしていた。

「間に合わなかったか！」

それまで快晴だったはずなのに、突如彼女の頭上にだけ暗雲が漂い、それがどんどん空を侵食し始めた。

魔術には属性と等級がある。火球や雷の矢のような下級魔術から、より高度で威力の高い上級魔術まで様々だ。

本来、下級魔術は牽制《けんせい》や戦闘補助など前衛を助けるために使うものであり、魔術師が攻撃手段として使うのは中級魔術以上であるのが定石である。

そんな中、これまでジルベルトとイシュタルが下級魔術のみで戦ってきたのは、お互い中級以上の魔術を使う隙など与えなかったから。

魔術師同士が戦う場合、レベルが上がれば上がるほど戦いはまるで盤上ゲームのようになる。すなわち、どちらが先に上級魔術を放てる状況を作れるかの勝負。

ジルベルトは思わず舌打ちする。この状況にしてはならないとわかっていたにもかかわらず、フンババに時間を取られすぎた。

戦況を一気に持っていかれたのは、やはりまだ最盛期に比べて身体《からだ》が鈍っていた証拠だ。

「悪いなぁジル！　先に完成させちまったぜ！　お前の規格外な付与《エンチャント》は中級魔術レベルでもバラしちまうが、こいつは無理だろ！」

「くそが！」

イシュタルの言う通り、これがもし並の魔術師が使う上級魔術であれば付与《エンチャント》で魔術を霧散させることができる。しかし彼女の膨大な魔力で編まれたそれは、上級魔術などという生易しいものではなかった。

――やるしかねぇか！

ジルベルトはポケットに入れていた瓶を取り出し、紅《あか》い液体を飲み干す。ほぼ同時に、イシュタルの雷槍《らいそう》が一層強く輝いた。

人類を超越した神の一撃。たった一人の人間に放つ威力でないそれがジルベルトへ向けられ、遠く離れていたラピスは思わず叫ぶ。

――師匠！　逃げてぇぇぇ！

「いくぜぇぇ！　必滅必中の槍《やり》よ、敵を穿《うが》て！　神雷槍《グングニール》！」

ラピスの叫びも虚《むな》しく、獰猛《どうもう》な笑みを浮かべたイシュタルは空を埋め尽くした雷をすべて黄金の槍《やり》に収束し、ジルベルトに向かって投げる。

音を超えて飛び出したそれは、当たるとか当たらないとか、躱《かわ》すとか受け止めるとか、そんな次元のものではない。待っている結果は、神雷槍《グングニール》がジルベルトの身体《からだ》を貫くということだけだ。

だが、その結果は訪れることなく——神雷槍《グングニール》が消えた。

戦い続ける二人の間に静寂が流れる。

「……おいジル、お前今なにしやがった？」

ジルベルトは答えない。ただ静かになにかを押さえるように立ち尽くすだけ。

この現象をイシュタルは知っている。だがそれはあり得ないはずだ。なぜなら先ほど言葉にした通り、イシュタルが展開した上級魔術はジルベルトの付与《エンチャント》でも消せないのだから。

だが実際、あの瞬間ジルベルトは神雷槍《グングニール》に手を添えて魔術を消し去った。もしそれを成し遂げようとすれば、瞬発的にでも魔力を底上げしなければ——。

「……は、そういうことかよ！」

ゆっくり顔を上げて自分を睨《にら》むジルベルトの瞳は黒から黄金に変わり、まるで龍のように鋭く輝いていた。

それを見た瞬間、イシュタルはなにをしたのか悟る。同時に歓喜と疑問が溢《あふ》れてきた。

「お前それ、龍化《ドライグ》じゃねぇか！　おいおいおいおいおい！　どうしてお前がそれを使える⁉　そいつは龍の血を身体《からだ》に入れた私とラピスだけが使えるもんだぞ！」

「敵に切り札を教える馬鹿がいるわけねぇだろうが！」

「そりゃそうだ！」

ジルベルトが手を振った瞬間、イシュタルの周囲に小さな魔法陣が大量に現れた。

「――っ⁉」

「いくぜ。前の俺と同じと思うなよ」

ジルベルトの姿が消えた。そう思うほどの速度で飛び出し、魔法陣を足場にして次の魔法陣に飛ぶ。

人は鳥のように、自由に空を飛ぶことはできない。たとえ神に手が届くと言われた大魔導師《グランドマスター》のイシュタルですらそれは同様である。

彼女は魔法陣を足場にして空の支配者を気取っているのだけの人間だ。

そして人間のすることであれば、真似《まね》することも可能だった。

「相変わらず人の真似《まね》が上手《うま》いな！」

「それが取り柄でな！」

ジルベルトは生み出した魔法陣から魔法陣に飛び移り、縦横無尽にイシュタルの周囲を飛び回り攻撃を仕掛け続ける。

以前屋敷《やしき》に襲撃を受けた際、ジルベルトは近接戦において彼女に手も足も出なかった。だがそれは強化魔術の差が大きい。

龍化《ドライグ》によって強化された身体能力は、通常の強化魔術による身体能力とは比べものにならない。なにせあのラピスですら、一時的にとはいえジルベルトに迫る力を得ることができたのだ。元々人外級の力を持っていたジルベルトが使えば、その身体能力はイシュタルから見ても驚異的なレベルに引き上げられる。

「ははっ！　やるじゃねぇか！」

本来のイシュタルであればこの状態のジルベルトが相手でも互角以上の戦いができただろう。

だがそれは、地上で戦っていた場合だ。先ほどの神雷槍《グングニール》で決着がつくと思い、空中に自分が立つ程度の小さな足場しか作らなかったのが徒《あだ》となっていた。

高速で仕掛けられる死角からの攻撃。そうかと思えば真正面からも来る。地上ならともかく、この狭い足場の中ではジルベルトほどの強者を相手にするにはあまりにもハンデが大きかった。

「おらぁ！」

「ぐっ！」

ジルベルトのかかと落としを両腕で防ぐが、異常な重さに膝をつきそうになる。

どれだけ技術を磨こうと関係ない。圧倒的な龍の性能《パワー》の前では、たとえイシュタルでも人の枠に入っている以上防ぎ切れるものではないのだ。

ビキリと嫌な音がした。恐らく骨に罅《ひび》が入ったのだろう。一瞬で治すが、そのせいで反撃が遅れる。すでにジルベルトは別の魔法陣に飛び移り、再び周囲を飛び回っていた。

「魔法陣を大きく……はできねぇよなぁ」

この足場はイシュタルにとって最後の命綱なのだ。一歩分だけの大きさだからこそ守ることができている。もし大きくすれば、ジルベルトは容赦なく足場を破壊しに来るだろう。

そしてイシュタルは地面に落下し、ジルベルトの猛攻を止めることはできず一気に形勢が不利になる。

――しかもこいつ、下からは攻めてこねぇし。

唯一魔法陣から攻撃を仕掛けられるのが地上、つまり真下の方向だ。もしジルベルトが下に入り込めば、その瞬間溜《た》められた魔力を一気に放出して彼を倒すことができるはずだった。

だがジルベルトはそれがわかっているかのように、そこには入らない。

バレないように振る舞っていたつもりだが、なかなかどうして師匠のことをわかっている弟子だとイシュタルは感心する。

「それにしても龍化《ドライグ》まで使うとは……く、くくく……」

思わずイシュタルの口角がつり上がる。

愉《たの》しい。愉《たの》しすぎる。ここまで自分を追い詰めた敵は久しぶりだ。きっとジルベルトはこの一ヶ月、ずっとどうすれば勝てるかを考え続けていたのだろう。

ラピスを弟子にして、師匠として前に立つことを決めて、昔の自分を思い出して、彼女を取られたくないと必死だったのだろう。

「可愛《かわい》いなぁ。ああ、我が弟子ながらなんて可愛《かわい》いんだ」

龍化《ドライグ》は普通の人間に使えるものではない。どんな反則技を使ったのかわからないが、今のジルベルトには体内から引き千切られるような激痛が走っているはずだ。

しかしそんな素振りはまったく見せない。弱みを見せたら守りたいものを守れないことを、知っているのだ。

「あのときと一緒だな。お前は相変わらず、なにかを守ろうとするときに強くなる」

かつてアルトの処遇を巡り、ジルベルトはイシュタルたちの前に立ち塞がった。

絶対に勝てない相手でも諦めず、愚直に身体《からだ》を張って守り切ったのだ。

今のジルベルトはあのときより弱い。だがあのときと同じくらい必死だった。それが感じられるからこそ、イシュタルは優しく微笑《ほほえ》んでしまう。

今すぐ抱きしめてやりたいと思った。そしてその首筋に噛《か》みつき、血と体温をすべてこの身に注ぎ、一生愛《め》でてやりたいと思った。

だがそれは、すべてが終わってからだ。

「それじゃあ私も、本気でそれに応えてやろうじゃないか！」

殴りかかってきたジルベルトの腕を摑《つか》む。

「なっ——⁉」

すぐにそれを振り払おうとするが、イシュタルの手はまるで魔術で固定されたかのように動かない。

「褒めてやるよジル。本気でこの状態になるのは、ヨハンと戦ったとき以来だからな！」

如何《いか》にイシュタルが不世出の英雄であっても、龍化《ドライグ》状態の自分の方が力は上のはず。もしそれが覆《くつがえ》されるとしたら――。

「さあ、世にも珍しい龍同士の戦いだ！」

――イシュタルも龍化《ドライグ》を使ったということである。

「ぐぅ!?」

摑《つか》んだ腕と反対側の拳で殴られた。巨大な岩石同士がぶつかったかのような轟音《ごうおん》とともに、ジルベルトが吹き飛ばされる。咄嗟《とっさ》に魔法陣に着地するが、そのときにはすでにイシュタルは自分の魔法陣から飛び降りていた。

悠々と、まるでジルベルトに見せつけるように笑いながら。

「行かせるか！」

魔法陣を蹴り、一気にイシュタルの下に回り込んだジルベルトが見上げると、元々イシュタルが立っていた魔法陣が光り輝いている。

「なっ!?」

もちろん警戒していた。だが今は間にイシュタルもいる。もし放てば自らを巻き込むことになる配置だ。だからこそジルベルトは下に入っても問題ないと思っていた。

だがイシュタルは容赦なく、自分ごと打ち砕くように魔術を解き放とうとしている。

——さすがに撃つわけねぇ！

そう判断したジルベルトだが、予想に反して迸《ほとばし》る雷が彼女を巻き込みながら自らに降り注ぐ。

逃げようとするが、再びイシュタルがジルベルトを掴《つか》んで逃がさない。

「ババア⁉ なにやって——！」

「師弟仲良く一緒に喰《く》らおうぜ！」

「ぐがぁぁぁ⁉」

イシュタルに腕を掴《つか》まれたせいで逃げ遅れたジルベルトが悲鳴を上げる。

龍化《ドライグ》によって対魔力は人間を超越しているはずだが、それでも灼熱《しゃくねつ》の炎を浴びたような激痛が襲いかかった。もはや熱さなのか、痛さなのか、それとも他の違うなにかなのかすらわからない。

衝撃が終わったとき、ジルベルトは自分の腕がまだ掴《つか》まれていることに気付いた。同じ痛みを受けているはずなのに、イシュタルは額から少し汗を流しているだけで笑みを止めず、手を離さなかったのだ。

「おら、もうすぐ地上だぜ！」

「う、おおぉぉぉぉぉ⁉」

ジルベルトの腕を摑《つか》んだままイシュタルは振り上げ、そのまま思い切り地面に叩《たた》きつける。

あまりにも人外な威力を以《もっ》て叩《たた》きつけられたせいで荒野に大量の粉塵《ふんじん》が舞った。


アルトとラピス、そしてコメディアン。離れた場所で見ていた三人から戦っている二人の姿が消え、巨大な鈍器で殴りつけるような音だけが辺り一帯に響き渡る。

粉塵《ふんじん》の中でなにが起きているのか、想像ができない者はこの中に一人もいなかった。

そうして視界が晴れると、その場に立っていたのはイシュタルただ一人。

ジルベルトは満身創痍《まんしんそうい》で地面に倒れたままだ。

「決着、だね」

立会人を務めていたコメディアンは、そう言ってイシュタルたちの元へ向かおうとする。

——ジル、よく頑張った……。

ジルベルトの戦いを見て、コメディアンは自らの血が滾《たぎ》るのを感じた。

長く戦いから遠ざかっていたはずの弟弟子が、師匠相手にあれほどの戦いをしてみせたことに感動すら覚えたものだ。

そして同時に思う。やはりジルベルトは天才だ、と。

だが最強になった今も強さを渇望《かつぼう》して鍛え続けてきた怪物と、戦いから離れていた天才では差があった。それはどれほどの覚悟を持っていても、覆《くつがえ》せないもので——。

「師匠に本気を出させただけでも十分凄《すご》いんだ……だから、ね。そこを退いてくれないかな?」

イシュタルの勝利宣言をしに行くため歩こうとしたコメディアンの前に、ラピスが両手を広げて立ち塞がった。

目を見れば理由はわかる。彼女はまだジルベルトが負けていないと、そう信じているのだ。だが長くイシュタルの弟子をしてきたからこそわかる。龍化《ドライグ》を発動した状態の師匠は普段以上に凶暴だ。精神が高揚した今の状態では弟子すら手にかけてしまうだろうと。

「ラピスちゃん。これ以上長引かせれば師匠は本当にジルを殺してしまう。そうなる前に誰かが止めないといけないんだ」

「負けません……」

「いや、もうジルに立ち上がるだけの力はない。背を向けているからわからないかもしれないが、もう止《とど》めを刺される直前だよ」

「師匠は! 絶対に! 負けません!」

ラピスは振り向かず、コメディアンを睨《にら》み付《つ》ける。止めるなと、自らの師匠はここからでも負けないのだと、本気でそう信じていた。

「……ラピスちゃん」

見れば身体《からだ》は震えており、握った拳と口元からは血が流れている。あまりにも痛々しすぎる姿。本当なら今すぐにでも倒れたジルベルトの元に駆けつけたいはずだ。

だができない。それは自らの師匠を信じていないことに他ならないから。

「師匠は、言いました」

ラピスはかつて出会った、まだ今の自分とそう変わらない年齢だった少年の言葉を口にする。

「男に生まれりゃ、最初はなにかで一番を目指すもんだ。ただ、だいたいのやつは途中で自分の才能とか環境とか、なにかのせいにして諦めちまう。別にそれが悪いなんて言わねぇよ。だけど俺は諦めるのが大嫌いで、なにかに背中を見せて逃げる自分が許せなかった」

「その言葉は……」

ラピスは彼との思い出を、一字一句違《たが》えることなく言葉にできる。自分の心に刻まれた、大切な、大切な思い出なのだ。

「力が足りないなら速さで補えばいい。速さも足りないなら頭を使えばいい。それでも駄目なら魂を燃やして、心を奮わせろ。死ぬ気でやって諦めなきゃ、できないことはこの世にない！」

紅《あか》い魔力を纏《まと》わせ、黄金の瞳でコメディアンを睨《にら》む。

今のラピスでは絶対に勝てるはずのない相手だ。それでも師匠の邪魔をするというのであれば、たとえ命を落としてでも食い止めてみせるという覚悟を見せた。

「私が止めなければ、ジルは死ぬよ？」

「死にません！」

「そうか……ジルは本当に良《い》い弟子を持ったね」

　コメディアンは心の底からそう思った。

　きっと彼女は本当に死んでもその場を退かないだろう。それは素晴らしい師弟愛だし、ジルベルトの心を動かすほど、かけがえのない出会いであったのだと思う。

「ジルがどうして再び夢を追いかけ始めたのか、少しわかった気がするよ」

　きっとこの真《ま》っ直《す》ぐすぎる少女が、ジルベルトに昔の自分を思い出させてくれたのだろう。

　一度は離れた弟弟子が再び立ち上がる切っ掛けになったラピスには感謝しかない。この子の望みならできる限り叶《かな》えてあげたかった。

　だが、それでもコメディアンは止まるわけにはいかなかった。

　戦闘で心が高揚したイシュタルは倒れたジルベルトの首を掴《つか》んで身体《からだ》を起こさせ、止《とど》めを刺そうとしていた。次の一撃を受けたジルベルトが生き延びられる保証はない。

　理性があるときのイシュタルなら、愛弟子《まなでし》を殺そうとまでは思っていなかったはずだ。そこまでさせてしまったジルベルトは凄《すご》いが、それが徒《あだ》となってしまっている。

　自分が間に入りさえすれば、まだ止めることができるはずなのだ。

「もうこれ以上の問答は不要……なんだけど、どうして君までそっち側に立つのかな？」

だというのに、ラピスの隣にアルトが立ち、同じような目で見てくる。

「ラピスさんの言葉が聞こえなかったのですか？　ご主人様はまだ負けていません。それなのに立会人が勝手に勝負を止めるなど、あのババア側に有利な判定でもする気ですかね？」

「わかって言ってるんだろうからあえて無視しよう。そしてメイドさん、君が相手だと私でも手加減ができないんだが？」

ラピス相手であれば気絶させれば済む話。あとでどれほど責められても、その方が彼女にとって良いはずだった。

だが、この目の前の少女は――。

「手加減？　まるで貴方《あなた》が本気になれば私に勝てると言いたげですね」

「アルト、さん……」

ラピスは思わず隣に立つアルトを見る。これまで二度、大侵攻を経験したからわかる。

彼女の魔力はヴィノスの魔術師たちですら比べものにならないほど強大で、自分が龍化《ドライグ》を使ったときよりも遥《はる》かに強く、昏《くら》く、ジルベルトやあのイシュタルにも匹敵、あるいは上回っているようにも感じた。

「ご主人様に育てられたこの私が、貴方《あなた》ごときに負けるはずがないでしょう」

「勝てるさ、今の未熟な君ならまだね」

膨大な黒い魔力がアルトの影に注がれる。一歩でも動けば圧《お》し殺《ころ》されてしまいそうなほど濃厚な殺気が辺り一帯を包み込んだ。

対するコメディアンは暴力的な魔力を叩《たた》きつけられているというのに、まるで気負った様子は見せない。

彼もまた最強の一角。言葉通り、これだけの強さを見せるアルトにさえ勝つ自信があるのだ。

どちらもラピスからすれば次元の違う強さ。

二人が戦闘態勢に入る。それはもう、ラピスでは入り込む隙もないほどだった。

「……」

一触即発となっていたその瞬間、コメディアンが両手を挙げて魔力を霧散させる。

「なんのつもりですか？」

「止《や》めよう。君たちの覚悟はもうわかった。だから私も信じてみるとするよ。かつて私たちが天才だと認めた、大切な弟弟子をね」

――だから、死ぬなよジル。お前のことをこんなにも大切に想《おも》う子たちがいるんだから。

たとえもう決着がついていたとしても、それを覆《くつがえ》し続《つづ》けてきた男を見守ることを選ぶ。

それがジルベルトの兄弟子である、コメディアン・トリックスターの選択だった。

ジルベルトの首を摑《つか》んだイシュタルが止《とど》めを刺そうと魔力を込めたとき、背後から強大な闇の魔力が吹き荒れた。

「この魔力、アルトか……懐《なつ》かしい力だ。こいつはなかなか、良《い》い感じに育ってんじゃねぇか？」

こちらに向かってこないということは、コメディアンと揉《も》めているのだろう。

「大方、まだこいつのことを信じてる、とでも言ってんのかねぇ」

「ぐっ⁉」

首を摑《つか》んだ手に力を込めると、ジルベルトが苦悶《くもん》の声を上げる。もはや満身創痍《まんしんそうい》でまともに動けず、自分がこの心臓を貫けばすぐに死んでしまう状態だ。

「それも悪くない、か」

期待していた弟子ではあるが、イシュタルの目的を達成するにはまだ弱い。

この程度ならいっそ、殺してしまった方がお互い幸せかもしれないと、本気でそう思った。

「なあジル、お前はこんなものなのか？」

「ぐ、が……」

「期待通りではあったが、期待以上じゃなかった。これじゃあもう、私の後継者とは認められないなぁ」

ジルベルトは荒い呼吸を吐きながら手首を両手で摑《つか》む。だが彼にはもう抵抗するだけの力もなかった。

そのことにイシュタルは心底がっかりする。

この戦いの前、ジルベルトは約束を果たすと言ってくれたのだ。それが嬉《うれ》しくて、楽しみで、愛《いと》しくて……だというのに自分の期待を裏切った。

たしかに色々と考え、愉《たの》しませてくれたが……望みを叶《かな》えてくれるほどではない。

「約束を、果たしてくれるって言ったくせによぉ……」

ジルベルトの首を摑《つか》みながら、ギリッと歯を食いしばる。

彼女は弟子にするとき、全員に同じ約束をしていた。

——いつか強くなったら、私とすべてを振り絞るほど全力で戦って、最後は殺してくれ。

イシュタルは自分の弟子たちを愛している。だがそれは、自分のことを殺せるほど強くなってくれると信じていたからだ。

彼女は戦いの果てに殺されたいとずっと願っていた。

だから魔物を殺し、大魔獣を殺し、古代龍を殺した。どれも死を感じさせるほどの強者ではあったが、最後に立っていたのはいつもイシュタルの方だ。

彼女はもう他者に期待することを止《や》めた。外に自分を殺せるような存在がいないなら、身内を育ててしまえば良《い》い。

かつて敗北を喫した魔王ヨハンすら最後は殺せてしまい、本当の意味で外に敵がいなくなった彼女は、その結論以外にないと確信した。

だがこうして手塩にかけて育てた弟子ですら自分の期待を上回ってはくれず、手を離せば地面に這《は》いつくばることだろう。

裏切られた。こんなことなら長い時間かける意味なんてなかった！

龍化《ドライグ》によって精神が高揚しているイシュタルは、普段以上に怒りの感情が溢《あふ》れ出《だ》し、目の前で苦しむジルベルトの存在すら憎く感じてしまう。

「お前はもういい。そうだな、ラピスには才能あるし誰か他のやつにでも任せるか。いやいっそ、龍化《ドライグ》も使えることだし私自ら育てるってのも……」

「おい、クソ、ババア……」

「あん？」

ほんの少し、瀕死《ひんし》だったジルベルトの手に力が宿る。弱々しいが、先ほどまで死に体だった男とは思えないような眼光にはなにかを期待させるような気迫があった。

「ラピスは、なぁ！　圧倒的に格上な俺相手にも諦めず、最後まで粘って俺に一撃加えやがったんだ……魔界《ニブルヘル》の魔物に勝てるはずがねぇのに、諦め悪くしがみついて、勝ちやがった！」

「っ――!?」

ミシミシと手首に嫌な音が鳴った。どこにそんな力があるのかと思うより先に激痛が走り、イシュタルの手が離れてしまう。

もう立ち上がる力すらないはずなのに、ジルベルトは倒れない。瞳は、死んでいない！

「弟子が諦めるってことを知らねぇんだ。だったら、師匠の俺が簡単に諦めていいわけ、ねぇよなぁ！」

ジルベルトは小さな瓶を取り出す。龍化《ドライグ》するために使用した古代龍——正確にはラピスの血を混ぜて作った秘薬はまだ半分残っていた。

それを付与魔術で活性化させて一息に飲む。

「っ——⁉」

身体《からだ》の内から燃え上がるような熱量とともに凄《すさ》まじく暴力的な力が溢《あふ》れ出《だ》し、ジルベルトの表情が苦痛に歪《ゆが》んだ。

「お前、自分がなにしてるかわかってんのか？」

イシュタルは呆《あき》れたような声で尋ねる。

「龍化《ドライグ》は魔力を回復させるわけでも、傷を癒やすものでもない。半分しか飲まなかったのは今の身体《からだ》じゃ耐えられないからだろ？　しかも付与魔術で強化までして……万全のときでそれなのに、こんな力耐えられるわけ——」

「関係、ねぇなぁ！」

黄金になった瞳を血走らせ、荒い呼吸はそのまま。ただ身に纏《まと》う魔力の高まりは明らかに限界を超えて止《とど》まることがない。

これがなにか大切なものを削って絞り出した力であることは、誰の目にも明らかだ。

それでもたしかに、ジルベルトは古代龍の力をコントロールし始めていた。

イシュタルですら十年以上かけたそれは、独学ですぐ学べるものではないはずだが——。

「ラピスを弟子にして使い方を学んだか……」

それに気付いたとき、イシュタルは嬉《うれ》しく思った。ほぼ完成されていたはずの自らの直弟子が、弟子を育てることで新たなステージに上がってきたからだ。

とはいえ、ラピスを弟子にしてから一ヶ月しか経《た》っていない。

ジルベルトがどれだけ天才でコントロールをする術を身に付けても、所詮付け焼き刃。

イシュタルたちのように長年身体《からだ》に染《し》み込《こ》ませた人間でなければ、古代龍の力など毒以外の何物でもなく、いつまでも保《も》たせられるものではない。

それでも彼は歯を食いしばり――。

「テメェの弟子になるときにした約束、今ここで果たすぜ！」

いつか強くなって、イシュタルと殺し合い、楽しませるという約束。彼女がずっと覚えていたように、ジルベルトもまたそのときの感情を思い出していた。

ジルベルトが飛び出す。もうこれ以上は言葉も、魔術もいらない。ただ真《ま》っ直《す》ぐ突き進み、魔力を纏《まと》った身体《からだ》で殴りかかるだけだ。

イシュタルは動かず、その拳を受け入れた。人が人を殴ったような音とは違う轟音《ごうおん》が響き、美しい頬に拳が入る。

「バカ弟子が……」

その声には先ほどまであった憎さなどまるでなく、どこまでも歓喜の色に満ちていた。

「お前は本当に、大馬鹿だなぁ！」

次は自分の番だと彼女も拳を握り、同じようにジルベルトを殴る。

最強の魔術師同士とは思えない、たった二人だけの原始的な闘い。

どちらも相手の攻撃は避《よ》けず、受け入れ、そして次の攻撃を仕掛け続けるだけの、馬鹿でもチンピラでもできる戦い方。

「ババア！　テメェはたしかに強《つえ》ぇ！　だが俺はアルトと、ラピスと約束したから！　負けられねぇんだよぉ！」

「うるせぇなぁ！　口ばっか達者になってねぇで、黙って殴ってこい！」

ジルベルトの拳が再びイシュタルの腹を捉える。だが踏ん張りきった彼女は、そのまま顎を打ち抜いてきた。

まるでハンマーのような一撃に脳を揺さぶられ、一瞬視界が歪《ゆが》む。しかしそれを意志の強さで吹き飛ばし、ジルベルトは何度目かとなる反撃として蹴りつける。

お互い一歩も引かない攻防。最初は超人的な動きであった二人もダメージが蓄積してきたせいか、段々と鈍くなってくる。

――力が足りないなら速さで補え！　速さも足りないなら頭を使え！　それでも駄目なら！

「心を奮わせろ！　魂を燃やせ！　気合いと根性があれば……」

身体《からだ》が悲鳴を上げてなお、ジルベルトは大きく身体《からだ》を捻《ひね》る。

この一撃で決めると、拳に全力を込めた。

「打ち破れねぇ困難はこの世に、ない！」

「っ——⁉」

その一撃がイシュタルに入る瞬間、彼女がついに一歩下がろうとした。あれを受けるのは不味《ま》《ず》いと、本能がそうさせたのだ。

それを見たジルベルトが笑う。

一撃目が躱《かわ》された。だが二人の中でなされた暗黙の了解——先に一歩引いたイシュタルの行動に、ジルベルトは自らの勝利を確信した。

意地を張った殴り合いはこれで終わり。ここからはまた、魔術師らしく魔術での戦いだ。

「おいババア、一つ忘れてるみたいだから言っておいてやる。俺の弟子はな——」

——ご主人様。勝ってください。

「ラピスで二人目なんだよ。操影《シャドウ》！　影よ敵を拘束しろ！」

「なっ——⁉」

その言葉とともにイシュタルの影が飛び出し、彼女の手足と腰を拘束し始める。

「影魔術だと⁉　なんで人間のテメェが⁉　そいつは魔王ヨハンや魔族だけの——」

「弟子に魔術を教えるんだ！　ラピスの龍化《ドライグ》だろうが！　アルトの影魔術だろうが！　師匠の俺が使えなきゃ話になんねぇだろぉがぁぁ！」

本来、影魔術の適性は普通の人間にはない。だがジルベルトは研究の末、理論だけでなく影魔術の再現もできるようになっていた。

ラピスが使えたのは、ジルベルトが研究して影魔術を体現化できるようにしたものを、アルトが教えたからだ。

それは決して生半可な努力では不可能な、まさしく天才の所業。

ジルベルト本人は自らのことをそう思わないが、やはりイシュタルの直弟子であり続けたことが、彼を非凡な高みへと押し上げていたのである。

「ぐっ、だがこんなもん力ずくで――！」

「させるかよ！　付与《エンチャント》！　操影《シャドウ》を強化！」

「ちぃ！」

身動きを封じられたイシュタルに向けて、己が最も信頼する魔術で応戦。ビキビキと凄《すさ》まじい音が鳴るが、それでも戦闘で体力を失ったイシュタルには破ることはできなかった。

――この状況はまるであのときと一緒だな……。

付与魔術によって強化された影魔術による拘束。そして弟子から学んだ龍化《ドライグ》。一ヶ月前、自分がラピスにしてやれたことを、そのまま焼き直した形だ。

瀕死《ひんし》の身体《からだ》で、決死の戦いの中、ジルベルトは思わず笑ってしまう。どうやら自分は、あの猪突猛進《ちょとつもうしん》な弟子や弄《いじ》り倒《たお》してくるメイドからどうあっても離れることはできないらしい。

「あいつらと約束したんだよ。俺がテメェを倒して、最強の魔術師になるってな」

「……」

その言葉とともに、イシュタルは力を抜いた。これ以上やっても拘束から抜けることなど不可能だと理解したのだろう。

とはいえ、これだけ絶対的優位な状況を作ってなお、彼女の龍のような眼光は衰えを知らない。きっとここで決めなければ、なにか逆転の一手を打たれてしまうに違いない。

「これで、俺の……」

だからこそジルベルトは、この一撃で決めると力を込める。

「勝ちだぁぁぁ！」

龍化《ドライグ》の力をすべて拳に集約し、自らの師匠を殺す気で一撃を放つ。

ジルベルトはこの瞬間、勝利して師匠超えを果たしたと思った。これ以上イシュタルにできることはなにもないからだ。

だがイシュタルは正真正銘、世界最強の大魔導師《グランドマスター》。彼女を殺そうと数多《あまた》の怪物たちが挑み、そしてそのすべてを返り討ちにしてきた傑物である。

「相変わらずお前は、甘いんだよぉぉぉ！」

叫ぶイシュタルの声に反応するように、空が光った。

光の速さで空から二人の間に降ってきたのは、先ほど彼女が使っていた神雷槍《グングニール》。それが凄《すさ》まじい魔力を伴って大地を穿《うが》つ。

「なっ⁉」

影魔術による拘束で動けない中、イシュタルはずっと反撃の機会を窺《うかが》っていた。

自分たちがいる場所から遥《はる》か上空。ジルベルトの知覚範囲外でひたすら魔力を溜《た》め続《つづ》け、この最後の最後に解き放ったのだ。

「私はなぁ！　死ねずに負けんのが、世界で一番嫌いなんだ！」

地面に刺さった神雷槍《グングニール》は明らかに魔力を込められすぎて、今にも爆発する寸前だった。

全力を出し切り、最後の攻撃を仕掛けたジルベルトはもう止まれない。

「ってことで、一緒にぶっ飛ぼうぜ」

「ふっざけんなぁぁぁ！」

笑顔でイシュタルがそう言った瞬間、神雷槍《グングニール》が魔力を解き放って暴発する。躱《かわ》すことのできないジルベルトはその直撃を受けて吹き飛んだ。

地面に倒れたとき、もう指一本動かせなかった。そしてイシュタルはまだ立っている。彼女はあれだけの魔力が込められた爆発を受けてなお、耐えたのだ。

それはつまり、自分の負けということ。そしてもう、大魔導師《グランドマスター》を目指す道も、ラピスの師匠である資格も失ってしまったということである。

——ちく、しょう……。

悔しかった。たった一ヶ月とはいえ、全力で準備をしてきたのだ。対策を練り、ブランクを埋めるための修業もして、かつての夢に続く道を進むために立ち上がった。

その結果が、これである。

たとえこの身が引き裂かれてもいい。もう一度だけ立ち上がれと身体《からだ》に意思を伝えるが、それに反して一切動いてくれない。完全に限界を超えていたのだ。

「畜生……！」

悔しさで胸が張り裂けそうになっているなか、イシュタルは勝者として悠々と歩いてきた。

ジルベルトを見下ろしながらなにかを話しているが、耳がやられているせいで上手《うま》く聞こえない。大方、止《とど》めを刺すが遺言はあるかなどを聞いているのだろう。

脳裏に浮かんだのは、やはりアルトとラピスのことだった。

——ああ、もっとラピスには教えてやりたいことがあったんだがな。アルトの気持ちにももっと真剣に応えてやっても良かったのかも……。

「合格！」

「……は？」

ようやく耳が元に戻り始めたとき、そんな都合の良い言葉が聞《い》こえたような気がした。

「だから、合格だって言ってんだろうが！」

イシュタルに勝てなかったら後継者候補から外されると思っていたジルベルトは、その言葉に呆気《あっけ》に取られる。

　そしてしてやったりという笑顔のイシュタル。

「いやぁ。久しぶりに全力で暴れてすっきりしたぜ。強くなったなぁお前」

「……おい、合格ってなんだよ」

　わけがわからなかった。自分は全力を出して戦い、そして負けたのだ。なのに合格と言われても、理解が追いつかなかった。

「そりゃ後継者候補の件に決まってるだろ。弟子を育てさせれば強くなるってわかったからな。たった一ヶ月でこれなら、いずれ私に追いつけるかもしれねぇし、これからが楽しみだぜ！」

　心底嬉《うれ》しそうに笑うイシュタルに、その言葉の意味を理解して身体《からだ》が震える。それは騙《だま》されたという意味もあれば、情けなさや勘違いを含めた自らへの怒りが込められていた。

　そしてどこに対してぶつけていいか、怒りのやり場に悩んでいると――。

「しじょぉぉぉぉぉぉ！」

「うおぉ⁉」

　遠くから全力で走り込んでくるラピスが、涙と鼻水を垂れ流しながら抱きついてきた。

　無茶な戦い方でボロボロに消耗し切った身体《からだ》は受け身など取れるはずもなく、押し潰されてとてつもない激痛が走る。

「じんじでばじだぁぁぁぁ！　がっごよがっだでずぅぅぅぅ！」

だが泣きながら鼻水をこすりつけてくる弟子を見て、情けない姿だけは絶対に見せられないと我慢を選ぶ。すると遅れて近づいてきたアルトが、ラピスの首根っこを摑《つか》んで持ち上げた。

「あるどざぁぁぁん！」

「ご主人様が困っているでしょう」

「だってぇぇぇぇ！」

もはや誰が戦ったのかわからないほど、ラピスは感情を高ぶらせている。

そんな彼女を地面に置くと、アルトはそっと膝をついてジルベルトの頬に触れ――。

「お疲れ様でした」

「……ああ」

たった一言。

だがその一言で、ようやく自分がやり遂げたのだという実感と、敗北して約束を守れなかった実感の両方が湧いてきた。

「悪いアルト……約束、守れなかった」

「いいんです。最後に守ってくだされば、それでいいんです」

そっと頭を持ち上げられて、柔らかく温かいなにかの上に乗せられる。それがアルトの膝だとわかっても、恥ずかしさよりも心地よさが勝り、ジルベルトは素直に身を委ねる。

「次は、勝つから」

「はい、信じてますよ」

「わだじもじんじてまずぅぅぅぅ！」

微笑《ほほえ》みを浮かべるアルトと大泣きするラピス。対照的な二人だが、どちらも大切な弟子だ。

「……悪い。今日はもう、限界……だ」

二人に見守られて安心したジルベルトは、これ以上意識を保つことができず気を失う。

「お休みなさい。格好良かったですよ」


そうして気絶したジルベルトを見守るのは、二人の弟子だけではない。

「師匠、結構ギリギリだったじゃないか」

「まだまだ。私を倒したかったらあと二倍は強くなってもらわねぇとな！」

コメディアンの言葉にイシュタルは余裕を見せるように笑う。あれだけ戦ってまだ余裕を残している師匠の怪物っぷりに、コメディアンは苦笑するしかない。

「だが……ま、今日のあいつはそこそこ頑張ったと思うぜ」

「そうだね……私も、そう思うよ」

師匠であるイシュタルと、立会人を申し出た兄弟子であるコメディアンの二人もまた、騒がしくも楽しげな三人の様子を優しく見つめる。

彼らがどんなふうに成長するのか、楽しみで仕方がないというふうに微笑《ほほえ》みながら、二人は示し合わせたように空を見上げた。

そこには激しい戦いが終わったことを祝福するかのように、鳥たちが上空をはばたいていた。

「いずれ辿《たど》り着《つ》けよ。この私がいる、魔術世界のかなたまでな」

エピローグ ✦ はばたけ！ 魔術世界のかなたまで！

ジルベルトがイシュタルと戦い、そして正式に後継者候補として認められてから三日後。

リビングでソファに座り魔導テレビをつけると、イシュタルが再び会見を開いていた。

『というわけで、最初に弟子を育て始めたのはジルだ。やる気満々で結構結構……あん？　ジルって誰だって？　おいおい記者さんよぉ。さてはアンタこの街の人間じゃないな？　私の弟子でジルって言ったらジルベルトに決まってんだろ。八年くらい表舞台に出てこなかったけどよ、前の記者会見のときにもちゃんと名前出したぞ。で、この間の大侵攻で大魔獣を燃やし尽くしたのもあいつの仕業さ。私も腕試しをしてみたが、まあまあ強くなってたぜ。未《いま》だに弟子を取らない馬鹿弟子たちよりももう強いんじゃねぇかな？　なにを驚いてんだよあんたら。カインだってシグネットだってまだ弟子取ってねぇんだから当然じゃねぇか。私も経験したことだが、弟子を育てると一人のときじゃ見えなかったもんが色々と見えるようになってくるんだよ。そうそう、そこまで考えての発言だったたってわけ。なにせ私は偉大な大魔導師《グランドマスター》――』

ジルベルトはこれ以上会見を聞くのが怖くなり、魔導テレビを消した。

そして頭を抱える。

「なに言ってくれやがるんだよあのババァァ……」

未《いま》だに弟子を取らない他の弟子たちと比べて、ジルベルトはこんなに頑張っているぞ、と伝えるような優しい師匠ではないことはよく知っている。

あれは間違いなく挑発だ。ジルベルトはもうお前たちとは違うステージに立ってるぞ馬鹿どもめ、とあざ笑っているのである。

最悪だった。彼の知る限り、イシュタルの弟子たちはみんなプライドが高く、自分こそ一番だと思っていて、そして今回みたいな安い挑発にすら簡単に乗るやつらなのだ。

「まず間違いなく、ご主人様の状況を確認しに来るでしょうね」

「下手したら殺しに来るかもなぁ」

「殺し――⁉」

ラピスは驚いているが、ジルベルトからすれば当然のことだった。

ほぼ同時期に弟子になった内の一人、シグネットなどは過激な性格をしており、己よりジルベルトの方が強いなどとイシュタルが言った以上もう止まらないだろう。

「大丈夫です。全員このラピスさんが返り討ちにしてくれるはずですから」

「私ですか⁉　え、えとえと……その、師匠を困らせるやつはみんなボッコボコにしてやりますよ！　ええ、たとえそれが師匠と同じイシュタル様の弟子だって関係ありません！」

『師匠を困らせるやつはみんなボッコボコにしてやりますよ！　ええ、たとえそれが師匠と同じイシュタル様の弟子だって関係ありません！』

アルトが手に持った黒い魔道具から、同じ言葉が繰り返される。

少し声がこもっているが、間違いなくラピス本人の声だ。

この街に来て日の浅いラピスには、それがなんなのかわからなかった。ただ嫌な予感がして、恐る恐るアルトとその手の魔道具を見る。

「アルトさん……それ、なんですか？」

「人の話したことを記録できる魔道具です。というわけでラピスさんの力強い言葉、しっかり録音させてもらいました。それじゃあさっそくあの兄弟弟子たちに送りつけてやりましょう」

「ぴぇ⁉」

ラピスが絶望した表情をする。完全に弱みを握られた状態だ。

必死にその録音された魔道具を取り返そうとするが、残念ながら華麗に躱《かわ》されて返り討ちにあい、操影《シャドウ》であられもないポーズにされていた。

「おいアルト、止《や》めてやれ」

「師匠ぉ……」

やはり師匠は自分の味方だ、とでも思ってそうな顔をするが、そうではない。

「そんなの送ったら、絶対俺の方にも怒りが飛んでくるだろうが。やるなら俺が逃げてからだ」

「師匠ぉ⁉」

明確な裏切り行為にラピスがショックを受けていると、頭に三角巾をつけて掃除道具を持ったコボローがリビングに入ってくる。

そしてあられもない格好になったラピスを見ると、それがよほどおかしかったのか指を差して思い切り笑い出した。

「なに笑ってんだコボロォォォォ！」

お、やるのか？　と指で挑発。するとアルトが操影《シャドウ》を解除し、ラピスが着地する。

フンスッ！　と鼻息を荒くしたラピスはジルベルトを見た。

「師匠！　ちょっとあいつボコボコにしてきます！」

「龍化《ドライグ》使うのはなしだからな」

「はい！　行くよ！」

しかしコボローは行かない。なぜなら掃除がまだ残っていたからだ。

彼の頭の中にある群れのヒエラルキーは、一番がアルト、そして遠く離れて自分より強くこの館の主であるジルベルト。そして自分が入り、下の方に遠く離れてラピスである。

つまり、ラピスの言葉を聞く気などなかった。アルトに命令されている掃除の方が遥《はる》かに優先順位が高いのである。

「コボロー、さっさと終わらせて掃除の続きをしなさい」

「がう！」

しかし当然、群れのトップであるアルトの言うことならちゃんと聞く。

まだまだやることの多いコボローだが、アルトに認められるためにラピスの挑戦を受け、出ていった。

「……掃除とかちゃんとやるんだよな。魔物なのに」

ジルベルトは窓から見える中庭で勝負を始めたラピスたちを眺めながら呟《つぶや》く。

「結構真面目ですし言ったことはやりますから、このまま雇って大丈夫だと思いますよ」

最初は魔物が掃除や洗濯なんてできるのか？　と半信半疑だったが、器用に手足を使ってやるのである。屋敷《やしき》に毛が落ちないように外で丁寧に身繕いをしたり、最近はアルトと交渉までして金銭を得て街のペット用美容院で身なりまで整え出していた。

見た目がコボルトなのに、やっていることはかなり紳士的だ。正直普通に執事としてやらせてもいいと思う。

「ならこのまま正式に住ませるか。知能が高い魔物だからお前の言うことなら聞くだろし」

「そうですね。私が魔王の娘であることも、本能的に理解しているようですから」

「アルト、お前……」

その言葉を聞いて、ジルベルトは思わずアルトを見る。

彼女が自分のことを魔王の娘であると口に出したのは久しぶりだった。意図的に避けていたのはわかっていたから、ジルベルトも言わないようにしていたくらいだ。

大切な家族を目の前で殺されて、その弟子に助けられて……この八年間、彼女の感情はきっと愛憎交えた複雑なものだったはず。

だが、彼女は今とても穏やかな表情をしていた。

「大丈夫ですよ。もう、大丈夫です。ご主人様がずっと守ってくれた八年、私はずっと後悔していました。だけど、こうして貴方《あなた》が前を向いてくれたから、私も一緒に前に進めるのです。一人じゃない、一緒に歩めるから……」

アルトはそれ以上言葉にせず横に座り、そっと細い指を絡《から》めてくる。

昔はとても小さく、不安そうに震えていた指。それはもう大丈夫という言葉の通り、震えていなかった。

――一人じゃない、か。

『あぁぁぁぁ！　コボローちょっと待ってそれずるい！　っていうかなんで前より強くなってるのよアンタぁぁぁ！』

ジルベルトとアルトの二人は同時に窓の外を見る。そこでは息巻いていた割に、コボローにボコボコにやられているラピスがいた。関節を極《き》められて悲鳴を上げながら地面をタップしている姿が実に情けない。

「はっ」

「ふふふ」

思わず二人は顔を見合わせて笑ってしまう。

あのちょっと頭の弱い、だけど誰よりも真《ま》っ直《す》ぐな少女のおかげで自分たちが前に進めるようになった思うと、おかしくて仕方がなかったのだ。

小さな魔物に泣かされている少女は、これからどんなふうに育つんだろうか？

長い間、今だけを見てきたジルベルトは、久しぶりに未来について考える。だがそれはまったく想像できなくて、遥《はる》かかなたにうっすらと見えるだけだった。

ただ一つ言えることは、ラピスがいる限り、これからも同じように騒がしくも笑える日々が続くんだろうということ。

「あの馬鹿弟子が一人ではばたけるようになるまで、先は長そうだな」

「良《い》いじゃないですか。それまでずっと、一緒にいられるんですから」

窓から差し込む光に照らされたアルトの銀糸のように美しい髪が揺れる。

それは彼女にとって、楽しいことがあるときに見られる光景だった。

あとがき

この度は『はばたけ魔術世界の師弟たち！』を手に取って頂き、誠にありがとうございます！

略称は『はたして』です。なぜこの略称になったかは、最後に紹介しますね。

まずこの作品を書いたきっかけなのですが、『とにかく明るく楽しく、読んだ人たちがみんな元気になれるようなライトノベルが書きたい！』『笑って、泣いて、心が熱くなれる物語を作りたい！』という想《おも》いから始まりました。

実際に読んでみて、いかがだったでしょうか？

ジルベルト、ラピス、アルト……三人の過去の想《おも》いが現在に繋《つな》がり、未来を進んで行く姿をちゃんと描けていたかは、書き終わった今でも不安はありますが、それでも私個人としては全てを出し切ったと言い切ることは出来ます。

この作品を読んだ人が少しでも楽しかったと思ってくれていれば、これ以上嬉《うれ》しいことはありません。

もし良ければ、ご意見・ご感想を頂けたら幸いです。

そんな想《おも》いで書き始めた本作は、イラストも見ただけで読者が元気で笑顔になれるような形にしたいと思っていました。

担当編集のなかじーさんと電話をしながら、リアルタイムで一緒にイラストレーターさんを探し続けて幾千年……実際は何回も打ち合わせをして、全部合わせたら十時間以上……。

この人にお願いしたい！　と二人揃《そろ》ってなったのが、今回描いてくださった『Nagu先生』でした！

キャラクターの生き生きとした表情と動き。楽しそうな音まで聞こえそうな世界観。繊細で美麗な色使い。ただの絵ではなく、作品に命そのものを吹き込んでくださいました。

表紙だけでも、ラピスは元気いっぱいな女の子だと思いましたよね？　ジルベルトは口ではなんだかんだ言いつつも、面倒見の良《い》い性格をしてそうとわかったのでは？　そしてアルトはミステリアスながらも二人を見守る位置にいて、母性のある魅力的な女性に感じたと思います。

こうして書店、或《ある》いは電子書籍で触れて下さっているということは、表紙を見て魅力に感じたからだと思っています。

断言出来ますが、『はたして』はこの方なくしては完成しませんでした。

本当に素晴らしいイラストレーターさんです！

もしまだ知らない方がいたら、X（旧Twitter）などで見てみてください！

さて、作品のことを話したので、ここで自分のことを語りますね。

まず私はこの作品で小説6シリーズ目、作家歴としては4年目になります。

中学時代にライトノベルを読み始め、そこからWEB小説を読んで、書いて、そして今こうして作家として活動させて頂いております。

他にもオリジナル漫画の原作者としても活動しておりますので、もしお時間がある方は『平成オワリ』を検索して頂けたら幸いです。


初めて読んだライトノベルは中村恵里加先生の『ダブルブリッド』。

第6回電撃ゲーム小説大賞〈金賞〉受賞作。つまり、電撃文庫の作品です！

読み始めたのは約20年前なのですが、ここからライトノベルにどっぷり嵌《は》まっていきました。

『とある魔術の禁書目録』『灼眼《しゃくがん》のシャナ』『ウィザーズ・ブレイン（まさか令和に完結巻が発売するとは！）』『吸血鬼のおしごと』『イリヤの空、UFOの夏』『キーリ』『キノの旅』『先輩とぼく』『半分の月がのぼる空』『護《まもる》くんに女神の祝福を！』『我が家のお稲荷《いなり》さま。』『狼《おおかみ》と香辛料（まさか令和に再アニメ化するとは！）』『アスラクライン』『とらドラ！』、電撃文庫の雑誌『電撃hp』などなど他にも多数……。

もちろんこの後に発表された作品、SAO、魔法科高校の劣等生、ストライク・ザ・ブラッドなど、電撃文庫の歴史に残る名作も含めて数知れず……。

まだまだ読んでいましたが（電撃文庫だけでなく、ファンタジア文庫、スニーカー文庫、富《ふ》士見《じみ》ミステリー文庫なども読んでましたが！）これ以上は本当にキリが無くなってしまうのでここらで止めておきましょう。

なんにせよ、これらの作品は中学時代を彩《いろど》る思い出の作品群です！

20年前の自分に「電撃文庫の作品を書いてるぞ」と言っても信じないでしょうね（笑）

だからこそです！

今回この自作である『はたして』の応援イラストを、今も続く伝説的ライトノベル――『とある魔術の禁書目録』のはいむらきよたか様と『魔法科高校の劣等生』の石田可奈《いしだかな》様が描いてくださったことに感動しかありません！

しかもただの応援イラストではありません。

それぞれの作品のメインキャラとの『コラボイラスト』です！

最初に見たときは本気で泣きそうになりました。

何度も見返してます！　もはやただの一人のオタクです（元から）。

さらにさらに！

鎌池和馬《かまちかずま》先生、佐島勤《さとうつとむ》先生の推薦文まで頂いております！

どういうことかというと……このお二人に私の作品を読んで頂いた、ということです。

歴代最高のライトノベル作家は誰？　って聞いても名前がバンバン出てくるようなお二人に読んで貰《もら》うなんて、コラボイラストと合わせて贅沢《ぜいたく》すぎますよね。

電撃文庫から出しただけに飽き足らず……いったいどれだけ嬉《うれ》しいことをして頂けるのか。

平成から令和のライトノベルを彩《いろど》ったレジェンドクラスの大先輩からの応援、最高の活力になりました！


そして帯情報！　コミカライズも決定しています！

このあとがきを書いている時点ではどこまで情報が出せるかまだわからないため詳細は控えめですが、漫画家さんは超絶上手《うま》い方です。

『はたして』に乗り気になってくれている方がいると聞いて、サンプルを見させて頂いたんですが……。

「え、本当にこんな上手《うま》い人が書いてくれるんですか⁉　上手すぎませんか⁉」と何度も確認したくらいです。

元気っ子のラピス、クーデレ溺愛美女のアルト、そしてそんな二人に振り回されるジルベルトたちが、漫画の世界でも動き回ります！

絶対に面白くなるので、ぜひお楽しみに！

ここで改めて、この場を借りてお礼を申し上げさせてください。

最初に出会ってから二年以上、根気強く私とお付き合いして頂き、こうして一冊の本にして下さった担当編集のなかじー様。

素晴らしいイラストで、各キャラクターたちに魂を吹き込んでくださったＮａｇｕ様。

『はたして』の漫画を描いてくださることになった漫画家様。

今回、この『はたして』を応援して下さったレジェンド作家＆イラストレーターの皆様。

そして作品の制作に関わっている編集部と、最後まで読んで下さった読者の方々。

全員の協力のおかげで、こうして最高の作品を生み出すことが出来ました。

本当に、ありがとうございます！

最後に……あとがきの最初に書いた、なぜ略称が『はたして』なのか。
これは、はいむらきよたか様が応援イラストを描いてくださったときに書いてあったのを、そのまま頂戴させて頂きました（笑）
青春時代を楽しませてくださった神がくれた名です。当然使います！
ということで、これからも広がっていく『はたして』ワールドを、是非ともよろしくお願いいたします！

◉平成オワリ著作リスト

「はばたけ魔術世界の師弟たち！」（電撃文庫）

本書に対するご意見、ご感想をお寄せください。

ファンレターあて先
〒102-8177　東京都千代田区富士見2-13-3
電撃文庫編集部
「平成オワリ先生」係
「Nagu先生」係

本書は書き下ろしです。

電撃文庫

はばたけ魔術世界《まじゅつせかい》の師弟《してい》たち!

平成《へいせい》オワリ

◇◇◇

2024年9月10日　初版発行

発行者　山下直久
発行　株式会社KADOKAWA
〒102-8177　東京都千代田区富士見2-13-3
0570-002-301（ナビダイヤル）
装丁者　荻窪裕司（META＋MANIERA）
印刷　株式会社暁印刷
製本　株式会社暁印刷

●お問い合わせ
https://www.kadokawa.co.jp/（「お問い合わせ」へお進みください）
※内容によっては、お答えできない場合があります。
※サポートは日本国内のみとさせていただきます。
※ Japanese text only

※定価はカバーに表示してあります。

ISBN978-4-04-915654-6　C0193　Printed in Japan

電撃文庫　https://dengekibunko.jp/

電撃文庫DIGEST　9月の新刊　発売日2024年9月10日

創約　とある魔術の禁書目録《インデックス》⑪
著／鎌池和馬　イラスト／はいむらきよたか

上条当麻は、アリスを助けるために、ただ立ち尽くしていた。しかし、彼の命という命、すべての灯火は完全に消えていた。そして、そこに降り立つ一人の女性、アンナ＝キングスフォード。しかし……ここからどうする？

魔法科高校の劣等生　夜《ヨル》の帳に闇《ヤミ》は閃く②
著／佐島 勤　イラスト／石田可奈

文弥たちの活躍でマフィア・ブラトヴァの司波達也襲撃は失敗に終わった。単純な力押しで四葉家に対抗することは難しいと悟った彼らは、同じ十師族の七草家の子女を人質に取り、利用することを目論み――。

魔女に首輪は付けられない2
著／夢見夕利　イラスト／縣

〈奪命者〉事件が解決した第六分署に、新たなる事件の捜査が命じられる。人間が魔術によって爆弾化するという事態に対し、ミゼリア亡き後、カトリーヌを相棒として捜査を開始することになったローグだが――。

新説　狼と香辛料　狼と羊皮紙XI
著／支倉凍砂　イラスト／文倉 十

帝国と教皇庁を南北に分断する要衝の調査に乗り出すコルとミューリ。選帝侯たちはこの地を治め、教会との交渉を有利に進めようとするも、そこは月を狩る熊の伝承を守る〝人の世に住めぬ者たち〟が暮らす地で――。

こちら、終末停滞委員会。2
著／逢縁奇演　イラスト／荻pote

正式に蒼の学園に入学した心葉たち。三大学園が集う、天空競技祭に恋兎チーム５人で挑むことに！　迎え撃つのは、巨大資本を有するＣｏｒｐｏｒａｔｉｏｎｓ。だが、水面下で恋兎の暗殺計画が進められていて――。

汝、わが騎士として2　皇女反逆編Ⅰ
著／畑リンタロウ　イラスト／火ノ

バルガ帝国の皇女ルプスの亡命を成功させたツシマ。つかの間の平和を享受する二人の元へ、帝国最強の刺客が現れる。ルプスの日常を守りたいツシマ。ツシマを失いたくないルプス。それぞれの決意が、いま試される。

これはあくまで、ままごとだから。2
著／真代屋秀晃　イラスト／千種みのり

深紅に対して本当の恋心を芽生えさせてしまった蒼一朗。そして兄妹の関係でありたいと強く望みながらも、蒼一朗を渇望してしまう深紅。そして超えてしまった一線。〝嘘〟と〝本音〟が溶け合う、禁断の第二巻。

新作　人妻教師が教え子の女子高生にドはまりする話
著／入間人間　イラスト／猫屋敷ぶしお

苺原樹、年齢は二十代後半。既婚者。職業は高校教師。そんな私が、10歳年下の教え子の女子高生に手を出してしまった。間違いなく裏切りで不貞で不倫で犯罪で。――なんで、こんなことになってしまったんだろう。

新作　天才ひよどりばな先生の推しごと！～アクティブすぎる文芸部で小生意気な後輩に俺の処女作が奪われそう～
著／岩田洋季　イラスト／ねここぶし

推した本の売上げが倍増する人気YouTuber鵯華千夏。「わたしがあんたをプロ作家デビューさせてあげる」それに、空木は笑顔でシンプルに答えた。「ぜんぜん興味ない」こうして、ふたりの追いかけっこは始まった。

新作　はばたけ魔術世界の師弟たち！
著／平成オワリ　イラスト／Nagu

魔界と人間界の境界に位置する魔導都市ヴィノス。大魔導師・イシュタルの弟子のひとり、ジルベルトは堕落した生活を送っていた。そこに彼の弟子を志願する少女・ラピスが現れることでジルベルトの生活は一変し!?

新作　エイム・タップ・シンデレラ　未熟な天才ゲーマーと会社を追われた秀才コーチは世界を目指す
著／朝海ゆうき　イラスト／あさなや

人生の優等生だった（元）ハイスペックOLの結衣と、世間に馴染めないが天才ゲーマーJKなリン。正反対なふたりは出会い――結衣の妹で日本最強選手の『魔王』凛を倒すため、FPSゲームの大会に出場することに!?

ソードアートオンライン
SWORD ART ONLINE
川原 礫
イラスト／abec
「これは、ゲームであっても遊びではない」
《黒の剣士》キリトの活躍を描く
究極のヒロイック・サーガ!
電撃文庫

アクセル
ワールド
川原 礫
イラスト／HIMA
accel World
もっと早く……
《加速》したくはないか、少年。
第15回電撃小説大賞《大賞》受賞作!
最強のカタルシスで贈る
近未来青春エンタテイメント!
電撃文庫

絶対ナル孤独者《アイソレータ》
THE ISOLATOR
realization of absolute solitude
「絶対的な、《孤独》を求める……
だから僕のコードネームは孤独者《アイソレータ》です」
『AW』と『SAO』に続く、川原礫の描く第3の物語！
Reki Kawahara
川原 礫
illustration»Simeji
イラスト◎シメジ

電撃文庫